La Puerta
al
Más Allá

La Puerta al Más Allá Libro 1 'ESPERANZA'

Leo Kane

Dedicación

Este libro está dedicado a mi querida hermana del alma, la brillante profesora y traductora **Elisabet Corbella Llabrés** y a su maravilloso esposo **José,** quien gustosamente ayudó a traducir algunas partes del libro ¡generalmente las más difíciles y picantes!

Eli y José, esta escritora inglesa siempre estará en deuda con vosotros.

Le debo también un enorme agradecimiento a la genial **Carla Selena Agüero Miranda** que renunciando a su valioso tiempo libre, nos ayudó a revisar y mejorar este libro.

Para mis queridos amigos de habla española, familia y naturalmente para vosotros, mis más preciados lectores.

Por último, pero no por ello menos importante, tengo que dar las gracias a mi querido y encantador esposo, **David Rodgers** por las interminables horas que ha pasado intentando traducir los difíciles insultos de Jake y por trabajar con mucho esfuerzo y meticulosamente para que la publicación de este libro sea perfecta.

También toda mi gratitud por darle un incansable apoyo a mi "otro yo" Leo Kane.

Que Dios os bendiga.

'El propósito principal de nuestra vida es la felicidad, que está mantenida por la esperanza. No tenemos ninguna garantía en nuestro futuro, pero existimos con la esperanza de que será algo mejor'.
Dalai Lama.

'Cuando todo era hermoso y no sentía pena estabas aquí, pero después cayó la oscuridad y todo se convirtió en dolor. Te echo de menos'.
Jacob Andersen.

Vete a la mierda y ojalá tengas una vida muy jodida.
Jake.

CAPÌTULO 1

LA PRIMERA DESPEDIDA

Me llamo Jacob, pero mamá me llama su "loco Jacky" porque dice que soy su pequeño hombre gracioso. Aunque hoy no me siento gracioso. Tengo miedo.

Tengo siete años y nueve meses y estoy de pie bajo una lluvia torrencial rodeado de un montón de gente a la que no conozco. Mamá siempre dice "Nunca hables con las personas que no conoces", así que no lo hago. No estoy seguro si en este momento éstas personas son o no, las que realmente llamaríamos "desconocidos peligrosos" tal como dice papá, pero de todas formas estoy en alerta roja.

Mis nuevos y horribles zapatos, negros, brillantes y con cordones, se están hundiendo lentamente en la hierba llena de fango. Tengo la cara fría, sin embargo, mis manos están húmedas y calientes porque me las están sujetando dos mujeres adultas, que según dice mi tío, Jim, están aquí solamente por mí. Son mujeres de los orfanatos y las dos son gordas. Esto es un asco. Cogerse de la mano con alguien, es de mariquitas.

Estos ridículos calcetines que llevo también son nuevos, me van demasiado grandes, son de los del tipo "son grandes, pero cuando crezcas

1

ya te irán bien". Eso no pasará, lo que voy a hacer es esconderlos debajo de la cama. Ni siquiera se porque estas dos gordas se han molestado en ponérmelos, son calcetines blancos y largos como los de las niñas, y además resbalan y se meten dentro de los zapatos.

Estoy harto de todo, lo que yo realmente quiero es jugar a saltar en los charcos.

Alguien está lloriqueando. Yo no lloro. Ya soy un chico mayor. Soy casi un hombre. Me lo dijo el tío, Jim, cuando estábamos sentados en la parte delantera del gran coche largo y de color negro que llevaba detrás las grandes cajas de madera.

"Sé que todavía no tienes ocho años, Jacky, eso significa que tendrás que crecer rápido chaval, sé un hombre y sé valiente, y no juegues más con fuego, nunca más. ¿Me has oído?"

¡Vaya caca, su aliento apesta!

"Soy valiente, tío Jim tú lo sabes. Sabes que los miré cuando ya estaban dentro de las cajas, en la funeraria, ¿verdad?"

Ellos también me miraron, Los gemelos me miraron con unas miradas asquerosas.

Tengo muchísimas ganas de crecer, y así no tener que estar siempre recibiendo órdenes. Me gusta el sombrero que lleva el conductor, y como está lloviendo "a cántaros" como dice papa, seguro que hoy lo necesitará.

Ay, ay, ay! Me duelen los brazos, tengo los pies tan fríos dentro de estos horribles zapatos que parecen polos helados y el cura es taaaaan aburrido. Todo el mundo lo mira por que va vestido con un vestido de mujer, largo y blanco y negro con puntillas y una bufanda también de mujer. Además, tiene cara de tonto y unos dientes muy grandes, como los de un burro. Ahora nos está leyendo una historia de un libro pequeño rojo. No es nada divertida, nos está contando cosas sobre el polvo y las cenizas, es peor aún que las aburridas clases de historia antigua de Señorita Turnbull.

Soy un chico bueno, he esperado en la iglesia a que el cura se callara, recé la oración del Padre Nuestro e incluso canté una canción sobre una tal Grace que parece que es increíble, aunque realmente no me he enterado del porque es increíble. Pero aún no puedo irme a casa.

Tengo súper poderes. ¡Puedo escaparme!

Más rápido que una bala, me he soltado de las manazas que me sujetaban y me he alejado de los adultos a pasos agigantados. Estoy preparado y listo para salir corriendo. En un abrir y cerrar de ojos desapareceré en el cielo como Superman. Ojalá llevara puestas mis zapatillas de deporte. A los calcetines ya les he dado su merecido.

Miro hacia atrás para ver si alguien me está persiguiendo, como si yo fuera el tipo malo de las historias de policías y ladrones, pero aparte de las gordas que están molestando al tío Jim, el resto de personas están mirando fijamente a un gran agujero que hay en el suelo.

Alguien ha tenido la amabilidad de hacer todo lo posible para que el oscuro agujero parezca bonito y ha cubierto los bordes con un material de plástico parecido a la hierba artificial que hay en el minigolf de la hamburguesería donde papá y yo vamos cuando queremos escapar de mamá y los pequeños.

No me voy a dejar engañar.

Me alejo de los mayores tan rápido como puedo, oh no, !Vaya¡ He resbalado y me he caído en el barro justo al lado de una gran piedra antigua. Me duele el culo. Quiero a mi mama, pero no lloraré, ¡No lo haré!

Una hermosa niña de largo pelo plateado se ha acercado sigilosamente y se ha sentado a mi lado en el frío y blando suelo, huele a caramelo de violeta. Le pregunto si ella sabe que es lo tan increíble que tiene Grace y ella se ríe, pero ni un solo sonido sale de su boca. Creo que no puede hablar, esto está bien, me coge de la mano, pero en este caso no me importa.

La niña y yo nos quedamos simplemente sentados quietos en el barro mirado como la lluvia cae a nuestro alrededor, ella está seca pero yo cada vez estoy más mojado. Me señala al cielo y veo un arco iris mágico. Ella se señala a si misma, me señala a mí y al arco iris, después coge un palo y dibuja un reloj y un corazón en el barro.

No conozco este juego, pero le cojo el palo y dibujo un corazón muy grande cerca del suyo. Dibujo dentro una "J" que significa Jacob. La niña acaba de besarme en la mejilla. Me siento tonto.

No me gustan las niñas

Jim nos ha encontrado, pone las manos debajo de mis axilas y me pone de nuevo en pie sobre mis zapatos llenos de barro y dice:

"Hey muchacho, tus nuevos zapatos y calcetines están completamente destrozados."

"No me gustan, tío Jim."

"Bien, de todas formas te los has cargado, los has hecho polvo, Jacky."

Jim es muy alto, como un árbol, se inclina hacia mí y en este momento puedo ver que tiene una gota de lluvia en la punta de su nariz, quiero reírme pero sé que no es "una situación para reírse".

Me coge la barbilla con su gran mano, me duele la tripa y me siento triste porque él también parece muy triste. Mama dice que Jim "tiene mal el pecho", así que no puede evitar el toserme a la cara, su aliento huele a tabaco.

"Vamos, Jackie, muchacho. Se terminó el escaparse corriendo. Tienes que rendirles tus respetos, es hora de dar el último adiós a mamá y papá y a tu hermano y hermana pequeños. Después el tío, Jim, te llevará a casa de la tía, Mary, que te dará leche y galletas. Creo que en el jardín tiene un gran columpio hecho con un viejo neumático para los niños buenos como tú".

Jim debe estar muy preocupado porque hoy está hablando de una forma muy pija.

A papá esto le hace reír porque dice que Jim solamente habla de una forma pija cuando está enfadado, preocupado o cuando habla por teléfono.

Ya no quiero preocupar más al tío Jim. Como mama siempre dice cuando me caigo y me hago daño, que yo soy su indio bravo, así que digo que sí con la cabeza y sonrío a la bonita niña que todavía está sentada en el barro al lado de la gran piedra que tiene un ángel encima. Este ángel me recuerda al que papá me daba para después auparme y colgarlo en el árbol de Navidad, aunque este es mucho más grande y no brilla.

La niña me sonríe y me dice adiós con la mano, entonces puedo oír su voz en mi cabeza sonando como pequeñas campanillas. Puedo oler también a caramelo de violeta.

Jim y yo casi hemos llegado de nuevo al gran agujero y la hermosa niña viene caminando lentamente detrás de nosotros.

Dentro de mi cabeza ella me dice,

"Jacky, date la vuelta, mira".

Estoy tan asustado que necesito ir a hacer pipi.

"No, por favor, no quiero ver nada, por favor no me hagas mirar".

Jim dice, "Está bien Jacob, de verdad, todo está bien chaval, no tengas miedo. Tío Jim está aquí".

Así que me doy la vuelta y miro a la niña. Soy valiente aunque también estoy asustado.

"Hasta pronto, querido. Tengo tu corazón en mis manos".

Y lo tiene, si que lo tiene, está completamente mojado y resbaladizo pero es el corazón que yo le dibujé con el palo en el barro y está en sus manos, es algo mágico.

Quiero que me devuelva el corazón, por favor, recupéralo Jacob, ¡que no se lo quede!

No quiero dejarla pero se que tengo que irme, voy cogido de la gran mano de mi tío y dejo que me lleve de vuelta con los desconocidos, que están temblando debajo de sus enormes paraguas negros y mojados, amontonándose alrededor del agujero tenebroso del suelo.

Todos me están mirando fijamente, las señoras están llorando y diciendo "pobre chiquillo," "pobre angelito," "es tan triste," y algunos me dan palmaditas en la cabeza mojada, mientras yo intento abrirme paso entre ellos. Ahora Jim y yo estamos al lado del hombre con cara de burro vestido con ropas de mujer, también está empapado. Espero que nadie se dé cuenta que me he meado en los pantalones.

Quiero irme a casa ahora

La hija de Jim, Lori, me pasa una rosa blanca y señala el agujero.

Me pincho un dedo con las afiladas espinas de la rosa, me sale sangre, pero soy valiente y no me quejo. Puedo ver a la niña del pelo plateado esconderse detrás de las dos mujeres gordas, me está sonriendo y asintiendo con la cabeza. Así que hago lo que todos quieren. Dejo caer la afilada flor en el agujero.

Me siento completamente vacío en mi interior.

CAPÌTULO 2

ANTES

Estoy jugando con los coches en la mesa de la cocina con mi hermanito, Sam. Los tiene todos perfectamente alineados como si estuvieran en el aparcamiento del pueblo. Sam es muy bueno cuando juega con los coches, en realidad siempre se porta bien, mucho mejor aún cuando tiene a mano Oreos y leche. Nancy es una niña, así que no puede evitar "ser tan tonta", eso es lo que me dijo el tío Jim, y después me dijo, "No se lo digas a tu mamá".

Y no se lo dije, y ahora tengo el primer secreto de mi vida, pero eso hace que tenga mariposas en el estómago, por lo que tal vez debería contárselo, pero seguro que me prometerá que no le dirá ni una palabra al tío Jim de que se lo he dicho y entonces será ella la que tendrá mariposas en su estómago y todo habrá sido por mi culpa. No me gustan los secretos.

Mi bonita mamá ha puesto de nuevo el estúpido disco de Doris Day, "Qué Será, será," y está cantando y bailando dando vueltas a mi alrededor y alrededor de Sam, sujetando en su cadera a nuestra hermanita.

Papá se acerca sigilosamente por detrás y nos coloca a mí y a Sam debajo de sus brazos haciéndonos girar y dar vueltas en el aire gritando de alegría.

"¡Cambia el disco!, ¡Vamos a poner música de boogie-boogie para mis chicos y para mí!"

Mamá pone a Nancy en el suelo y escoge otro disco para el tocadiscos.

Papá nos deja también en el suelo y cuando la música empieza a sonar todos meneamos el culo, reímos y cantamos con todas nuestras fuerzas su canción favorita, "I'm your boogie man".

Papá y yo nos deslizamos patinando en calcetines, sobre el suelo encerado de la cocina, bailamos exactamente igual que el bailarín de la película 'Grease'.

Mamá y los gemelos están riendo y de repente se caen amontonados de una forma muy graciosa sobre el nuevo suelo de Sintasol.

"¡Otra vez! ¡Otra vez!" nos gritan y nos aplauden "¡Más! ¡Más!," así que lo volvemos a repetir todo de nuevo.

Quiero a mi papá. Mi papá es mi mejor amigo del mundo entero, pero debe irse a trabajar, así que "¡Muchacho! ¡Se acabó el baile por hoy!"

Ahora, después de cenar y antes de la hora de ir a la cama, estoy buscando a alguien para jugar al escondite, pero mamá y mi hermanita están durmiendo acurrucadas en el sillón de papá.

Busco a mi hermano pequeño, pero está profundamente dormido en el sofá acunando a su osito de peluche azul. Otra vez no tengo a nadie con quien jugar. Tampoco llego al televisor para poder encenderlo y ver la hora de los dibujos animados, porque lo han colocado en un estante alto "fuera del alcance de los niños." Estoy ¡taaaaaaaan aburrido!

¡Ya sé lo que haré!

Nadie se da cuenta cuando saco a empujones la bicicleta de papá del garaje. Según dice papá, el garaje "es un mundo de hombres," así que estoy de suerte porque nunca se enterará de que la he cogido. Papá llama a la bicicleta, Molly.

Hoy, Molly huele a aceite y a abrillantador de metales. La miro y creo que es la mejor bicicleta del mundo.

Cuando yo sea mayor Molly será mía, así que en cierto modo ya es como si fuera mía ahora. Puedo montarme en la bicicleta y sentarme en el brillante sillín de cuero, pero solamente puedo llegar al suelo si me pongo muy de puntillas. No sé mantener muy bien el equilibrio, me tambaleo como un flan, por lo tanto debo pedalear muy rápido si quiero aguantarme bien.

Hoy es "El Día Internacional de los Superhéroes que Conducen Bicicletas Grandes," Hace muchísimo sol. Hace demasiado calor. Tanto mamá, como yo, odiamos estos días tan calurosos, pero algunas veces salimos al jardín a jugar con la manguera y las pistolas de agua y entonces es muy divertido.

Mi amigo, Callum, tiene una piscina. Papá dice que cuando sea rico nos comprará una a cada uno y pondrá en la parte de abajo losetas con nuestros nombres. ¡Me muero de ganas de tener mi propia piscina!

Tengo demasiado calor. Tal vez debería devolver a Molly al sitio donde la encontré y regresar a casa para echar una siesta con mamá y los gemelos, pero, es que el manillar negro tiene un tacto tan bueno y tan fresquito cuando lo agarro.

Soy un héroe, soy valiente, me doy impulso con los dedos de los pies, me agarro fuerte y bajo en punto muerto desde la entrada de nuestra casa hacia la carretera. No se me permite ir por la carretera, pero las bicicletas grandes tampoco pueden ir por la acera, tengo que elegir. Mamá dice, "Jacob, algunas veces en la vida tendrás que tomar alguna decisión, cuando esto ocurra, prométeme que siempre elegirás lo más adecuado."

Creo que he tomado la decisión adecuada al dirigirme con Molly hacia la carretera sin atropellar a nadie.

Señorita Jackson está en el jardín delante de su casa, está graciosísima corriendo arriba y abajo haciéndole señales al aire y saludándome con las dos manos, pero no puedo devolverle el saludo porque yo también necesito las dos manos para agarrarme a la bicicleta.

No es tan difícil conducir a Molly, ahora ya no me muevo como un flan, puedo oler la carretera ardiendo bajo el sol. Acelero al bajar la cuesta para ir directamente hacia las brumas que hay al final de la calle. Papá dice que a esto se le llama espejismos y que son puertas hacia el espacio exterior. Papá nunca tiene tiempo para viajar con su coche al espacio así que me voy a ir allí volando como Superman, conduciendo con las piernas dobladas hacia arriba y sin poner los pies en los pedales blancos de Molly, El aire caliente me mete el pelo dentro de los ojos y mira ¡Conduzco sin manos! Ahora si que de verdad estoy conduciendo la bicicleta grande. ¡Sin pies y sin manos! Debo ir al menos a un millón de kilómetros por hora. Cada vez voy más rápido, jamás he ido tan rápido ¡estoy volando!

Sabía que ésta sería una súper bicicleta, lo sabía ¡tiene unas ruedas enormes! Estoy tan contento, pero a la vez un poco asustado, es como una mezcla de ambas cosas, y me siento grande, como nunca me había sentido antes ¡Soy Superman y estoy volando!

¡Miraaaaa! Ahí está el gatito de Señora Robinson, sentado en medio de la carretera. Con su lengua rosada se está lamiendo el agujero del culo con forma de estrella de mar. Tiene su suave patita estirada hacia arriba como si fuera una bailarina de ballet. ¡Es tan dulce! Me agarro al manillar y freno tan fuerte como puedo intentando girar la bicicleta hacia la izquierda. ¡Superman acaba de salvar al gatito!

Y eso es todo.

Superman y yo nos despertamos en el mismo apestoso hospital donde a mamá le sacaron a los gemelos de la barriga.

Huelo también a tabaco de mascar, así que abro un ojo y echo una ojeada a papá que está sentado al lado de mi asquerosa cama. Me duele todo pero él no parece estar muy triste, más bien parece estar rabioso con alguien, así que cierro los ojos fuertemente y finjo que ronco.

Papá me dice con su característica voz especial, pausada y enfadada:

"No me tomes el pelo jovencito. No te hagas el dormido. Era una bicicleta muy cara y tu mamá está muy disgustada"

"¡Quiero a mi mamá!," me pongo a llorar para intentar distraerlo

"Mama está en casa con los gemelos tesoro, ¿A qué estás jugando?, nos has dado un susto de muerte."
No fui yo papá, fue Superman que tenía que salvar al gatito."
Papá ahora está sonriendo e intentando no echarse a reír, y eso si que hace que me entren ganas de llorar. Me dice,
"Sabes que te vas a quedar sin paga durante mucho tiempo ¿eh?"
Después me da un beso en la mejilla y yo me pongo triste porque puedo notar sus lágrimas en mi cara.
"¿Cómo está Molly, papá?"
"Jodida hijo. Pero, ¡no repitas esta palabrota delante de tu mamá!"
"Lo siento, papá, ¡siento haberla jodido!
Los dos nos reímos por haber dicho una palabrota tan mala.
Ya estoy en casa. He estado prisionero aquí durante una semana entera. Mi brazo izquierdo está roto del todo. Me lo han enyesado. No puedo bañarme, ni ir a la escuela, no puedo hacer un montón de cosas, no puedo trepar a los árboles, ni pescar en el estanque, tampoco puedo ir en bicicleta, claro que en cuanto a eso, creo que tal vez no me den permiso para volver a hacerlo nunca, nunca más.
Lo he pasado muy bien durante dos días en los que me dolía terrible-mente la cabeza, además mamá me ha mimado mucho. Me encontraba tan mal que incluso echó a los gemelos de mi habitación, no sin que antes me hubieran hecho garabatos por todo el yeso con sus ceras de colores brillantes. Mamá estaba muy enfadada porque ahora, mi yeso era exactamente del mismo color que el que los gemelos habían usado en el papel del pasillo. Estoy tan aburrido.
Estoy oyendo a Doris cantar el "Qué Será" una y otra vez porque la estúpida aguja del tocadiscos se ha enganchado. En casa todos me ignoran, como siempre. Además, me mandaron a la cama sin cenar por decirle a mamá que estaba, "jodidamente aburrido."
Llamo a papá y sube escondiendo secretamente un vaso de leche y una manzana. Se sienta en la cama y me dice, "Es culpa tuya, tesoro, te advertí que no repitieras la palabra que empieza por "J". Venga, vamos a leer este cuento tan largo que trata de indios y vaqueros."

"Papá, porfa… ¿Pueden venir mis compañeros de la escuela a jugar conmigo? ¿Porfa…?"

"Jacky, hijo, ¿no crees que mamá ya tiene suficiente con vosotros tres? ¿Eh?"

"Venga ahora es la hora del cuento y después a dormir, y mañana no digas más palabrotas. ¿Eh?"

Mamá dijo cuando desayunábamos, "Hoy es un nuevo comienzo para los chicos buenos."

Ahora es la hora de la siesta. Papá duerme en su cómodo sillón, con la cabeza debajo del periódico. Mamá está echando la siesta en la cama grande con los gemelos. Incluso se ha callado la señora del "Qué Será," a la cual papá se refiere como La Doris de cada maldito día.

Me arrastro como un ratón hacia la cocina, empujo un taburete hacia la encimera, subo para buscar las galletas de chocolate que están guardadas en uno de los armarios de la parte de arriba. Bueno, no hay galletas pero en su lugar he encontrado una caja de cerillas largas.

Yo soy lo que papá llama "un hombre de ideas"

Voy a salir sigilosamente al jardín de detrás sin que me vean y en la parte de abajo del gran árbol voy a hacer una hoguera de verdad, bien hecha, y así podré enviar señales de humo a mis bravos, porque yo soy el jefe de mi tribu india.

Tengo un penacho de plumas, un regalo del tío Jim como si fuera un "recupérate pronto y no vuelvas a hacer más el tonto", también tengo un gran arco y unas flechas, y tengo un par de ruidosos tambores bongos de las últimas Navidades que puede que también necesite.

No puedo usar todavía el arco y las flechas porque solamente tengo un estúpido brazo. De todas formas, esto "no ser ningún problema para un gran jefe indio". Puedo encender fuego y puedo enviarles señales de humo y también mensajes con el tambor con una sola mano a mi tribu. Les diré:

"Estar aburrido, Hula. Hula,

Estar solo. Hula, hula,

Venir hula, hula, a la asamblea de los indios

Con el gran jefe enyesado hula, hula."

Despúes bailaré la danza de la lluvia y saltaré alrededor del fuego para apagarlo.

Me las he arreglado para escaparme del fuerte de los vaqueros sin despertar al enemigo. Apilo lo mejor que puedo las ramas y las hojas. Es difícil hacerlo con un solo brazo. Estos sucios vaqueros me han arrancado el otro brazo de un tiro.

Saco de la caja una larga cerilla, después la rasco rápidamente sobre una piedra y la tiro encima de todo el material seco que he apilado.

Tenía cerillas y ahora tengo fuego.

CAPÌTULO 3

1980

LA PRIMERA HERIDA ES LA MÁS PROFUNDA

La tía Mary y su maridito el Gran Al, viven en una casa de madera que tiene un porche que rodea toda la casa y un inmenso patio trasero, ¡es tan grande como un campo!

La casa está llena de niños y el patio lleno de animales domésticos, hay dos cajas de arena para jugar, árboles para poder trepar e incluso un columpio hecho con un viejo neumático. ¡Es genial!

Tengo mi propia habitación con todas mis cosas, y está justo al lado de la habitación de Mary y su "amado señor". Mary es pequeña y bonita, eso creo, y el Gran Al es grande y alto. Los chicos mayores le llaman Darth Vader. Según dicen se disfraza cada sábado por la tarde como el Caballero del Lado Oscuro, y se pasea por el centro comercial junto a sus tropas imperiales y sus robots. Yo ya no sé que creer.

Muchos niños viven bastante tiempo en la casa, pero muchos de ellos no se quedan tanto. Algunas veces, los más afortunados se marchan cuando son adoptados por "una pareja amorosa", o sea, cuando encuentran "una nueva mamá y un papá que los van a querer para siempre".

No sé porque será, pero nadie quiere adoptarme a mí, y los otros chicos nunca quieren jugar conmigo, pero bueno, no me importa. Lo que hago en lugar de eso, es ir a jugar con los conejos y las cobayas que viven en las conejeras, y hago trastadas entrando en los cercados. También disparo a los gatos con mi súper pistola de guisantes.

Lo que mejor se me da es esconderme en el árbol y asustar al perro tirándole piedras a su cara peluda cuando sale a hacer pipí en el tronco del árbol. ¡Es tan divertido!

¡Ah! Y de lunes a viernes voy a la escuela del pueblo. Lo odio.

La tía Mary me quiere. Dice que me quiere desde la primera vez que me vio. "Y por la noche deja que le chupe las tetas".

He vivido aquí desde siempre y ya tengo casi once años. Aún echo de menos a mamá y papá, y a los gemelos. Todavía lloro por las noches.

"¡Ahora no sirve de nada lamentarse! ¡Compórtate como un hombre y sigue adelante!"

La escuela no está siendo mucho más divertida últimamente, en realidad, desde el desgraciado incidente que pasó ayer con las pintadas.

Por eso es por lo que la tía Mary y yo estamos de pié, firmes, en la oficina del director Compton. Me estoy comportando lo mejor que puedo, haciendo ver como si realmente me sintiera muy mal por las palabrotas pintadas en la pared del gimnasio, pero la verdad es que no me arrepiento, para nada. Al contrario, la gran picha que dibujé como si fuera un signo de admiración, era arte, o al menos eso es lo que piensa toda la clase.

Soy un héroe para mis compañeros, así que no le diré a nadie que en realidad, no me acuerdo de haberlo hecho yo.

Me pillaron con la lata de spray en la mano y parece un trabajo hecho por mí, así que lo reivindico como una obra original de Jacob Andersen.

Me importa un carajo el follón en el que me he metido.

Mary tiene la cara roja como un tomate e incluso le han salido manchas rojas en el cuello. Parece estar enloquecida con el director. Este hombre tiene que estar loco para meterse con ella, pero el muy incauto, se sienta en su escritorio de madera de arce, en el que hay unas fotos enmarcadas en plata, de su feísima mujer y sus feísimos hijos.

Respira profundamente y sacando pecho como un gallo orgulloso señala a Mary con su dedo índice y le dice con voz profunda y resonante: "Oiga. Aquí el que habla soy yo"

"Ya no habrá más oportunidades, ¡una manzana podrida echa ciento a perder, Miss Barrington! Jacob ya no es bienvenido en mi escuela". Exhala fuertemente y un apestoso olor a whisky llena toda la habitación.

Mary ahora está furiosa. Compton, bizco chiflado, si yo fuera tú, tendría cuidado. Yo debo mantener mi mirada baja, mirándome a los pies, mordiéndome el labio inferior para no echarme a reír.

Mary utiliza su particular tono de voz, tranquilo y amenazante, que como dice Al, puede hacer sentir a un hombre adulto como si fuera de nuevo un niño de cinco años, o algo parecido.

"¿Así que ahora es tu escuela? Ya veremos lo que tiene que decir sobre esto el alcalde, desgraciada y apestosa bolsa de gas".

"Apestas tanto que haces que una flatulencia se ruborice como una virgen en la fiesta de graduación".

Compton resopla ofendido e intenta ponerse en pie detrás de su escritorio cuando la pequeña Mary rápida como una flecha se inclina encima del escritorio, llevándose por delante los marcos de las fotos y empujándole el pecho con un larguísimo dedo acabado en una puntiaguda larga y viciosa uña roja le dice:

"Te lo advierto", (dándole un empujón con el dedo), "Jacky es un buen muchacho", (empujón).

"Sí, es verdad, hace chiquilladas y travesuras tontas" (doble empujón), "pero es valiente y un muchacho adorable que ya ha sufrido demasiado" (un empujón muy fuerte).

Parece como si Compton estuviera soldado a la silla, detrás de sus gruesas gafas de culo de botella, sus ojos están tan abiertos que parecen platos. Es como si se hubiese quedado hipnotizado al ver la uña perfectamente pintada de Mary empujando su fofo pecho y al mismo tiempo al escuchar el sonido de su voz ronca con la que está siendo duramente castigado.

Aunque tío, yo diría que también le está mirando las tetas.

En esta oficina con olor a humedad también puedo notar la fragancia del perfume Rive Gauche cada vez que ella levanta el brazo.

El director tiene la cara coloradísima y suda como un trozo de bacon en la sartén. Ahora los miro fijamente, no lo puedo evitar. Cuando Mary está cabreada hay algo en ella que es tan malo y peligroso que vale la pena no perdérselo.

"No tengo ni idea de lo que hacéis aquí (empujón), en este agujero olvidado de Dios" (empujón), "a los que se os llama "jodidos educacionistas"" (empujón y otro empujón), "para que el muchacho se comporte de la forma que vosotros decís, pero tendríais que miraros a vosotros mismos" (empujón).

"¡Mierdecitas!!!!!!"

El último empujón va adornado con una colleja al director, lo que hace que se le caigan de la nariz las ridículas gafas de plástico de concha marrón de tortuga. Después Mary va elegantemente hacia detrás del escritorio y rápida como un rayo abre el primer cajón. Juraría que esta mujer es adivina. No se le puede esconder nada.

La miro fijamente, maravillado, cuando con aires triunfales saca un cuarto de botella de whisky, desenrosca el tapón y sin dejar de mirarle de arriba abajo, se toma un gran trago, antes de derramarle encima el resto que queda.

"No se bebe en horas de trabajo, gilipollas".

En mi interior la estoy aplaudiendo.

"¡Gilipollas!" ha dicho "gilipollas, y ha dicho jodido, y ha dicho mierdecitas" ¡Le ha dado una colleja a este jodido viejo! ¡Estoy llorando de alegría!"

Anda, ¡Sigue mujer! ¡Sigue!. Estoy a punto de rendirme ante ella de admiración, cuando de golpe me agarra de la mano y me saca de la oficina de Compton y me lleva directamente a la salida de la escuela.

Tira de mí cruzando el aparcamiento, casi no toco de pies al suelo. Para ser una mujer pequeña es muy fuerte. Definitivamente "La Fuerza" está hoy con ella. Tira la cartera de la escuela al asiento trasero de su pequeño coche azul y prácticamente me tira a mí también como si fuera un disco volador. Después grita:

"¿Cuál es el coche de este engreído y jodido bastardo?"

Le señalo el negro y brillante Chevy salón del director.

Joder, puedo jurar que lo que hizo después fue impresionante.

Mary empezó a revolotear alrededor del Chevy, sabiendo que su orgulloso propietario la estaba mirando desde la ventana. Yendo de aquí para allá contorneándose con sus zapatos de altos tacones, se dio la vuelta para clavarle de nuevo una mirada insolente y Mary La Magnífica, se fue hacia la puerta del conductor de este coche nuevo y carísimo y la ralló con la llave de arriba abajo, mientras se relamía los labios pintados de rojo.

Hablando de temeridades, insolencia y belleza, honestamente estaba tan orgulloso de ella que me quedé sin palabras.

Estaba tan excitado que tuve una erección.

Después Mary se deslizó lentamente hacia el interior de nuestro coche y se fue acelerando y haciendo chirriar los neumáticos mientras gritaba por la ventanilla:

"¡No me joderás, gilipollas!".

Salió conduciendo a tanta velocidad que parecía como si el demonio la estuviera empujando. Llegamos a casa más rápido que a la velocidad de la luz. Solamente me atreví a abrir un ojo para cerciorarme de que todavía seguía de una pieza, cuando me dijo pausadamente y con calma:

"Vete directamente a tu habitación mi dulce Jacky, y no te quedes escuchando en la escalera. ¡Este es mi muchacho especial!".

Si Mary fuera mi madre, estaría orgullosísimo. Mi pecho no cabe dentro de mí, está a punto de explotar de amor y orgullo.

Voy a pedirle que me adopte, bueno, lo haré cuando se calme un poco.

Voy a pedirle que me meta mano tan pronto como la pille a solas.

Los otros chicos de acogida están todavía en la escuela, la casa está extrañamente tranquila. Después de una llamada de teléfono de su esposa medio histérica, el Gran Al ha venido a casa, encontrándosela todavía llevando puesto su mejor vestido de verano, fumando uno tras otro los apestosos cigarrillos Camel y teniendo en la mano su tercer grandioso vaso de ginebra con unas gotitas de tónica.

Lo sé, porque estoy sentado en las escaleras espiando. Me estoy agotando porque estoy aquí sentado, tenso y preparado para salir corriendo si me descubren. Mi vía de escape es subir dos plantas hacia la azotea, salir al tragaluz, atravesar el techo de tejas rojas y bajar por la destartalada tubería de desagüe que da al patio trasero, tal como lo haría Spiderman. Después lo siguiente que tengo planeado es irme a toda prisa a casa de mi amigo hasta el anochecer.

Puedo ver la cabeza de Mary por detrás, moviéndose lentamente de lado a lado ¡Hey tíos! ¡Mary está diciendo que no!

El Gran Al está cavando su propia tumba.

"Mira, ¿recuerdas lo que intentó hacerle al pobre gato con los petardos de Halloween?".

"¡Mira lo que les hizo a los pobres conejitos!"

"¡Y como trata al pobre perro, este pobre sabueso, está tan traumatizado que casi se cae cada vez que levanta la pata para mear!"

Mary está hablando ahora con su voz suave, baja y casi aburrida que tal como ya ha podido comprobar Compton en sus propias carnes, es cuando puede ser más terrorífica, incluso para Al, quien ha dado un paso atrás para acercarse más a la puerta.

"Lo del gato fue una simple chiquillada, normal en los niños, y mi Jacky no tenía ni idea de que si dejaba a los gatitos toda una noche dentro de la cartera de la escuela se podían asfixiar.

Este perro tuyo es un neurótico.

Mi Jacky ya ha pasado por suficientes cosas en su corta vida.

Solamente tiene diez años".

"Si, exactamente" grita Darth Vader, el malvado líder de las tropas imperiales.

"Tiene diez años y ya les ha metido pajas en el culo a la ranas y ha soplado hasta que se han hinchado tanto que han explotado. Tortura a los animalitos, matándoles no sé si por accidente o a propósito. No estoy seguro cariño, pero lo que si sé es que solamente tiene diez años y ya es un aprendiz de psicópata".

¡Oh no! El señor del lado oscuro le ha cogido la mano a Mary y ella ha dejado que se la coja. Estaré con la mierda al cuello si él gana este asalto.

"¡Maldita sea!", Al continua hablándole a Mary en un tono amable pero sin tonterías.

"Jacob, Jake, Jacky o como quieras llamarlo, tiene dinero más que suficiente del que le dejaron sus padres en herencia para poder pagarse un internado. Necesita seguir una rutina y tener disciplina Mary. No puedo seguir encerrándole en el sótano, se está haciendo demasiado grande, alto y fuerte, así que, ¡irá a un internado por cojones!"

Mary le aparta la mano y explota como Supernova, le tira el vaso de ginebra ahora ya vacío a su maridito y no le da a la cabeza por los pelos.

"¡No te atrevas a decirme palabrotas, Al! ¡Jacky abandonará este lugar por encima de mi cadáver! ¡Juro sobre la tumba de mi madre que el pobre niño no se irá a ninguna parte!

La tía Mary siempre se pone de mi parte, me quiere.

Es nuestro secreto

Y ella es mi gran heroína y mi mejor amiga.

Dejo que sigan ellos con la discusión y me voy a mi habitación. Pero, mucho más tarde, estando echado en la cama y a través de las delgadas paredes, oigo decir a Al:

"Cálmate ahora criatura, el gran papá te conseguirá un nuevo juguete"

Jacky, te van a echar de aquí.

Es sábado por la tarde y he estado enfurruñado en mi habitación durante todo el día. Mary ni siquiera se ha dado cuenta. Justo entonces cuando tengo ganas de hacer pipí, se abre la puerta y entra Darth Vader dando zancadas y se sienta al final de mi cama, completamente vestido con su traje de batalla.

"He decidido que irás a un internado tan pronto como podamos hacer los preparativos, ¡sin peros ni discusiones! ¡Ya está hecho! Eres un chico muy afortunado al tener la oportunidad de poder estudiar en un internado".

"¡Nunca le dijiste eso a Luke Skywalker!". Intento hacer una broma, pero realmente me siento mal, se que lo dice de verdad. Y se va sin decir una palabra más, con su casco negro debajo del brazo llevándose consigo su sable luminoso.

El señor del lado oscuro está abajo. Puedo oírle cuando le explica a Mary que ya me ha dicho lo del internado y que no va a permitir que nadie le haga cambiar de idea.

Estoy echado en la cama mirando al techo, pensando en que me van a enviar lejos, sintiéndome realmente mal, estoy totalmente hundido en mi interior. Me levanto y me voy hacia el cuarto de baño grande para solucionar el pipi que tengo pendiente. Mary lo llama el cuarto de baño "inmaculado, así que mantenedlo así u os la vais a cargar".

Nosotros los niños, generalmente usamos el cuarto de baño pequeño que hay en la planta baja, es mucho más práctico, pero no me puedo arriesgar a bajar y tener que ver sus caras. No quiero ver el aspecto de Mary ahora que ya no me quiere.

Me siento tan mal que me duele todo. No sé ni que decir ni que hacer para arreglar las cosas.

Cierro el cuarto de baño con el pestillo de bronce, lo han colocado demasiado alto, es para que los pequeños no podamos llegar, pero ahora yo ya no soy pequeño. Hago un pipi y después me siento sobre la funda del agua suave y blanca como la nieve. Esto me recuerda a un gatito que creo que hace tiempo conocí.

Tengo el ánimo por los suelos. Realmente me duele pensar que Mary y el Gran Al me van a mandar lejos. Creía que ella me quería lo suficiente como para frenar al Señor de Lado Oscuro y que no pudiera llevar a cabo su maléfico plan, pero no es así. Se me parte el corazón.

Me acerco el nuevo espejo de afeitar de Al, el que le explicó a Mary que tenía un brazo flexible, y me quedo mirándome a mi mismo. Soy tan malo. Incluso tengo un aspecto de malo. No hace falta preguntarse porque todo el mundo me abandona o se me saca de encima. Ahora mismo ni yo mismo me quiero. Y eso que solamente me tengo a mi mismo.

Hay un paquete de hojas de afeitar en el estante de arriba, pero ya no está demasiado alto para mí. Lo alcanzo y lo cojo. Cada hoja de afeitar está empaquetada individualmente con papel de seda. Abro un paquete y coloco el trozo de perverso metal en la palma de mi mano, parece que está muy afilado.

Quiero llorar pero no puedo, soy demasiado malo para poder llorar. ¡Todo es culpa mía!

Déjame salir, Jackie. Haré que todas las cosas malas desaparezcan.

Sujeto la afilada hoja con los dedos índice y pulgar de la mano derecha, y todavía mirándome al espejo el paso rápidamente de arriba a abajo de mi cara, viendo con gran sorpresa como me hace un corte abriéndome la mejilla, dejando a la vista el hueso y la carne que hay debajo.

El corte no duele nada pero el agonizante dolor que tengo en mi interior ha empezado a aflorar como si fuera agua bajando por el desagüe. Me siento muy aliviado cuando observo una docena o más de menudas gotas de sangre roja saliendo por la superficie del corte.

¡Vaya! Ahora si que me sale sangre, me baja por la cara hacia la barbilla y cae directamente sobre la alfombra blanca.

¿Has dicho blanca? ¡Bueno, solete, a mí me parece que tiene un hermoso tono rojo!

De repente noto un dolor en la mejilla, duele como si me estuvieran apretando la carne con un hierro candente y dejo caer la hoja de afeitar en el inmaculado suelo del cuarto de baño.

"¡Mary, Mary!". Estoy de rodillas llamándola a gritos como si fuera un bebé. Darth Vader abre la puerta de una patada y del marco de la puerta saltan astillas de madera como si fuera a cámara lenta. Todavía está preparado para la batalla, pienso, "Ha venido a matarme", y entonces empiezo a caerme de bruces.

Estoy tendido en el suelo.

Veo a una niña de cabello plateado que me mira desde el gran espejo de la pared.

Puedo oler a violetas.

¡Joder! Esta vez me he pasado de la raya.

CAPÌTULO 4

2014

AISLAMIENTO

Desde mis trágicas e insoportables pérdidas, he vivido aquí en el refugio, en lo que Annie llama "maravilloso aislamiento".

Mi diccionario define aislamiento emocional como "un mecanismo de defensa en el cual el recuerdo de actos e impulsos inaceptables, se separa de las emociones originalmente asociadas con el mismo".

Yo defino mi propio aislamiento como "vivir solo en una gran cabaña de troncos, situada en un espacio salvaje a la orilla de un inmenso lago que está casi siempre helado".

No tengo ni idea por qué alguien puede decir que el aislamiento es maravilloso. El aislamiento significa soledad.

De todos modos, el Lake Disregard, ese es su nombre, tiene una franja de playa de arenosa, está rodeado de bosques de pinos por el este y majestuosas montañas con cumbres nevadas al oeste. Los días soleados la asombrosa belleza de los alrededores y el cielo azul se reflejan en el agua y forman una doble imagen, como un espejo.

¿Quieres comprarlo? Enséñame el jodido dinero contante y sonante y saldré de aquí zumbando como un prisionero después de haber pasado largo tiempo a la sombra.

El único acceso al refugio es a través de un sendero en bastante mal estado cruzando los bosques, pero si miras con atención es fácil encontrarlo. Hay un viejo letrero al salir de la carretera:

¡BIENVENIDOS A HEAVENSGATE! 3 millas

Este lugar es sin lugar a dudas un pedazo de cielo o de los interminables dominios del infierno, todo depende del humor en el que me encuentre.

El refugio es de una sola planta, es grande pero muy acogedor. Hay una parte abierta con sala de estar, comedor y cocina. En la sala de estar hay dos inmensos sofás de color rojo que hacen juego con los sillones de respaldo alto, tapados todos con telas de cachemira. Hay también unos cuantos cojines repartidos por encima. En medio hay una gran mesa de caoba. En las paredes tengo una modesta colección de obras de arte moderno, pero no me pidas que te diga el nombre de los artistas. El suelo está hecho de tablones de roble encerados, cubiertos con caras alfombras persas. Hay también varias lámparas de Tiffany que alejan las sombras del atardecer.

"Por supuesto lo que no vamos a dejar en este sitio es esta decoración tan antigua de cuadros escoceses" se rió Louise cuando le echó un primer vistazo.

"¡Como si su mierda no apestara!"

Se sentía tan feliz aquel día, diría que incluso extasiada, cuando revisamos el lugar por primera vez.

Estaba admirando la vista desde la cocina cuando Lou me brindó una de sus sonrisas insinuantes, agarrándome por la camisa y por la hebilla de mis vaqueros, me atrajo hacia ella abrazándome fuertemente y apretando sus sensuales labios contra los míos. Después de diez minutos inolvidables, apasionados, sudando y jadeando, haciendo estallar nuestra mente y nuestros cuerpos, nos quedamos exhaustos echados en el suelo y declaramos el refugio como "bautizado".

La amaba y justo en aquel momento, ella supo que la amaba. Doy gracias por ese momento.

Padre, perdóname por haber pecado, por favor, escucha mi confesión ¡La follé de todas las maneras posibles, tanto si ella quería como si no!
Amen.

Hay una gran chimenea en la zona del salón y hay también la obligada cabeza de ciervo colgada en una de las paredes. No, yo no lo maté. No soy capaz ni de matar una mosca.

La mesa del comedor es de roble macizo, en la que caben cómodamente ocho personas. La cocina tiene una estufa antigua y un profundo fregadero de cerámica tipo Belfast. Los muebles de madera hechos a mano son aparentemente de estilo "Shaker". De las vigas del techo de madera, cuelgan brillantes cacharros de cobre, sartenes, flores y hierbas secas, y ristras de pimientos, cebollas y ajos.

Tal vez me equivoqué de profesión, ¡Debería haber sido un lameculos chupasangre corredor de fincas!

La cabaña también tiene tres dormitorios grandes, un cuarto de baño con una enorme bañera con patas de metal en forma de garras, y otro aseo privado dentro de la habitación, con una ducha. También hay las herramientas normales necesarias en una casa.

En el patio trasero hay tanto espacio como quieras, baja hasta la orilla del lago que es dónde se encuentra mi taller al lado del embarcadero privado.

¿Un lugar pintoresco? Bueno, realmente lo que puedo asegurar es que es un lugar bonito.

¿Bonito? Anda, ¡sigue muchachita sigue!

Y, ¿Qué me dices de la otra habitación gilipollas?

¡La que está cerrada con llave! ¿Ya has encontrado la puta llave corazón?

Aparte de Annie, la ama de llaves y su esposo Jon, que viven a una media milla de distancia, los tres otros refugios cercanos que hay alrededor del lago, son casas veraniegas que se alquilan temporalmente, y que están al lado del lago bastante apartadas las unas de las otras.

Durante gran parte del año vivo sólo aquí. Mis únicos compañeros habituales son, este cuaderno y este viejo aparato de radio temperamental que emite lo que le da la gana. Esta mañana estoy sentado en la mesa, escribiendo mis memorias por si por algún milagro Tommy viniera a casa. Sabéis, quiero que conozca a su verdadero padre.

También las escribo para mi mismo ya que tengo tendencia a olvidarme de las cosas y a confundirme. No, no estoy senil, tengo solamente 44 años, aunque a veces me siento inmortal.

Por si acaso no fuera realmente un ser inmortal, espero que algún día, otra alma perdida lea esto, y tal vez se de cuenta de que su vida no es tan dura como piensa. Este pensamiento hace que me recorra un escalofrío por la espalda.

La radio está encendida. Pharrell Williams está cantando algo sobre ser "feliz". Agradezco la ironía. Tal vez haya perdido la cabeza, pero no he perdido por completo el sentido del humor.

Si estás leyendo eso hijo, intenta entender que no soy un hombre malo, soy solamente un hombre, y todos nosotros, hombres y mujeres cometemos errores ¿verdad?

¿Errores?

Tío, oh tío, ¡no puedes irle con ese cuento al juez!

Joder tesoro, haces que me parta de risa, ¡realmente lo consigues!

CAPÌTULO 5

2014

ESPERANZA

Durante una vida se desperdician muchos días aunque siempre recordaré los que verdaderamente cambiaron mi vida, y este día en particular, se puede decir que estaría entre los 10 mejores. Estaba haciendo algo normal en lugar de estar deleitándome en mi pesimismo, como siempre.

Estábamos achicharrando filetes en la barbacoa de invierno. La temperatura era de cinco grados bajo cero, lo que en estos lugares puede considerarse como un suave día de invierno. La cegadora y brillante luz del sol se reflejaba en la fría nieve virgen.

Mi compañero Sam y yo estábamos fastidiando a nuestra amiga Nancy y a la vieja Annie saltando y haciendo el burro sobre los montículos de nieve, como si fuéramos chavales, ambos gritando y riendo, preparados para crear una avalancha, bombardeándonos con bolas de nieve, mientras al mismo tiempo, y con gran habilidad bebíamos cervezas heladas.

Me estaba divirtiendo mucho cuando de repente Sam dejó de tirarme misiles helados y moviendo temblorosamente al aire su botella de cerveza, señaló una oscura figura en la lejanía. Fuera lo que fuera, brillaba muchísimo sobre la superficie helada del lago, como si fuera un espejismo de calor en verano, reflejándose sobre el asfalto negro de la carretera.

¡Un portal al espacio exterior! Joder tío, ¡Los alienígenas han aterrizado tesoro!

Nos quedamos todos quietos, petrificados, protegiéndonos los ojos del reflejo deslumbrante en el hielo, mirando atentamente al objeto que se aproximaba.

Supongo que todos esperábamos ver algo normal, como tal vez un oso hambriento, al que por alguna razón desconocida le habían despertado de su hibernación.

No era un oso. Esta figura misteriosa parecía acercarse a nosotros andando a trompicones, avanzando a sacudidas como si se tratara de una de esas viejas películas en blanco y negro. No hacía ningún ruido. Nos quedamos sin movernos del sitio, paralizados, fascinados por la extraña situación. No sé los otros, pero por lo que a mi respecta, me sentía tan asustado que no podía respirar. Quería correr, escaparme de lo que fuera lo que fuera lo que se estaba acercando, pero no podía mover un solo músculo.

Aparte de nuestra respiración entrecortada, noté una ausencia total de ruido, como si estuviéramos atrapados en el vacío.

Me entró un terrible dolor de cabeza al ver como la aparición se acercaba cada vez más a nosotros arrastrándose a empujones como un alma en pena. Mi mirada estaba clavada, aunque lo hubiese intentado, no habría podido aparta la vista.

Mi corazón latía muy rápido y con fuerza, golpeando mis costillas como si estuviese buscando la forma de escapar de mi pecho.

Me di cuenta de que estaba llorando de terror, unas lágrimas calientes que me escocían en mis heladas mejillas. La presión en mi pecho era insoportable. Me estaban entrando nauseas al percibir un aroma que vagamente me recordaba el inconfundible dulce y pegajoso olor de los caramelos de violeta. Tenía ganas de vomitar.

La presencia dejó de avanzar y durante unos segundos se quedo completamente inmóvil, no estoy muy seguro de si su cuerpo estaba flotando encima del hielo o la mitad encima y la otra mitad sumergido en él. No tenía cara, pero podía notar que me miraba fijamente, examinándome, arrancándome la piel y los huesos del cráneo, escarbando dentro de mi cerebro, juzgándome. Todo mi ser estaba siendo invadido. Sentía que me picaban dentro del cuerpo como si me hubiera tragado un enjambre de abejas. El dolor era horroroso. Me estaba matando.

Un terrible presentimiento se estaba apoderando de mí cuando noté que un chorro de orina caliente me estaba bajando por la pierna hacia el calcetín. La garganta se me había cerrado y no podía ni siquiera gritar. Estaba sudando pero sin embargo estaba helado en mi interior. Me sentía desorientado y nauseabundo.

Estaba aterrorizado, ahogándome en mi propio vomito cuando noté que la respiración de Annie se aceleraba cada vez más y Sam que estaba temblando como una hoja, me apretaba fuertemente el hombro y me susurraba "Quieto Jacob, no te muevas".

Muy cerca detrás de mí, Nancy estaba gimiendo "¡Oh no! ¡Oh no!...", repetía una y otra vez.

La pesadilla empezó a temblar y reanudó su paso hacia nosotros. No había forma de averiguar lo que era ya que la imagen estaba distorsionada, igual que cuando hay una mala señal en un viejo televisor y la imagen empieza a saltar hasta que te mareas y ya no puedes seguir mirándola.

El tiempo se detuvo, no había brisa, los pájaros no cantaban, en realidad aparte de los histéricos latidos de horror de nuestro pequeño grupo de testigos, no se oía nada de nada. Juraría que el mundo entero se quedo sin respiración mientras yo tenía la sensación de que estaba perdiendo la conciencia.

Estábamos todos hipnotizados al ver a la pesadilla avanzando pero solamente yo me estaba muriendo.

¡Eres la mierda de gallina cobarde más grande que he visto!

Justo cuando estaba al borde del colapso, la presión disminuyó y en este mismo instante, el color del hielo del lago se convirtió en el color rosa del algodón de azúcar, el cielo se ennegreció como si fuera medianoche y de las nubes bajas cayeron astillas de hielo plateadas, clavándose en nuestras caras que estaban mirando hacia arriba. La temperatura cayó en picado.

La parte consciente de mi mente intentaba tranquilizarme con la idea de que eso era solamente una rareza atmosférica, pero la parte subconsciente estaba gritando de pánico y terror, como un niño pequeño al que han encerrado en un sótano oscuro.

El ritmo de la figura parpadeante fue disminuyendo poco a poco y al final se paró. La forma oscura fue cambiando lentamente hasta parecerse a los colores tornasolados del arco iris que se forman en un charco de petróleo, hasta convertirse en una imagen borrosa de.... ¿de qué? Mi mente no funcionaba, mi cuerpo no funcionaba, esto no podía estar pasando.

Joder, Tal vez ese fue el momento en el que te volviste completamente loco.

¡Dios mío! ¡Oh querido y dulce, Jesús! La cosa se desvaneció y en su lugar como si saliera de una puerta negra en una pesadilla, vimos a una joven cruzando el lago helado dirigiéndose hacia nosotros tambaleándose. Llevaba puesto un vestido de verano de algodón fino, su falda acampanada ondeaba al viento, aunque os lo juro, no hacía ni una chispa de aire. Con sus delgados brazos se abrazaba fuertemente el cuerpo, parecía tener tanto frío que ni siquiera podía temblar.

Me fijé en todo eso pero también vi unos labios azules, una larga y despeinada melena plateada, una piel pálida, llevaba cadenas de plata, pulseras y anillos. Tenía un aspecto desaliñado, estaba sucia y... hermosa.

Annie susurró algo como "esperanza", se arrodillo en el suelo cubierto de nieve e inclinó la cabeza como si rezara. Nancy se dejó caer de rodillas al lado de Annie, justo entonces, Sam sin esconder sus lágrimas se adentró en el hielo y temblando alargó sus manos para ayudar a la desconocida.

No puedo recordar ni un segundo más de este primer encuentro porque justo en este instante mi corazón se estremeció y se paró. Sí, se paró, estoy segurísimo de ello.

Bueno, nunca antes habíamos tenido tanta emoción en el refugio ¿verdad tesoro? ¡Estabas temblando como un perro cagado de miedo!

Volví en sí en el sofá al notar la dulce mano de Annie apartándome el pelo de la frente. Estaba tapado con una pesada manta y con un calor sofocante que salía del fuego de la chimenea. También podía oír a la maldita Doris Day en la radio de la cocina.

Sam me dijo que entre él, Annie y la encantadora Nancy, habían conseguido medio arrastrándonos, meternos tanto a mí como a la extraña joven, dentro del refugio. No puedo recordar mucho más acerca de todo aquello, excepto el fuerte contraste entre el calor de la habitación y el fuertísimo dolor en mi pecho congelado.

De lo que si me acuerdo es que llegó Doc. Me hizo un chequeo y su diagnóstico fue que probablemente estaba reaccionando a algún trauma del pasado, y posiblemente en estado de shock.

¿No me digas? Pensé

¡Vaya lince!

¿Y por eso se le paga?

¿Por eso?

Doc dijo que la joven no sufría aparentemente ningún efecto secundario causado por el frío, pero que parecía tener sueño.

¡Joder! Otro diagnóstico acertado.

Doc entonces dijo que Annie estaba solamente "confundida" ¿Otra forma de decir en medicina que estaba borracha? Pasó de Sam y Nancy ignorándoles completamente, y se fue prometiendo que vendría a verme el día siguiente. Pensé que era un inepto.

Creo que Doc pensó que estábamos todos "trompas" y que sufríamos un ataque de locura causado por la nieve. Apuesto que ahora mismo se estará preguntando si él también está loco y si podrá o no sobrevivir a todo esto.

Más tarde Sam dijo: "Jacob debes haber estado soñando" "Yo no vi ninguna figura temblorosa, ni oscura ni de colores. Solamente vi a una mujer luchando a través del hielo para llegar a nosotros"

"Sam, ¿estás intentando decirme que todo esto me lo he imaginado? Sinceramente espero que no sea así, porque si es así tal vez tú estés también en mi imaginación"

"¡Y Nancy!, ¡No te olvides de Nancy!" Se rió y después me dijo en confianza, "Te diré algo Jacob. Lo he comprobado. Nuestra dama del hielo no ha dejado huellas, lo que al menos nos habría indicado de que dirección venía"

"Esto es muy raro", le contesté dándole la razón.

Aparte, creo que durante unas milésimas de segundo, pude ver a través de ella como si estuviese hecha del más fino cristal.

"Bonito arco iris también" añadió sonriendo melancólicamente.

"¿Un arco iris? ¿De qué arco iris me estás hablando? Sam, voy a darle la culpa de este extraño suceso a la cerveza y a la ceguera de la nieve".

Aquella noche, cuando Sam se convenció de que no me estaba muriendo, o más probablemente cuando los dos ya estaban sobrios, él y Nancy me dejaron en el sofá tumbado como si fuera un gran gato, contemplando como las llamas bailaban en la chimenea. El marido de Annie, Jon, vino a recogerla y como siempre tuvo que decir la suya.

"Vaya follón jovencito, Jake ¿eh?" dijo gruñendo, inclinando la cabeza hacia un lado como si estuviese escuchando una melodía que solamente él podía oír.

Después se marcharon.

Esperé al menos treinta segundos y después armándome de valor fui a ver a la extraña durmiente a quién Annie había acomodado en mi habitación de invitados.

Ella y yo estamos completamente solos, pensé sin ninguna razón en particular.

Mi inesperada visitante parecía muy tranquila, tenía su largo cabello estirado en forma de abanico encima de la almohada, el cubrecama estaba liso, solamente se podía apreciar debajo de un ligero montoncito de su cuerpo, parecía como si la cama entera se hubiese hecho alrededor de ella.

La miré fijamente, pero ella ni se movió, ni tan siquiera su respiración perturbaba la atmósfera de profunda paz que había en la habitación. Mi pobre corazón roto reaccionó ante la visión de verla allí acostada, parecía tan terriblemente vulnerable, noté un nudo en la garganta, los ojos se me llenaron de lágrimas y aunque me de vergüenza admitirlo, noté una indeseable agitación en cierto lugar mucho más abajo.

"¿Qué opinas? ¿Crees que ella es tu oportunidad, Jake? Mi dulce muchacho, terroncito de azúcar, "¡Miraaaaaa! Ahí la tienes, está fría, podría estar muerta ¡Hasta un monaguillo como tú se la podría beneficiar!"

Sin saber como llegué a este punto, me encontré arrodillado al lado de la cama, con la mano derecha le acariciaba la boca, mientras la palma de mi mano izquierda debajo del edredón empezaba a mover los dedos furtivos hacia su estómago plano y desnudo, después bajando un poco más abajo...¡ Vaya!, no lleva bragas.

Me puse de pie como una bala, horrorizado de mi mismo y, lo juro por mi vida que oí unas risas nada agradables, y a la maldita Doris de siempre cantando el Qué Será, burlándose de mí.

Menos mal, no la desperté. Me fui a mi cama y me quedé allí toda la noche.

¡Que chico tan bueno! ¡Dios quiere que seas un rayo de sol!

Estoy seguro que sabía quien nuestra dama de hielo no era. Realmente estaba seguro, pero incluso con cierta cautela, Sam admitió más tarde, delante de mí y de los policías que su parecido con Louise, mi ya hace tiempo desaparecida, pero aún querida esposa, era extraordinario.

Bueno, tengo un misterio en mi mente que no puedo descifrar. Mi Lou es morena y exuberante, esta mujer era pálida y delgada. Lou tiene ojos verdes penetrantes mientras que los ojos de esa chica eran de un tono más bien grisáceo. Era increíble intentar buscar algún parecido entre las dos mujeres, que no fuera el que eran ambas de sexo femenino, pero aún y así el pensamiento persistía.

Annie dijo: "Me debo estar volviendo loca Jacob, porque a primera vista pensé que nuestra Lou había vuelto con nosotros, pero entonces me di cuenta de que esto era imposible".

"Annie, creo que lo que en realidad pasó, y lo que es más que probable, es que … ¿No recuerdas que te tragaste seis botellas de Coors Lite, además de un ponche caliente en solamente dos horas, ayer por la tarde?"

"No le tienes ningún respeto a tus mayores ¿eh?" me regañó Jon, dándole un respiro a mi bote de galletas.

Cuando la Dama del hielo se despertó, y entró deambulando por la cocina le pregunté:

"¿Quién eres?" Ella sonrió y meneo la cabeza. "Bien, una y pregunta fácil, ¿De dónde eres?, Se encogió de hombros, se dio la vuelta y apartándose de mí se fue hacia la ventana para mirar fijamente al lago helado y las amenazantes nubes de tormenta que se acercaban.

"Bien, me rindo, no más preguntas por hoy, pero debes tener hambre, ¿Quieres comer un poco? ¿No?, Bien entonces te dejo con Annie y Jon"

"Era una situación comprometida, el tener una desconocida silenciosa dando vueltas por la casa. Evitando mirarme. ¿Y si había notado mi mano sobre ella ayer por la noche? ¡Oh! ¡Dios! ¡Por favor! ¡No!

Gracias a Dios que Annie, ya completamente recuperada de sus imaginaciones inducidas por el alcohol de ayer, se hizo cargo, como siempre. La dulce y amada Annie, mimando a mi inesperada pero hermosa huésped. Annie cuida de cualquier alma perdida, tiene un toque enternecedor, siempre lo ha tenido.

Oh, casi me olvido, Annie me dijo que la Dama del hielo se llamaba Esperanza. A Annie le gusta el nombre, dice que tiene un significado como el de un presentimiento de que algún deseo se hará realidad, tener esperanza, ser optimista para confiar.

Joder, creo que el eterno optimismo de Annie se terminó en 2009. El año que mataste a Lou y a Tommy. ¡Jodido enfermo!

CAPÌTULO 6

DESOLACIÓN

Que yo recuerde, Annie ha sido el ama de llaves del refugio desde siempre. Su especialidad es cuidar de las personas y de las propiedades veraniegas que hay alrededor del lago. Esta mujer de gran corazón, es como una madre para mí.

Annie, estaba casi con toda seguridad, aquí en la cocina preparándonos una cena familiar, aquella devastadora tarde de verano cuando Lou desapareció sin dejar rastro con nuestro hijo. Naturalmente no lo puedo asegurar.

¡No! ¡No! ¡No! ¡Dilo bien cabrón! ¡MI hijo, ella se largó con mi hijo, Tom, porque él NO es hijo de ella! ¡Eso sí es algo de lo que puedo estar completamente seguro, tesoro!

Tres años antes de su desaparición, fui informado por fuentes fiables, tanto a través de varias amigas de Lou como por sus padres que, no muchas esposas, si es que encontrásemos alguna, cuidarían felizmente del hijo que su esposo había tenido con su puta.

Fue también más o menos al mismo tiempo, cuando mi suegro, me hizo saber que yo "no soy digno de andar por el mismo jodido suelo por donde pisa su amada hija". ¿Y sabes qué? Tiene razón.

Lou es una mujer adorable, pero estoy convencido de que desde hacía ya bastante tiempo, sentía un odio especial hacia mí. Quién la podría culpar, si la joven madre de mi hijo me lo había engatusado, un mocoso llorón y asustado que todavía gateaba, justo antes de abandonarme para irse a la ciudad con su nuevo amante, un viejo adinerado.

Lou estaba comprensiblemente dolorida y enfadada, pero ella es dulce y compasiva por naturaleza, y rápidamente sintió un amor maternal hacia mi chico.

Justo antes de su tercer cumpleaños, le pedí a Lou que adoptara a Tommy como su hijo propio. Creo que estuvo encantada. Lo mejor del caso, es que él no recordaba a otra madre. Seamos realistas, la verdad es que Louise y yo, hicimos todo lo que pudimos para olvidarla.

No estoy del todo seguro de si Lou llegó alguna vez a perdonarme del todo, por lo que su madre consideró como "la última traición". Lo que si sé es que me amaba. Estaba tan seguro de ella como de que el sol sale cada mañana por el oeste.

"Jodido felpudo, límpiate los pies en nuestra Lulu y ella se te echará al suelo pidiéndote que sigas" "¡Que aburrrrrrido!"

Bien, tengo que decir que yo estaba seguro de ella hasta aquella bochornosa tarde de verano cuando ella y Tommy desaparecieron.

Estaban paseando juntos en la orilla del lago. Recuerdo que yo los miraba desde el embarcadero. Mientras Lou hacía rebotar piedras sobre el agua, Tommy daba saltos y palmadas de alegría *con sus* manitas y arrojaba piedrecitas al agua calmada. Entré de nuevo en el refugio para coger mi cámara de fotos y desde entonces ya no los he vuelto a ver. Todavía los estoy buscando. Aunque a decir verdad, no albergo muchas esperanzas.

¡Uf! ¡Es una putada, Joder, una verdadera pena, Lo sé!

Durante aquel tiempo los policías y los medios de comunicación me hicieron preguntas, y desde entonces me torturo imaginándome las posibles razones del porque Lou me hubiera podido dejar ¿Por qué se habría llevado a Tommy con ella? Los policías me preguntaron si tengo enemigos que quisieran hacerles daño. No tengo ni idea.

¡Jodido! ¡Tú eres tu peor enemigo Jacob! ¿O es que no lo sabes?

Tal vez Lou solamente podía amar por completo a Tommy sin que mi presencia le recordara de quien era o no el niño. Admito que la forma en que me miraba algunas veces era como si no me conociera.

Creo recordar que tuvimos una discusión sobre algo aquel día, así que a menudo pienso que ella simplemente se hartó, se levantó con un berrinche y se fue llevándose a Tommy. No puedo recordar la causa de la pelea. De todas formas no tiene ningún sentido el que se marchara sin ropa ni dinero. En mis peores días creo que podrían estar muertos.

Tengo tantos malditos agujeros en mi memoria. Doc dice que no puedo recordar algunas cosas que pasaron porque sufro de un trastorno por estrés postraumático. Me dio un libro que trataba sobre esto pero, si tengo que ser honesto, no fue uno de los temas más inspiradores que he leído.

¡Jodido avestruz cobarde! ¡Saca tu jodida cabeza de la arena antes de que sea demasiado tarde!

Todos cometemos errores, por uno de mis errores nació mi hijo, mi dulce Tommy, aunque ni digo ni diré nunca que me arrepiento de ello.

¡Oh Dios!, por favor, te lo ruego por favor, trae a Lou a casa. La necesito. Necesito a Tommy. ¡Querido Dios! ¿No puedes entender que los amo?

¡Joder, esta astuta ramera conspiradora! ¡Si alguna vez la vuelvo a ver ni su propia madre la va a reconocer! ¡Zorra!

Los interminables días y noches después de su desaparición, eran desconsoladores, una época de insoportable tristeza. Era doloroso hasta respirar. No podía entender por qué mi corazón simplemente no se paraba y me dejaba descansar en paz.

Los bosques de pinos fueron minuciosamente rastreados palmo a palmo, el lago fue dragado y los helicópteros sobrevolaron las montañas en misiones de búsqueda y rescate. Voluntarios locales se sumaron a la búsqueda, se movilizaron más policías y juntos hicimos una batida por los alrededores desérticos y desolados, desesperados por encontrar alguna pista, por lo pequeña que fuera, que nos pudieran conducir hasta ellos.

¿Desérticos y desolados? ¡Desolados! ¡Yo te diré lo que es la desolación mamón! Joder, es un estado de vacío total, destrucción, gran desdicha, un interminable jodido dolor y gran pena por la pérdida de un niño, ¡Y todo por tu culpa!

La policía local detuvo e interrogó a todos los delincuentes que había en muchas millas a la redonda y a cada uno se le pidió una muestra de su ADN, igual que a mí. No me importó, podían haberme arrancado una de mis extremidades para hacer pruebas si esto hubiera ayudado a traer a casa a Lou y Tommy.

¡Cabrones! ¡Creen que pueden hacer lo que les da la gana!

Los días inmediatos a su desaparición, las caras de Lou y Tommy sonreían debajo de los titulares de los periódicos y sus imágenes fueron difundidas a través de los canales de las noticias a los televisores de millones de casas, junto a una grabación que habían hecho de mí, sentado entre dos policías con una actitud fría, pidiendo ayuda para encontrarlos.

Estaba suplicando entre mocos y lágrimas para encontrar a mis seres queridos sanos y salvos. Yo, el doctor Andersen, ofreciendo una recompensa de un millón de dólares. Este millón de dólares todavía está a buen recaudo guardado bajo llave.

Debido que en este lugar hay una falta total de señal, no tengo televisión. Así que nunca vi las imágenes en las que salía llorando y suplicando a desconocidos sin rostro. No puedo ni siquiera recordar que esto sucediera. Fue Annie la que me lo contó.

Solo Dios sabe el porque creo que tengo un doctorado. ¿El Doctor Andersen? Por el amor de Dios, antes de que todo eso ocurriera ¡Yo era banquero!

¡Un jodido parasito capitalista chupasangre!

En cientos de farolas de las calles y en todos los escaparates del pueblo de San. John, se colgó una foto muy cursi tomada en Navidad, de Lou abrazando a un sonriente Tommy. Los conductores llevaban un poster de la misma foto, de los "desparecidos", en el parabrisas trasero y los camioneros también cubrían con estos posters sus enormes camiones.

La desaparición de Lou y Tom también se colgó en Facebook y en otras redes sociales. ¡Para lo que sirvió! Oí decir los policías que el llamamiento consiguió varios miles de "me gusta". ¡La madre que los parió! ¿De que demonios iba todo esto? Algunos de los comentarios en Facebook no se pueden repetir, pero muchos de los ciudadanos de América aparentemente estaban a favor de la pena de muerte, creían que el descuartizamiento era lo que preferían para mí.

Todo el mundo se unió a la búsqueda. ¡Oh, sí!, fue un gran acontecimiento en estos alrededores.

Amables desconocidos de buen corazón depositaban en mi porche recipientes con estofados de carne y los dejaban con notas de ánimo y apoyo, aunque después de enterarme de los comentarios en Facebook no me atrevía a comérmelos por si estuvieran envenenados.

Algunos idiotas irreflexivos, pero de buen corazón, dejaban notas de condolencia, velas, flores y ositos de peluche, incluso dejaron una Biblia infantil, convirtiendo el embarcadero en una especie de santuario. Esto pasó varias veces causándome una angustia incalculable porque no sabía lo que hacer ¿lo dejaba aunque me hacía sentir muy mal, o lo retiraba todo? De todas formas cada movimiento que hacía era seguido y analizado por los equipos de TV, los periodistas y la policía.

Las cosas mejoraron cuando Annie y Jon se convirtieron en mis protectores personales. Amablemente pero persuasivamente echaban a los visitantes indeseados, que aunque con buena intención, me traían ofrendas, pasteles, tartas, pucheros y muñecos.

Me quedé con la Biblia.

Y no soy un jodido beato.

Los medios infestaban la orilla del lago, destrozando y aplastando la hierba del exterior del refugio con sus camionetas con el logotipo pintado y sus antenas vía satélite, sus reporteros apuntando me con sus peludos micrófonos extensibles, a mí, a la policía, en realidad a todo el mundo.

En mi opinión, todos ellos sin excepción, no eran más que buitres alimentándose de mi dolor y mi espantosa ansiedad.

Leo Kane

Allí estaban, día y noche, esperando ansiosos que sacaran lentamente del fondo del lago dos cuerpos blancos, pálidos, dos cadáveres hinchados, descompuestos y putrefactos, con los ojos comidos por los peces y con las cuencas hundidas y ensangrentadas mirando al cielo.

Situados detrás de los potentes objetivos de sus cámaras, ya están de antemano absortos por vislumbrar sombras alargadas parpadeando por la noche en la tienda blanca que ha levantado la policía en los pinares, salivando, hambrientos de poder ver como mi mujer y mi hijo son levantados de sus no muy profundas tumbas, cubiertos de gusanos, hojas podridas y tijeretas, y con la boca abierta llena de tierra negra mojada.

Fantaseando, haciéndose pajas con la idea de ver una mano pálida, bien cuidada o aún mejor, una mano pequeña, desangrada, de un tamaño perteneciente a un niño de cinco años asomando por una bolsa de cadáveres mientras es llevada cuidadosamente hacia una ambulancia negra.

Esperando, con bastante razón, que me lleven arrastrando esposado hacia un coche de policía que me está esperando, con mi cabeza inclinada de vergüenza y cubierta con un viejo saco. Asintiendo con la cabeza como diciendo "Ya hace tiempo que lo sabíamos. Siempre es alguien de la familia", mientras la mano del policía empuja bruscamente hacia abajo mi cabeza de asesino y yo tropezando a ciegas caigo hacia el asiento trasero del coche blanco y negro.

Todos y cada uno de los periodistas, cada miembro de su equipo, cada uno de ellos, es un vampiro emocional sediento por conseguir el titular:

EL HOMBRE QUE ASESINÓ BRUTALMENTE A SU ESPOSA Y AL HIJO QUE HABÍA TENIDO CON SU AMANTE, ESPERA EN EL CORREDOR DE LA MUERTE

¿Qué cómo sé todo esto?

Lo sé porque esta era mi propia pesadilla, el macabro terror con el que me despertaba después de cada noche que pasaba sin descansar mientras continuaba la infructuosa búsqueda de mi familia desaparecida.

Caí en un pozo de profundo dolor, mientras mis esperanzas de encontrarlos vivos se desvanecían, como el agua que desaparece en la arena. Después me di cuenta de que las mismas personas que estaban allí para ayudarme, mal disfrazadas de preocupación y pena, habían empezado a mirarme sospechosamente. No me importaba lo que pensaban de mí, lo único que yo quería era a mi mujer y a mi hijo de vuelta a nuestra casa y a salvo en mis brazos.

¡Jodidas hienas desleales de doble cara! ¡Eso es lo que son todos ellos! ¿Quién coño son ellos para juzgar? ¡Juzgarte por lo que no has hecho, no por lo que si hiciste! ¡Eres demasiado inteligente para ellos, cerdos cabrones!

Durante este tiempo, me iba arrastrando constantemente en mi miseria, desde la mañana hasta la noche, día tras día, una y otra vez, sintiéndome impotente, deshecho, perdido. Tenía un dolor físico extremo, como si me hubiesen dado una paliza de muerte y después me hubiesen forzado a tragarme hojas de afeitar.

Por la mañana seguía encontrándome nuevos cortes en mis muslos y antebrazos, como si me hubiesen atacado mientras dormía. Si no hubiese sido por Annie….bien, lo mejor es decir simplemente que fue mi época más negra.

¡Querido Tootsie! ¡Eras como un bebé triste que se comía su propia mierda! ¿Deberías haber sido un jodido ángel vengador? Tú también lo sabes.

Cuando el paisaje desértico ya se había vestido con sus colores de otoño, cuando el trabajo ya empezaba a resultarle demasiado caro al alcalde, sin que hubiesen elecciones en un futuro próximo que pudieran animarle a seguir esforzándose más, la búsqueda empezó a caer hacia una muerte lenta.

Fue más o menos entonces cuando el Cadillac rosa empezó a dar sus primeros paseos nocturnos. Pasaba lentamente por delante del refugio, daba la vuelta al final del camino y pasaba de nuevo por delante para volver hacia cualquiera que fuera la carretera del infierno de la cual se había perdido. Este viejo coche me hacía sentir el temor de Dios dentro de mí. Necesitaba escaparme, así que cuando el entusiasmo de los voluntarios locales empezó a decaer y los medios de comunicación con sed de sangre se hubieron ido en busca de desastres personales más productivos, me tomé un tiempo para volver a la ciudad.

Vendí mi Lotus y nuestro ático. Me alejé de mi salario de seis cifras y después, a pesar de causarle al presidente del banco alguna especie de apoplejía, coloqué el millón de dólares de recompensa, en billetes frescos, a salvo en el banco y cobré en efectivo el resto de mis ahorros e inversiones. De algún modo me sentí más aligerado.

Tan pronto como pude volví rápidamente al refugio para reanudar mi velorio, esperando que Lou y Tom volvieran a casa.

¿Tan pronto como pude? Jake, jodido mentiroso¡ , metiste tu feliz polla en todos los puntos cardinales de la ciudad durante un mes! ¡No había ni un solo coño caliente a salvo de ti chaval! ¡Demonios! No te acuerdas ¿verdad? ¡Jodido sinvergüenza! Me das pena, de verdad, sí, me das pena.

Cuando volví a casa nada había cambiado. Annie y Jon pasaban a verme casi cada día. La mayoría de noches esperaba levantado hasta que el Caddy rosa con su pegatina "el taxi de mamá" en el parabrisas, hubiera pasado amenazadoramente por delante de la puerta principal. Temía que finalmente, una noche, este vagón de la pasión, se parara y se abriera la puerta del conductor.

CAPÌTULO 7

2014

TENTACIÓN

Tommy y Lou no han aparecido todavía, ni vivos ni muertos. Annie ha cuidado de mi propia muerte en vida desde que la esperanza de encontrarlos vivos me abandonó llevándose consigo cada día eterno que ha pasado.

El Cadillac rosa continúa si cacería nocturna. A pesar de que todas mis puertas están cerradas con llave y las cortinas bajadas, todavía puedo oír sus ruedas pasando por los baches de la carretera y me estremezco cada vez que oigo el crujido que hace al pisar la gravilla. Todas las noches cuando sus faros iluminan las ventanas me dan retortijones en el estómago y noto una presión muy fuerte en el pecho y luego, como si supiese que ya estoy lo suficientemente cagado de miedo emprende su vuelta al infierno con el sexy ronroneo del motor.

Si alguna vez este coche se para, me zambulliré en el lago y, con lo mal nadador que soy, con suerte me ahogaré contento y feliz con tal de no tener que enfrentarme a él.

¡Ah! Entonces, ¿lo recuerdas? Juro por el gran Dios Oh, Joder, ¡que yo estaré allí ahogándome antes que tú!

Al menos durante el día estaba a salvo.

Estaba lavando mi vieja camioneta, Jolene, con Jon que hacía ver que me ayudaba. Estábamos solos así que le pregunté:

"Jon, ¿Habéis visto tú y Annie el Caddy rosa?

Se apoyó encima de la niña de mis ojos, limpiándose el sudor de su frente con una gamuza sucia. Me miró fijamente con sus penetrantes ojos azules como si me estuviese tanteando y dijo: "Demonios hijo, todo el mundo ha visto este coche ¿eh? Es un clásico. ¡Me encanta la canción!

Después se puso a bailar cruzando el patio, meneando sus viejas caderas, con una risita en su cara y aunque desafinando, cantando alegremente para sí mismo.

Le seguí, me puse a bailar detrás de él, y justo cuando mis oídos estaban a punto de reventar, Jon dejó de asesinar la canción y se paró de golpe como si hubiese chocado contra un muro invisible, se quedó quieto y ladeó la cabeza como si estuviera escuchando algo. Choqué contra él y casi lo lanzo por los aires, cuando recobramos el equilibrio, noté que de repente se había puesto serio y preocupado, y dijo:

"Sería mejor que recordases estas palabras hijo" "La tentación tiene muchas caras, pero es cuando usa su cara bonita cuando te está tentando a hacer algo malo. Lo sabes ¿verdad? ¿eh?". Después me guiñó el ojo, recobró su buen humor y sonrió mostrándome sus dientes manchados de tabaco.

"Sé que era su Cadillac rosa, el de ella ¿eh? " Dijo golpeándose con un dedo el lado de su nariz, como si estuviéramos compartiendo un secreto y después, se marchó dejándome sólo, dándole vueltas a lo que había dicho, y terminando de limpiar la camioneta.

Tesoro, cuando al final ella salga del coche, y ambos sabemos que la cabrona lo hará, ¡júrame por el amor de Dios que no la dejarás entrar en el refugio! ¿Me oyes? ¡Joder, no le dejes cruzar el umbral de la puerta! ¡Por lo que más quieras, por favor, Jacob! ¡Por lo que más quieras!

No puedo soportar más esta mierda. Echo de menos a mi pequeña familia. Me siento vacío, como si me hubieran arrancado el alma.

Estoy muerto pero nadie se da cuenta. ¿Por qué Jon no puede hablar más claro?

Porque es un jodido bastardo, tesoro. Podrías cortarlo en rebanadas, rebanándolo de principio a fin y encontrarías siempre en su interior la palabra bastardo.

Aparte del terror infundido al ser acosado por un coche rosa, generalmente no siento nada. Haría cualquier cosa para ver de nuevo a Lou y Tommy, pero empiezo a pensar que el infierno se congelará antes de que llegue este día.

¿El infierno? ¿El infierno? ¡Esto es vivir en el infierno amigo!¡Atrapado aquí, pudriéndome en este jodido agujero del infierno! ¡Esperando que se abra la puerta de ese Cadillac! ¡Mierda solete, Esto de aquí sí que es el infierno!

Odio estar muerto.

¡Y no estás muerto jodido!

Juro que si consigo que regresen Lou y Tommy nunca daré por sentado que estarán aquí conmigo para siempre.

¡Juro por todos los santos del cielo y por cada uno de los demonios de Satanás que si alguna vez le echo de nuevo la vista encima a Lou, joder, la mataré con mis propias manos!

CAPÌTULO 8

2014

SUEÑO HÚMEDO

Quiero empezar una nueva vida.

¡Esto puede ser jodidamente divertido!

Estoy considerando organizar un funeral en memoria de Lou y Tommy, para…, por decirlo de alguna forma espiritual, dejar que descansen en paz. Creo que a los padres de Lou también les podría gustar esta idea.

Si pudiera organizar una misa de esas, tal vez sería una forma de encontrar la fuerza que necesito para empezar a dar los primeros pasos dolorosos y así poder dejar a mi pequeña familia en el pasado.

He tomado una decisión. Hablaré con mi abogado y veré cuales son los trámites legales necesarios para declarar a Lou y a Tommy oficialmente muertos. Por fin lo he dicho. Lou y Tommy están muertos.

¡Muertos, difuntos, han pasado a mejor vida, se han ido al otro barrio, están criando malvas, han dado el último suspiro, la han espichado, son comida de gusanos, han ido a entrevistarse con el Creador, han estirado la pata, están seis pies bajo tierra, la han palmado, les han puesto el traje de madera!

¡Gloria Aleluya! ¡El muchacho al fin se ha dado cuenta!

¡Qué pena que no haya algún bastardo de quien podamos vengarnos y seguir causando estragos!

Sin embargo no puedo empezar con los preparativos del funeral todavía.

¡Sin prisas, jodido holgazán! ¡Sabes que van a seguir muertos durante mucho tiempo!

Ahora mismo, mi prioridad es averiguar qué demonios pasa con la bonita chica que se aloja en mi habitación de invitados.

Desde que Esperanza salió de una forma dramática del lago helado, he pasado muchas noches tumbado en mi gran cama de matrimonio, inquieto, frustrado en la habitación que está justo al lado de la suya. Dejando transcurrir las horas largas y oscuras, dando vueltas en la cama, soñando que tengo a Lou entre mis brazos para después despertarme enredado en las sábanas mojadas, sudando y aterrorizado por si la hubiera podido estrangular. Lógicamente, en la cama estoy yo y sólo yo.

He ido de puntillas, sigilosamente y me he quedado de pie al otro lado de la puerta escuchando como si fuera un pervertido, tratando de oír la respiración de Esperanza. La he vigilado desde la ventana cuando da su paseo vespertino a la orilla del lago, con su larga cabellera de platino reflejando la luz del sol cuando se apaga al anochecer.

He sufrido física y mentalmente, sabiendo que Esperanza está muy cerca de mí pero aún y así no puedo comunicarme con ella. ¡La condenada nunca habla conmigo!

Algunas noches me despierto de mis pesadillas en las que pego y humillo a Lou y la fuerzo a los actos sexuales más perversos, repugnantes y vejatorios, mientras ella me suplica que pare, actos que cuando estoy despierto jamás he deseado ni imaginado.

¡Estas noches son la rehostia!

Durante el día continúo sin lograr entablar una conversación con Esperanza, sobre ningún tema en absoluto. No hay forma.

Annie dice que Esperanza le ha dicho que se marchará cuando sea el momento adecuado. Que lo siente muchísimo, que le sabe muy mal pero que es inevitable, ya es demasiado tarde.

¿Lo siente? ¿Qué es lo que siente? Sólo Dios lo sabe. Por lo que a mí respecta lo que Esperanza dice, no significa nada para mí, cero, nothing, siempre tiene sus gélidos ojos grises mirando al suelo en mi presencia. Cualquiera podría pensar que soy un monstruo del que se debe tener miedo. ¡No lo soy! Soy solamente un hombre de mediana edad, solitario y triste que necesita de nuevo abrazar a una mujer.

¡Dios! ¡Me está volviendo loco!

¡Tío! ¡Hey, tío! ¡En esto estamos de acuerdo! ¡Me pone tan caliente, que siempre ando cojeando de lo empalmado que estoy!

Para hacer juego con mi angustia y frustración el cielo está negro y está nevando fuertemente otra vez. Ya se ha difuminado la línea entre la tierra y el lago helado, entre el lago y el bosque, entre la tierra y el cielo.

Lo bueno de todo eso, es que el refugio huele como un paraíso de tarta de manzana y galletas. Annie está en la cocina horneando pasteles para lo que parece ser una fiesta de al menos cien personas, hablando por los codos, mientras Esperanza le pasa silenciosamente pedazos cuadrados de mantequilla fresca, azúcar, harina, utensilios de cocina y manzanas dulces y ácidas.

Esperanza sigue a Annie por todas partes, limpiando con un trapo de microfibra las superficies enharinadas. No soy un experto en accesorios de cocina pero se lo que es eso, porque Annie está muy impresionada con estos estúpidos trapos al igual que lo está con el microondas, que hace que de un saltito de alegría cada vez que suena el "ping".

Esperanza está trabajando en un total y absoluto silencio. Annie habla tanto que no se da cuenta de la falta de habilidad de Esperanza para conversar. Creo que ella simplemente habla para sí misma.

Apoyo el trasero en la mesa del comedor divirtiéndome al ver la forma en que Esperanza va flotando alrededor de la cocina con movimientos airosos y elegantes, lo que me dificulta el poder seguirla con mis ojos codiciosos. Ella sabe que la estoy mirando. Pero como siempre, me ignora, aparte de alguna mirada de reojo desde detrás de sus largas pestañas blancas.

Mientras miro a Esperanza con admiración, empiezo a experimentar una agradable picazón por toda mi piel y noto que los músculos de mi estómago se están endureciendo. Quiero sonreírle pero eso me haría parecer un mirón, así que mantengo mi semblante frío al notar que una gran cantidad de sangre se me está acumulando en mi entrepierna. Creo que la palabra más adecuada es que tengo mi cosa "tumescente". Me gusta como suena.

Chaval, creo que tienes que aliviarte de alguna forma ahora mismo. ¡Métete de un salto dentro de este coche rojo cereza que usas para ligar, conduce hasta este pueblo de mala muerte y búscate algún coño bonito en el bar de Pat!

Me acerco a las bandejas donde se están enfriando las galletas con la intención de robar una y eso hace que me gane un buen golpetazo del trapo de cocina de Annie.

Divertido, voy hacia mi primer objetivo y me coloco cerca de Esperanza, pero ella suavemente se aparta de mí, como si una brisa invisible la hubiese transportado hacia la sala de estar. En un momento de locura, causado obviamente por mi lujuria y la falta de oxigeno y sangre en mi cerebro, la sigo. Quiero que sea mía. Quiero que se dé cuenta. Quiero que ella me desee.

Me mira cuando me acerco a ella. Mantiene su cabeza inusualmente alta. El silencio es atronador. No puedo seguir así, o esta situación termina hoy o tendré que mandarla de nuevo al lugar de donde ha venido, sea donde sea.

Esperanza tiene la espalda apoyada en la chimenea. Me doy cuenta que a pesar del calor que hace en la habitación, sus pezones están erguidos debajo de su delgada blusa. Trato de mantener el contacto visual. Alargo los brazos intentando abrazarla, pero ella me detiene, colocando su mano blanca como la leche contra mi pecho y sin sonreír, me mira fijamente a los ojos y susurra una palabra:

"Esta noche"

¿Esta noche? Finalmente me ha hablado y lo único que me ha dicho es "esta noche" ¿Qué diablos?

¿Se está burlando de mí? ¿Me está tomando el pelo? ¿Quiere que me haga ilusiones? ¿Me está amenazando? ¿Suplicando?

Estoy tan sorprendido que tropiezo con mis propios pies, y antes de que pueda decir algo estúpido me doy la vuelta y la dejo allí sola. Estoy tan excitado que casi no puedo respirar. Me encierro en el cuarto de baño. ¿Qué me está pasando?

Mucho más tarde hago como si estuviera mirando por la ventana cuando Annie, al final dice:

"Me voy a casa, ya he terminado por hoy. Te he dejado la cena ahí a un lado"

"Quédate" dije sin pensar. De repente tengo miedo de que Esperanza me haga daño.

"¡No seas tonto! Jon me necesita y ahora Esperanza está bien, y tú no estás teniendo ningún amago de ataque al corazón"

Mientras dice eso se ríe y no se da cuenta de que estoy petrificado.

Quiero contarle a Annie lo que me dijo Esperanza y que me miró, pero otra parte de mí estaba más excitada que asustada, estaba por decirlo de alguna forma, inquieto. Así que apresuradamente ayudo a Annie a ponerse el abrigo y la empujo afuera, a la nieve donde Jon la está esperando en su monstruoso camión. Vigilo hasta que las luces rojas traseras desaparecen en medio de la tempestad de nieve y entonces, nerviosamente entro de nuevo en mi casa.

Esperanza me está esperando.

Desnuda.

Se dirige hacia el cuarto de baño, la sigo con mis ojos fijos en sus caderas juveniles.

La habitación está llena de fragante vapor que sale de la bañera.

Noto que el aire caliente y húmedo huele a violetas.

Me desnudo lentamente, mis ojos recorren cada curva y cada plano de su cuerpo mientras ella me mira fijamente. La cojo entre mis brazos y deslizo mis manos desde sus hombros hasta sus fuertes nalgas, acercando y apretando su estómago plano hacia mi erección.

La beso con fuerza hasta hacerle sangre y después como un hombre muerto de hambre, chupo fuertemente cada uno de sus pezones.

Bajando mi boca hambrienta, rozo con mis dientes la parte interior de sus muslos, mientras mis dedos se deslizan dentro de ella. No reacciona, no dice ni una palabra y así silenciosamente, nos metemos en el agua caliente y al final la bajo hacia mí y la penetro.

¡Me estoy ahogando! Tengo la boca llena de asquerosa agua helada, el sabor a raíces y tierra invade mi boca provocándome arcadas. Salgo de la tenebrosa oscuridad del lago hacia el aire helado de la noche. Estoy vomitando y me estoy atragantando pero entonces me sumerjo de nuevo, y me vuelvo a sumergir hasta que mis pulmones me queman y la presión hace que mi cabeza esté a punto de estallar.

¡Oh Dios! ¡No puedo morir, ahora no! ¡Tommy! ¡Lou! El aire es tan helado que al respirar me sale humo de la boca.

Nubes de vapor con fragancia de violeta se arremolinan en el cuarto de baño. Esperanza está sentada encima de mí a horcajadas, follándome con fuerza, empujándome hacia su interior. Las burbujas del agua caliente se desbordan y caen al suelo.

No puedo recuperar el aliento porque ella me empuja con su cuerpo hacia el fondo, envolviéndome con su resbaladiza calidez. Mi cabeza resbala debajo del agua jabonosa. La agarro por su delgada cintura empujándola fuertemente hacia arriba metiéndosela y sacándosela, y ella sube y baja dentro de mi cuerpo mientras los dos miramos como la penetro una y otra vez.

No recuerdo como empezó todo esto. No me importa. Lo necesito. La necesito.

Miro en el interior de sus ojos grises y veo triunfo, escasamente disfrazado de pasión. Gime y echa hacia atrás su cabeza, chorros de agua bajan por sus pechos y se estremece apoyando sobre mi pecho sus erectos pezones, mis manos se enredan en su cabello, sus uñas arañan mis hombros, me mordisquea el cuello y mete su pequeña lengua caliente en mi boca. Rápidamente me corro dentro de ella con fuerza y todo termina.

Sale de encima de mí y se va del baño mientras yo me fijo en su desnudez y noto al mirarla de que es pálida, casi transparente. Me doy cuenta de que el agua caliente en la que nuestros cuerpos se juntaron y en la que estoy sumergido está ahora fría. Estoy helado.

Quiero pedirle a Esperanza si ella sabe por qué de repente hace tanto maldito frío aquí dentro, pero ella no está en el cuarto de baño. Se ha ido, dejándome temblando en el agua helada y preguntándome qué demonios acaba de suceder.

¿Qué ha pasado? ¡Tío, oh tío! ¡Nuestro muchacho al final ha podido aliviarse un poco! ¡Oh joder! ¡Estoy tan orgulloso y agradecido!

A la mañana siguiente me despierto solo en la cama donde me doy cuenta de que no tengo ni la más mínima idea de cómo he llegado aquí.

Me quedo echado ahí unos minutos disfrutando del calor de las pesadas mantas. La puerta está entreabierta así que puedo oír a Annie charlando con Jon y Esperanza sobre que hay indicios de que el lago va a descongelarse muy pronto. Dice que este invierno ha hecho tanto calor fuera de temporada, que la parte helada del lago es peligrosa.

Yo creo que Esperanza es peligrosa también, ella puede llevarte a situaciones extrañas e inesperadas.

Me visto lentamente y respiro profundamente antes de ir a la cocina. No sé por qué razón, me aterroriza ver a Esperanza esta mañana, pero ella me sonríe y me saluda con la cabeza. Ya hemos ganado algo.

Tiene un aspecto diferente, tiene color en las mejillas y su pelo brilla con los débiles rayos de sol de invierno que se reflejan en las sartenes de cobre.

Sus labios están rosados. Quiero morderlos.

CAPÌTULO 9

2014

EXPUESTO

Creo que ya han pasado unas semanas desde que Esperanza llegó, aunque no soy muy bueno calculando el tiempo.

Por suerte, tal como Annie predijo, ha empezado un lento deshielo. Desafortunadamente no se ha mencionado nada, ni se ha repetido el fantástico sexo que tuvimos en el cuarto de baño. Es como si nunca hubiese ocurrido.

El agua del deshielo está llegando a la orilla del lago y empuja el hielo, los árboles gotean durante el día y se hielan por la noche.

Gotear, helar, gotear.

Me voy a volver completamente loco aquí en el refugio, así que le sugiero a Esperanza que venga a dar una vuelta conmigo al pueblo para ir a comprar comida y cambiar de aires.

Me he fijado en que Esperanza lleva puesta la ropa de Lou, seguramente la ha llevado durante todo este tiempo, pero los ciegos no pueden ver y estoy empezando a darme cuenta de que estoy loco por ella. Me siento como un niño con zapatos nuevos. Debo estar teniendo la ridícula crisis de los cuarenta. Bueno, ¿Por qué no? Peor sería comprarse una Harley Davidson, vestir chupas de cuero de motorista y perseguir a adolescentes de punta a punta de la Ruta 66.

¡Joder, tío! Eso tampoco es tan divertido. De verdad, me desesperas.

La ropa de Lou le sienta muy bien a Esperanza. ¿Cómo le puede sentar tan bien? De todas formas, vestida así está muy hermosa, así que no hago caso. Es un sentimiento raro. No estoy enamorado. Sólo estoy ansioso de volver a hacer el amor con ella, sí, otra vez, en cuanto llegue el momento adecuado y ella esté lista. Por primera vez desde que se fue Louise, no estoy constantemente esperando su vuelta. Me siento culpable porque amo a Lou y realmente quiero que vuelva. Necesito que vuelva Tommy incluso más. Después de todo, en realidad creo que no están muertos ¿o sí?

Estoy frustrado y me siento confundido.

Chaval, tu siempre estas jodidamente confundido, en realidad ¡lo tuyo es como una enfermedad terminal! Ya puedes rezar para que ella nunca vuelva cabrón. Tommy sí, ¡pero no ésta maloliente y asquerosa sucia zorra!

El simple viaje a este pueblucho nuestro, es una pesadilla desde el momento que he aparcado la camioneta delante del Bar-almacén irlandés de Pat y, debido al hielo y a la capa fina de nieve que hay en el suelo salimos con mucha precaución.

Cojo a Esperanza por el codo para sujetarla y dejarla segura sobre la acera resbaladiza y en este momento empiezan los cuchicheos y miradas de los lugareños. Sus ojos curiosos nos siguen a cada paso que damos. Aseguraría que uno o dos de ellos nos han seguido varios metros, pero nadie se nos ha acercado. No ha habido ni un simple ¿Cómo estáis? de algún amigo, ni un ¿Qué tal van las cosas?, absolutamente nadie nos ha dirigido la palabra.

El pelo de la nuca se me está erizando y me pica el cuero cabelludo.

Me siento como un pez en una jodida pecera.

Esperanza está callada y simplemente anda hacia cualquier dirección a la que le hago ir. En la tienda de comestibles la chica de la caja, que extrañamente me resultaba familiar, con una chapa clavada sobre su gran pecho izquierdo, con las palabras "mi nombre es Jane", es incapaz de sacarnos la vista de encima, así que tarda una eternidad en contar y empaquetar nuestra compra.

¡Hey, Jane! ¿Te acuerdas de quién es este papá? ¡Joder! ¡Si, apuesto a que sí chica!

Al final, cuando nos disponemos a salir de la tienda para ir directos hacia la camioneta, con nuestras provisiones, veo a Jim caminando hacia nosotros. Conocí a Jim cuando era un chaval, creo que una vez jugó a indios y vaqueros conmigo. Estoy inmensamente feliz de ver una cara amiga en el pueblo. El pobre Jim, cruza la calle a toda prisa intentando hacer todo lo posible para evitarnos, resbala al pisar un trozo helado y está a punto de caerse, pero justo a tiempo, moviendo los brazos como si fueran las aspas de un molino, recupera el equilibrio y se aleja rápidamente.

Jim se escapa, pero nos ha visto, se que nos ha visto, su extraño comportamiento es desconcertante y preocupante y yo necesito saber por qué se está comportando de una forma tan rara. Esto no puedo dejarlo pasar.

"¡Jim!, ¡Jim! Le grito al ver que sale huyendo.

Abandono a Esperanza, dejándola esperando delante de la farmacia y salgo corriendo tras él persiguiéndole, patinando y resbalando como si fuera Bambi sobre el hielo. Se escapa, patinando y resbalando igual que yo. Le gano terreno y le agarro por un brazo. Se da la vuelta. Tiene un aspecto terrible, tiene la piel de un color grisáceo y los labios amoratados.

"¡Jesucristo Jim! ¿Qué te pasa viejo amigo?" Me quedé sorprendido al ver lágrimas que le bajaban por su cara arrugada.

"¿Dónde están todos Jacob? no encuentro a nadie" Su voz se entrecorta en el aire helado. Casi no le puedo oír.

"Jim, deja que te lleve a casa, hoy hace demasiado frío para estar en la calle" Creo que tal vez ha pasado demasiado tiempo en el bar de Pat. No sería la primera vez. Lo puedo asegurar.

"No, no, no Jacob".

"Entonces prométeme que vendrás pronto a visitarme, y a Jon y a Annie."

Visiblemente agitado, Jim se suelta de mi mano y se va tan rápido como puede para escaparse de mí.

No intento seguirlo.

¡Ojalá lo hubiese hecho!

No, no lo sigues porque como siempre estás hecho un manojo de nervios chaval. ¡Dios de los folladores de tetas! ¡Ni siquiera puedes con un viejo!¡Me avergüenzo de ti! ¡Gilipollas!

Estoy preocupado por el extraño comportamiento de Jim, algunas veces me ocurre lo mismo, tampoco encuentro a nadie aquí.

Me doy cuenta de que mi cara está fría y estoy a punto de llorar cuando miro a mi alrededor buscando a Esperanza, ha desaparecido. Me da un vuelco el corazón. Por favor Dios, no me hagas esto, otra vez no, no lo podría soportar.

Vuelvo a subir apresuradamente a la acera mortal, sin tener cuidado, y prácticamente entro a la farmacia patinando, dejando la campanilla de la puerta tintineando alegremente. Estoy sin respiración y siento que el pánico aumenta en mi pecho. Siento descargas eléctricas por todo mi cuerpo.

Un sentimiento de alivio recorre mis venas y me flaquean las piernas. Ahí está, mi Esperanza, de pié sólo a unos metros de mí, asintiendo con la cabeza y sonriendo a la anciana Mrs. Abbot que está esperando su gran cantidad de pastillas.

Me apoyo en el mostrador de la tienda, agarrándome el flato que me ha dado en un lado, y recuperando el aliento. Mirándolas y escuchando su conversación.

"¿Quieres agua Jacob?" interrumpe el farmacéutico.

"¡No, señor! ¡Quiero un milagro!" El farmacéutico se aleja con un gran interrogante escrito en la cara.

Esperanza amablemente acaricia la mano de la anciana, le sonríe, le dice adiós con la cabeza y se coge de mi brazo. Ya estoy calmado otra vez.

Cuando abro la ruidosa puerta para marcharnos, Mrs. Abbot nos llama:

"Adiós querido Jacob, encantada de verte otra vez Lou, muchos besos a Tommy"

Creo que me voy a desmayar, se me empiezan a doblar las rodillas, Esperanza me sujeta por el codo y entonces recuerdo que Mrs. Abbot padece demencia senil y vuelvo a recuperar las fuerzas.

No puedo soportar esto mucho más, me va a matar.

"Vamos mujercita" bromeo, "Vamos a meterte en la camioneta y regresaremos a casa".

Annie está esperando, hablando a una velocidad inusual, sobre el dolor de espalda de Jon, sobre sus muchas y variadas quejas, las ruidosas fiestas de los visitantes del lago, el tiempo. Annie está hablando sobre todo y sobre nada mientras da vueltas moviendo el plumero multicolor sacando el polvo descuidadamente aquí y allá, dónde por mucho que mires no encuentras polvo.

Entiendo estas señales, sé que Annie está nerviosa cuando da vueltas a mi alrededor. Esperanza tiene la sensación de que Annie necesita espacio para hablar conmigo, se pone de nuevo el abrigo y las botas y sale por la puerta trasera hacia la débil luz del sol del atardecer.

Solamente entonces, cuando estamos solos, Annie dice:

"Jacob, la policía ha llamado. El Capitán Ron quiere que lo llames tan pronto como puedas" Se seca las manos nerviosamente.

"¡Oh, Dios mío, Annie!" "Tengo miedo ¿Y si los han encontrado vivos? ¿Y si Lou está muerta y Tommy está vivo? ¿Y si mi muchacho está muerto y Lou está viva?"

¡Entonces yo mismo acabaré con esa jodida zorra!

Annie me abraza y mirándome a los ojos me dice dulcemente

"No creo que se trate de eso, llámalo y averígualo de una vez"

Hice la llamada y envié a Annie a casa. Ahora el Capitán Rob está sentado en mi sillón favorito, al lado de la chimenea, haciendo girar una y otra vez sobre las rodillas, su maltrecha y vieja gorra de policía y retorciéndole el borde. Me siento frente a él, en la silla que me queda como segunda opción.

Le he escuchado con atención, y entiendo el significado de cada estúpida palabra que ha salido de su boca, pero no le puedo responder.

Rob me pregunta "Jacob, ¿Por qué no nos informaste inmediatamente de la vuelta de Louise?"

Estoy paralizado, me quedo mirándole fijamente a la cara, vigilando como se mueven sus labios, como si fuera a cámara lenta. No puedo hablar. Me estoy ahogando. Puedo notar como mi garganta se está llenando de tierra. Mi corazón late tan rápido que se me pueden romper las costillas.

"Mira Jacob", varios habitantes del pueblo, entre ellos, Mr. Savage, el farmacéutico, nos ha dicho que hoy os han visto a ti y a Lou yendo de compras. Sois la comidilla del pueblo y quiero ver a Lou y a Tommy, ¡Ahora mismo!

La cabeza me da vueltas con toda esta locura y siento que me voy a desmayar. Estoy asustado y sudando a mares.

¡Como un jodido esquimal en una sauna, chaval!

Rob se inclina y se acerca más a mí.

"De acuerdo, vamos con otro tema, así tendrás tiempo de pensar"

Me mira directamente a los ojos y puedo notar su violencia reprimida a punto de estallar, cuando dice:

"¿Has oído lo que le ha pasado a Jim?"

Mi saliva sabe a asquerosa agua salobre y me falta la respiración. ¡No puedo respirar! Me agarro el cuello, estoy haciendo movimientos frenéticos con la otra mano señalando a la cocina. Intento decirle a Rob que me estoy ahogando, ¡no puedo respirar, me estoy muriendo!

Un débil y agudo silbido sale de mi boca. Me sangra la nariz. Dios Todopoderoso ¿No me va a ayudar?

Si, seguro que te ayuda, ¡como el jodido carnicero ayuda al cerdo! ¡Va detrás de tu pellejo, tesoro!

Finalmente Rob se da cuenta y me trae una bolsa de papel marrón, me la pasa para que respire dentro, después me pone un vaso en mis labios y me ayuda a dar unos sorbos de agua fría mientras espera pacientemente a que me recupere.

"Asma", dice sabiamente, "a mi chico le pasa lo mismo"

"Siento tener que ser yo quien te lo diga, Jacob" dice moviendo la cabeza lentamente de lado a lado, la luz de la lámpara rebota en su brillante y lustrosa calvicie.

"El viejo Jim murió en su casa ayer por la noche, su hija, Lori, pasó a verle y lo encontró frío como un témpano. Debió suceder un poco antes de que ella lo encontrara. Murió en su silla al lado del fuego, tenía el periódico de la tarde abierto sobre sus rodillas. Una buena muerte".

"¿Qué?" "¡No puede ser!" gruñí, "Lo vi en el pueblo esta tarde temprano. Hablé con él, está vivo, debes estar equivocado". "Y en cuanto a Lou, no ha vuelto, la mujer que estaba conmigo es Esperanza, está aquí de visita. Pregúntaselo a Doc, pregúntaselo a Annie, a Jon, a Sam o a Nancy".

Estoy hablando de una forma ininteligible, atropelladamente, como si estuviese escupiendo las palabras, suplicando que me crea. Estoy desesperado, no entiendo nada.

"Rob, escúchame. He visto a Jim hoy mismo, así que por lo tanto no pudo morir ayer por la noche. Estuve en el pueblo con Esperanza, ella no se parece en nada a Louise, excepto por que llevaba su ropa, eso sí".

"Jacob, si yo te creo, entonces, por lógica tengo que pensar que todas las otras personas del pueblo están locas, son malvadas o simplemente están alucinando".

"Rob, créeme cuando te digo que incluso yo mismo dudo de mi propia cordura, pero ¡esa mujer no es Louise! Espera un poco y tú mismo lo podrás ver. Ahora quiero dormir. ¡No!, lo que tengo que hacer es despertarme, debo estar soñando, eso es, todo eso es un mal sueño. Me despertaré muy pronto y muy probablemente no me acordaré de nada de todo esto. Pero, ¡Rob, por Dios, ayúdame! ¡Estoy luchando para poder entender lo que pasa!"

Te estás retorciendo horrorizado y sin embargo fíjate como te mira este bastardo policía tonto del culo, de la misma forma que lo hacía hace cinco años, con pena y al mismo tiempo con desconfianza. ¡Me gustaría borrarle ahora mismo esta mirada de su cara fea y gorda de cerdo!

Lo siguiente que recuerdo es que Doc vino a visitarme y me dio una pastilla para relajarme.

CAPÌTULO 10

2014

JOLENE

Esta mañana me he despertado en mi sillón, sintiéndome como si me hubiese bebido una botella entera de Bourbon, sólo, sin hielo.

Voy al cuarto de baño dando tumbos, me miro en el espejo, tengo los ojos húmedos y rojos como la sangre.

¡Mierda tío! Joder, Parece como si hubieses echado un montón de buenos polvos.

Tengo que afeitarme una barba de más de un día. ¿Cuánto tiempo he estado fuera?

Mi piel tiene un tono grisáceo, mate, apagado, como alguien que ha salido recientemente de prisión después de una larga estancia. Me siento en el borde del baño. Estoy mareado. La cabeza me pesa demasiado, así que apoyo la barbilla en el pecho y acuno la resaca en mis manos.

El estómago me sube y me baja como un pequeño barco en un mar tormentoso, tengo nauseas.... Vomito en el inodoro todo lo que tengo dentro. Estoy arrodillado con mi pobre cabeza colgando encima de la taza y me quedo aquí hasta que mi estómago se ha vaciado completamente y la habitación ha parado de dar vueltas.

Si alguien me hubiese preguntado, habría jurado que había vomitado esa apestosa y marronosa agua del lago y tierra negra, pero naturalmente, eso es imposible.

Me parece que ya me he vaciado de cualquiera que fuese el veneno que tenia dentro, así que con cuidado, me lavo los dientes. Me aseo con mucha delicadeza, sin prisa. Después de una larga ducha caliente, me afeito la barba, me pongo mis Levis y doy gracias a Dios por sentirme de nuevo medio humano.

Cuando voy hacia la cocina, descalzo y descamisado, me llega un tentador aroma a café recién hecho y a pan recién horneado, como avisándome de que el desayuno ya me está esperando. Annie está friendo huevos y bacon, mi gula dice "dame" pero mi desleal estómago se revuelve solo por el olor.

"Solamente café para mí, Annie".

Annie se da la vuelta y en lugar de café me pasa un vaso de agua helada. Por la cara que pone, parece sentirse tan mal como yo. Jon está también aquí, sentado en mi mesa, parece más preocupado que nunca.

"Mala cosa lo del viejo Jim ¿eh?"

"¿Qué pasa con Jim? Estoy hecho un lío. Ayer lo vi en el pueblo. Actuó conmigo de una forma extraña pero juro que estaba bien".

" Bien, sí hijo," dice Jon hablando lenta y pausadamente, entonces con esta teoría, también mucha gente podría jurar sobre la Sagrada Biblia, que ayer te vieron con Lou, pero sabemos que eso no es así. Inquietante, ¿verdad?".

¿Eh? ¿Por qué no te vas a la mierda y te llevas a tu puta madre contigo? ¡Viejo bastardo entrometido!

Annie está trajinando con las ollas y las sartenes, dando golpetazos a mi caro fregadero. A pesar de su evidente adoración por el microondas, cree que el lavavajillas es un perverso invento. Según ella es "una forma endemoniada para hacernos desaprovechar una agua muy valiosa".

"Jon, ¿Cómo pude ver a Jim si el Capitán Rob dice que estaba muerto?"

Jon ignora mi pregunta, lo que es una mala costumbre suya, así que espero a que él continúe con la conversación que él quiera tener, mientras me mira, con los brazos desafiantes, cruzados sobre la pechera de su vieja camisa de cuadros manchada de comida.

"¿Qué le has hecho a tu hermosa camioneta? ¿eh? ¿eh? Hijo sabes mejor que nadie lo de que si bebes no conduzcas ¿eh? ¿eh?"

"¿Qué? ¿Estás de broma? Por favor, dime que estas de coña". Ya estoy casi a medio camino de la puerta, poniéndome la chaqueta y empujando mis pies dentro de las botas.

Jon sabe que mi Chevrolet 10 Silverado de 1984, perfectamente restaurado, es mi orgullo y mi alegría. A esta antigua chica, la reparé yo mismo. Soy su tercer propietario, el primero fue algún vaquero de Texas y el segundo fue el difunto Jim, conocido por aquel entonces solamente como Jim, sin el prefijo.

El nombre de mi Chevy es Jolene, como la canción, y me costó años de trabajo desinteresado, una cantidad aberrante de dólares y un amor incondicional. Todo gastado felizmente para restaurarla y devolverle su original belleza americana.

Maldita Jolene, es un capricho, tan sexy, todo el interior es original, el motor y la transmisión. ¡Oh tío! ¡Amo esta camioneta!

Después de la muerte de Susie descubrí que a Jolene no se le llamaba "pick up" en vano. Hay cierta clase de chicas indecentes a las que les encanta que las recojan para echar un buen polvo con un chico del campo.

Gracias por estos recuerdos Bud, casi me había olvidado de esos buenos tiempos ¿Recuerdas aquella rubia en la ruta 66, que hacía autostop con una amiga y que llevaba unos shorts que decían fóllame?

Buscaba consuelo aquí y allá. Era joven y estaba hecho polvo. Jolene me fue de gran ayuda durante esta época.

Esta tía debía haberse caído del árbol de los feos golpeándose al caer con todas y cada una de las ramas. Maldita sea, esa zorra era fea de cojones, parecía un extra salido de Thriller, aunque follaba de puta madre.

Tal vez debería haber sido más cuidadoso, pero casi siempre estaba borracho, drogado o ambas cosas. Es un milagro que sobreviviera para contarlo.

Me gustan las chicas feas, ¡Joder, son tan agradecidas!

Me gustaría ponerle un motor de serie V8.

Estoy divagando.

Prácticamente tropiezo con mis pies al salir precipitadamente para inspeccionar a mi querida Jolene. A primera vista, me parece que está bien y me parece que el viejo Jon me está tomando el pelo.

Me acerco más a ella y descubro que hay sangre seca y otras sustancias no identificables pegadas en su siempre impoluta rejilla cromada frontal. Peor aún, su pintura rojo cereza de uno de los lados está cubierta de arañazos de arriba abajo, su parachoques cuidadosamente abrillantado, está doblado y completamente deformado.

"lo siento, joder, es una tragedia, Bud."

Jon está a mi lado, tiene las manos metidas en los bolsillos delanteros de sus trotinados Levis, meneaba la cabeza lentamente. Parecía sentirse tan miserable como yo.

"¡Jon! ¿Qué diablos le ha pasado a mi vieja chica? ¡Parece como si la hubiesen machacado con una barra de hierro!"

Tengo ganas de llorar.

"Ahora no pierdas los estribos, no hay nada que no se pueda solucionar, es una camioneta para follar Jacob, necesita acción.

"¿Atropellaste a una ciervo, hijo?, por el estado en el que ha quedado la camioneta, debiste dejarlo tieso. ¿Qué lástima tu vieja chica? ¿eh? Está hecha una pena".

¿Matado a un ciervo? ¡Ojalá! Eso lo podrías superar tesoro, pero ¿Tal vez fue un jodido ciervo que ladraba y movía la cola? ¡Sí, tal vez fue una mascota muy querida! ¿A quién coño le importa? ¡Fue divertido!

Jon dio un bufido y un trozo de tabaco mascado aterrizó sobre mi bota ¡Qué asco!

Abro la puerta de Jolene y meto la cabeza dentro, un fulminante hedor me ataca y en su interior, en el suelo, encuentro más de una docena de latas de cerveza vacías y un cuarto de botella de Jack Daniels.

Su una vez inmaculado cenicero está lleno a rebosar.

"Oh, Dios mío, Jon, ¡Hay una quemadura en el cuero de la tapicería!"

"Cálmate y respira profundamente hijo, ¡podemos arreglarla y dejarla como nueva!"

"¿Qué es esta peste, Jon? ¿No hueles? ¡Tío, me están entrando náuseas!"

Jon hace el intento de meter la cabeza dentro de la cabina pero inmediatamente sale tambaleándose, tosiendo y agitando las manos delante de su nariz.

"Un cojonudo y dulce perfume a almizcle, ¿eh?"

La hermosa cabina de Jolene, cromada y con tapicería de cuero de color crema apesta a un polvo barato en un antro de carretera.

¡Joder! ¡Y no fue barato! Fácil no es lo mismo que barato. ¡Por favor! ¡Un respeto!

Jon recupera la compostura y se mete en la cabina.

"¡Eh!" suelta una risita señalando un par de bragas rosas y negras de encaje, que cuelgan del perfectamente abrillantado embellecedor del cambio de marchas.

"No apruebo el conducir borracho hijo, pero me da la impresión de que te agenciaste un buen culo, aunque ¡ya era hora!".

"Jon, deja ya esta sonrisita antes de que te parta la cara. Lo juro, no me levanté de la cama ayer por la noche. La pastilla que Doc me dio me dejó para el arrastre".

"Doc ¿eh?, si es así, entonces algún bastardo cachondo debió robar tu camioneta, montó una juerga dentro de ella y mató a alguna criatura, después muy considerado y remordiéndole la conciencia, debió devolver a Jolene a su sitio y la aparcó perfectamente en su lugar de siempre dejando un trofeo de la fiesta en el cambio de marchas ¿eh?".

"¡Jon! ¡Mierda! Necesito mi inhalador, tengo que sacarme de encima este olor, Jon, por favor dime lo que me está pasando"

¿Has considerado el que tal vez puedas tener un jodido enema en el cerebro?

"Hijo, no sabría que decirte. Yo estoy aquí solamente para ayudar, al igual que Annie ¿eh? Pero te aconsejo que dejes a un lado el alcohol y el tabaco, entonces no necesitarás el inhalador y tal vez tus recuerdos se aclaren.

Los dos salimos de la camioneta. Jon viene hacia mí y todavía sonriendo como un estúpido pueblerino dice:

"Pobre vieja Jolene. Espero que de verdad la chica al menos mereciera la pena".

Sí, mereció la pena. Te lo agradezco mucho. Y ahora ¡lárgate!

Con la cabeza todavía dándome martillazos, cojo el inhalador, aspiro, y eso hace que lo que tengo dentro del estómago me empiece a subir y bajar y se me vaya para el otro lado, me atraganto y vomito aquí mismo.

"Voy a buscar la manguera, hijo"

"Jon, necesito ayuda. Necesito a Doc. Necesito recordar"

Jon limpia mi vómito con la manguera. Después le echa un manguerazo a Jolene limpiándole la sangre y el resto de las innombrables sustancias que la desfiguran. Yo saco de la cabina las colillas, las latas, la botella y las bragas de encaje, y todo junto va a parar al cubo de la basura.

"No le menciones nada de eso a Annie, por favor, Jon"

"¿eh? Nunca se me ha pasado por la cabeza hijo, aunque la vieja bruja probablemente lo supo antes que nosotros"

Se marcha riéndose por dentro.

Dejo abiertas las ventanas de la camioneta para que se airee.

Después de limpiar a Jolene ya no tengo tantas nauseas. Voy a la cocina para lavarme. Annie no me mira a los ojos. Está sacándole brillo a las sartenes de cobre aunque no lo necesitan para nada. Creo que ella lo oyó todo pero prefiere no decir nada, lo que es toda una novedad.

Yo rompo el silencio.

"¿Has visto a Esperanza esta mañana, Annie?"

"No hijo, nadie ha dormido en su cama"

Lo compruebo. La habitación está vacía. La cama está hecha, la ventana abierta.

¡Joder, solete! ¡Hace tanto frío aquí que se le podrían congelar las tetas a una bruja!

Las prendas de vestir que Esperanza cogió prestadas están colgadas en el armario, excepto el abrigo de entretiempo y las botas de montaña.

"Esperanza se ha ido". Annie parece angustiada.

"La vi por última vez ayer al atardecer, cuando salió de la cocina. Podría estar perdida por ahí, con estas temperaturas bajo cero.

Me siento en una esquina de la cama de Esperanza, con la cabeza entre mis manos. Quiero llorar como un bebé, pero no lo hago.

"Annie, ¿vas a llamar a la policía para decirles que ha desaparecido?"

"Estarás de broma ¿eh?" se ríe Jon.

Veo a Annie diciéndole con la mirada que se calle. Él no le hace ni caso.

"Vamos a esperar un poco, Jacob. No queremos que se monte otro circo de tres pistas ¿verdad? Esperanza va y viene cuando le da la gana, ¿lo sabes, eh?"

¡Que entren los payasos! Si señor, ¡Que se forme el pelotón! ¡Hombres a la armas! ¡Esperanza ha desaparecido, Esperanza ha desaparecido! ¡Alerta roja a todas las estaciones! ¡Maldito loco!

Estoy rezando, "Por favor, Dios, te lo prometo, devuélvela a casa sana y salva y haré cualquier cosa que me pidas".

No me jodas, solete, ¿No ves que tiene muchísimo trabajo? Tío, no molestes más al viejo ¿No te das cuenta que tiene que encargarse de todo un jodido universo?

Un par de minutos más tarde la puerta se abre y ¡Ahí está!

Esperanza, enmarcada en la puerta de la entrada, brillando como un ángel. En cuanto a mí, bien. Creo en Dios.

"¿Dónde has estado?" pregunta Annie.

"Ven aquí, sácate el abrigo y las botas, siéntate, estás helada. Jon, trae las mantas, y tú Jacob, tú... bueno, ¡cálmate!"

¡La desaparecida Esperanza ha vuelto! Primero me animas y después me dejas tirado, jodido, una decepción, como siempre. ¡Eres un despojo humano! ¡Eso es lo que eres chaval!

Esperanza no nos dice ni una sola palabra, a ninguno de nosotros. Estoy preocupado, parece agotada y triste. Ignorando lo que le ha dicho Annie se va derecha a su habitación. La sigo y veo como se acuesta completamente vestida encima del edredón como si fuese una niña agotada y cierra los ojos.

Frágil, eso es lo que es Esperanza, frágil como un copo de nieve al sol.

Estamos solos. Annie y Jon se han ido a casa dejándome con las instrucciones de cuidar a Esperanza y de no volverla a perder. Es media tarde, el sol se está hundiendo en el cielo invernal, así que voy a echarle un vistazo. Gracias a Annie, Esperanza ya no lleva las ropas mojadas y está bien arropada y cómoda, además tuve la idea, solamente para asegurarme de que estaba bien, de que Doc viniera a visitarla. Sí, está bien.

Los carámbanos del exterior de la ventana se están descongelando y gotean continuamente sobre la repisa saliente de madera. El fuego está crepitando en la chimenea. Le echo otro leño. Con esa luz, Esperanza parece casi transparente y a pesar del fuego ardiente, la habitación está muy fría, así que me tumbo en la cama a su lado y la abrazo con suavidad para darle calor.

¡Joder!¡Que dulzura! Deberías haber estado en 'Love Story'.

Esperanza se agita cuando tiernamente la atraigo hacia mí, mi estómago es como una dura hoguera de fuego, me duelen todos los músculos del cuerpo cuando la penetro. Se gira hacia mí sonriendo, tiene los ojos entreabiertos, aprieta sus erectos pezones contra mi pecho, coloca una suave pierna sobre la mía, me acoge con satisfacción, abriéndome su cuerpo como una flor. Mis labios buscan sus orejas, su cuello, los lamo ansiosamente, gime en voz alta y empuja fuertemente sus caderas contra las mías. Su mano se mete entre nuestros cuerpos apretados mientras le acaricio su pecho y reverentemente deslizo la otra hacia el interior de sus muslos. Me pellizca el cuello, me besa, me acaricia y frota su cuerpo contra el mío y ya soy un hombre perdido.

¿Hicimos el amor? ¿Eso es lo que fue? Yo sólo sé que cuando yo empujaba profundamente hacia el interior de sus apretados, ardientes y húmedos muslos, ella se levantaba para ir en busca de cada desesperado empujón y me sentía como si volviera a casa.

Dormimos juntos pero me he despertado sólo.

Me siento satisfecho, tranquilo, relajado.

Noto que tengo algo de ropa en mi muslo derecho.

Busco debajo del edredón y mi mano encuentra unas bragas húmedas rojas y negras de encaje, cubiertas de semen frío y pegajoso.

Grito hasta quedarme sin voz, pero nadie, ni siquiera Esperanza acude corriendo a consolarme.

¡Oh, porfaaaaaaa! ¡Para ya Jacob! ¡Me estás matando, eres un jodido comediante, un cómico genial! ¡Jodido cabronazo! ¡Vuelve al país de los sueños antes de que me salga una hernia!

El día siguiente, mientras estoy sentado en la mesa de la cocina, cojo la mano pálida de Esperanza entre las mías, le ofrezco mi mejor sonrisa perversa y como si nada le hago una sugerencia:

"Hace frío aquí ¿Por qué no vamos a un lugar más caluroso a vivir juntos?"

Me mira por debajo de sus heladas pestañas y me ofrece su sonrisa secreta, haciendo que mi libido resucitara de nueva. Empiezo a atraerla hacia mí pero amablemente me aparta diciendo que no con la cabeza. Después se levanta de la mesa y antes de que me dé cuenta de sus intenciones, ha salido por la puerta trasera y ya está en el exterior paseando en la orilla del lago.

¿Llevaba puestos los zapatos? Me pregunto ¿En realidad tenía hielo en sus pestañas? ¡Idiota! ¡Levántate y ve tras ella!

Me pongo los zapatos y me enfundo el abrigo, cojo su abrigo y sus botas y bajo corriendo hacia el lago.

Está nevando suavemente, helando la hierba, los árboles, el lago. Es mágico pero no veo a Esperanza por ninguna parte.

Sigo sus pisadas, voy hasta el principio del bosque y más adentro, ella va descalza, no puede ir muy lejos con este frío. El bosque está oscuro, las pinochas de los árboles cubren el suelo como si fueran clavos oxidados, se pueden oír pequeños animales crujiendo bajo la maleza. Esta es una zona de osos y pumas. Estos bosques son un lugar donde no se debe ir bajo ningún concepto si no llevas un rifle o un amigo.

¡Esperanza! ¡Esperanza! ¡Vuelve! ¡Esperanza! La llamo a gritos una y otra vez, no hay respuesta, tampoco hay ya más huellas.

Continúo buscándola, llamándola por su nombre hasta quedarme sin voz. Tengo tanto frío que no noto los dedos ni de las manos ni de los pies y mis ojos me duelen y me lloran por el viento helado que está soplando. Finalmente exhausto, me voy de nuevo a casa. Me siento delante del fuego, angustiado y temblando, y rezo otra vez para que Esperanza vuelva conmigo.

CAPÌTULO 11

1978

DUELE MAMÁ

Estoy echado de espaldas sobre la hierba húmeda. Puedo ver llamas rojas salir disparadas hacia el cielo azul. Hay gente por todas partes llorando y gritando.

La familia está ahí dentro. Dios les ayude, están todavía dentro.

¡Oh no, no están ahí!

Alguien me está apretando una apestosa bolsa de plástico en la cara y dice:

"Respira hondo, hijo, sólo respira, ahora estás a salvo".

Tengo tanto miedo. Me saco la cosa de la cara.

"¡Oh, duele! ¡Para! ¡Mamá! ¡Mami! ¡Mamá! ¡Mamita!"

La señora dice, "¡Shhhhh, pequeño, todo irá bien"

Ella es amable y me acaricia la frente. Intento levantarme pero estoy demasiado cansado así que le digo:

"Soy un buen chico, soy el indio bravo de mamá. La esperaré sin moverme de aquí".

La señora parece triste, se está secando unas grandes lágrimas y me dice:

"No tengas miedo, chico, la ambulancia está aquí para ti y tu hermana, no te preocupes, no intentes moverte. Me quedaré contigo.

Nancy está tumbada en la hierba a mi lado, muy quieta y callada. Le cojo su manita para que tampoco se asuste, le hago un movimiento con la cabeza a la señora que empieza a sollozar. Esto no me gusta, es peor que cuando los vaqueros me arrancaron el brazo de un tiro.

Este incendio es realmente peligroso, bonito pero peligroso. ¡Vaya! ¡Me huelo que los niños traviesos van a tener problemas!

Un bombero con un abrigo sucio y una máscara que da miedo, ha sacado a Sam de la casa y lo ha colocado cuidadosamente sobre la hierba a mi lado y al lado de la princesa de papá y mamá. Se saca la máscara de su cara cubierta de hollín. Ahora le está dando golpecitos a la cara de Sam. Nos mira a los tres juntos echados sobre la hierba y llora como un niño. Le pregunto:

"¿Necesita un abrazo, señor?" Pero entonces todavía llora con más ganas.

El cielo es rojo y negro, el aire apesta a algo podrido y nuestras ventanas explotan con fuertes ruidos igual que los petardos del último cuatro de Julio.

"¿Dónde están mi mamá y mi papá? Por favor, ¡Quiero a mi mamá y a mi papá!"

¡Los has cocinado, Jacky, los has asado como si fueran cochinillos al horno!

"¡Sam! ¡Nancy! ¡Ayuda! ¡Ayuda!"

Annie me está zarandeando para despertarme.

"¡Jacob, shhhhhh!, cálmate, tienes otra pesadilla ¡shhhhh! Ahora dime, ¿Por qué estas durmiendo en la silla? y ¿Dónde está tu Esperanza?

"¿Mi Esperanza? Si, ella era mi Esperanza, pero me ha dejado."

¡Annie, Annie, Annie querida! ¡Ahora lárgate y déjanos! ¿Vale?"

CAPÌTULO 12

2014

NADA MÁS QUE PREGUNTAS

Annie hace días que no ha venido y Esperanza sigue todavía desaparecida. Estoy desolado, mi corazón está hecho pedazos. Otra vez.

No puedo dormir. No puedo comer y tengo a la policía detrás de mí día y noche.

Preguntas, malditas preguntas estúpidas. Otra vez.

Estoy ayudando a la policía con sus pesquisas. Otra vez.

El tonto y el más tonto han vuelto. ¡Vaya par de cerdos inútiles! No serían capaces ni de encontrarse su propia picha para mear.

"Jacob, necesitamos respuestas, ¿Por qué no informaste del regreso de tu mujer? ¿Dónde está tu hijo? ¿Dónde está tu mujer ahora?"

¡Iros a la mierda!

"Si la mujer con la que se le vio no es su mujer, entonces ¿Quién es? ¿Cómo se llama? ¿Su nombre? ¿Su última dirección conocida?

¿Descripción? ¿Por qué se iría sin abrigo ni botas en medio de una noche helada? ¿Por qué no nos llamó inmediatamente?"

¡He dicho que os larguéis, cerdos!

"¿Por qué le dejó su mujer? ¿Le pego? ¿Le hizo daño a su hijo? ¿Quién es la madre del chaval? ¿Dónde podemos encontrarla?"

¡Joder! ¡Todo lo que tenéis de sordos lo tenéis de tontos!

"Señor, ¿Me está escuchando?"

Deja que piense.... ¡NO!

"¡Jacob, Dr. Andersen, señor! Usted estuvo casado antes, ¿Qué le ocurrió a su primera mujer? ¿Qué causó el accidente? ¿Puede contarnos de nuevo como ocurrieron los hechos, por favor?"

¡No, no puedo! Así que fuera de aquí, ¡Joderos y que os den por el culo!

Me desconecto de ellos, me imagino haciendo el amor con Louise, Esperanza, Louise, Esperanza.

Fantaseo con que estoy estrangulando a esa zorra de Louise.

Recuerdo la primera vez que sujeté a Tommy en mis brazos.

¡Oh, por favor, señor, díganoslo por qué¡ ! Joder, no tenemos ni la más remota pista de lo que está pasando aquí!

Me pregunto si Esperanza regresará algún día.

Y siguen y siguen, ¡Estos estúpidos bastardos son incansables!

Necesito un abogado.

Cuando les digo que necesito que esté presente un abogado, los policías se van, es como una palabra mágica "Abracadabra, necesito un abogado" y ¡puff! ¡Se han largado!

¡Joder! ¡Gloria Aleluya!

No me han arrestado porque no pueden acusarme de nada. No creen que Esperanza exista, creen que Lou ha regresado a casa hace poco, posiblemente sin Tommy, y piensan que "tal vez la maté en un arrebato de ira" esas fueron sus palabras.

De todas formas, no se ha encontrado ningún cuerpo.

Ningún resto mortal de mierda.

No consigo que declaren muertos a Lou y a Tommy. No puedo organizar un funeral. Todo me sale mal. No me ayudarán a encontrar a Esperanza.

¡YO,YO,YO, A MÍ, A MÍ, A MÍ! Eres un bastardo arrogante y egoísta ¿Verdad que sí, solete?

Annie finalmente pasa a verme y le pregunto:

"¿Estuvo Esperanza realmente en esta casa?"

"No sé si ella en realidad estuvo alguna vez aquí" contestó, "pero cuando ella estaba por aquí, algunas veces me recordaba a Louise".

"¿En qué?" Estoy intrigado porque verdaderamente no entiendo este aparente parecido entre Esperanza y Lou.

"Bueno, Louise es un poco como una mezcla entre lo bueno y lo malo, como la mayoría de las personas, aunque tirando un poco más a lo último, ¿No crees?"

¡Joder! ¡Lulu puede ser increíble cuando es mala!

¿Qué es lo que quieres decir exactamente? Me cabreo al ver que Annie pueda estar insinuando que Lou sea algo menos que perfecta.

"Es la forma en que ella me hacía sentir algunas veces, ¿Sabes?"

Siento que empiezo a temblar, casi no puedo contener mi rabia, ¡Tengo que salir de aquí, lo antes posible!

"Jacob, no me vuelvas a hablar así nunca más, no quiero que digas palabrotas. Lou era Lou, igual que Susie, que era caprichosa y tenía muchos cambios de humor, igual que nos pasa a todos ".

"Necesito a Esperanza"

"Jacob, hijo, seguramente que tú también te has dado cuenta que Esperanza es como una moneda de dos caras. ¿Verdad? Buena y mala, caliente y fría, con esperanza y desesperanza. Como tú. Como todos nosotros. ¡Eso es lo único que he dicho!"

Insisto "Esperanza es siempre buena" Annie levanta una ceja, como dudando, y yo me voy sintiéndome muy inseguro.

A la primera oportunidad, le hago a Doc la misma pregunta. Se lo piensa un momento, como si cuidadosamente quisiera sopesar sus pensamientos cuando me contesta, para mi sorpresa:

"Bien, todos sabemos que alguien estuvo aquí, pero no te puedo asegurar quien. Ella nunca habló directamente conmigo. Me gusta Louise y cualquier hombre que sea capaz de dejar en el cuerpo de una joven, unas heridas como esas, a mi modo de ver, es un animal. Tenías a la mujer perfecta, aquí mismo y abusaste de ella. No me extraña que saliera corriendo.

¡Joder! Esto es a lo que yo llamo ser completamente contrario a la ética profesional.

Ya estoy acostumbrado a los enigmas de Annie, y a pesar de mi enfado de hoy, generalmente no se lo tengo en cuenta, pero no tengo ni idea de lo que Doc quiere decir, yo nunca le he hecho daño ni a Lou ni a ninguna otra mujer.

Estoy desconcertado.

Estoy cansado, Doc me aconseja que duerma un rato y así lo hago.

Al día siguiente, los padres de Lou me ponen a parir.

¡Dios bendiga a los ex-suegros!

Sólo han tardado cinco años para reunir el valor suficiente, ¡Joder!, malditos cobardes.

Esta vez los titulares de nuestros periódicos locales declararon que soy un "esposo infiel y violento", que hizo cargar a su "inocente hija" con su "hijo ilegítimo".

Los padres de Louise contaron a los ávidos chafarderos que leen esta clase de basura, (probablemente por una vergonzosa cantidad de dinero), que le habían suplicado muchas veces a su hija Lou, que me abandonara.

Bueno, está claro que lo consiguieron.

¡Qué será! Están en lo cierto, Jake. Eso me deja destrozado. Me encantaría poder arrearle de nuevo a Lulu.

Los vampiros emocionales, es decir, los medios de comunicación, han sitiado la parte delantera del refugio y gran parte del camino que baja hacia el lago. Se puede oír el ruido de las camionetas vía satélite, de la radio y la televisión al remover el lodo para situarse. Estos monstruos están cavando agujeros y se están acomodando de nuevo, preparándose para estar al acecho.

Tampoco ninguna de estas actividades hacen que al Cadillac rosa se le quiten las ganas de aplazar su cacería nocturna, aunque ya ha perdido su fuerza para asustarme.

¿De verdad? ¡Joder, tengo un miedo que me cago!

Ocasionalmente, algunos atrevidos periodistas de la prensa del corazón llaman a mi puerta y golpean las ventanas, pidiéndome afanosamente que les cuente "mi parte de la historia" y que "debo ser escuchado" o los que personalmente son mis favoritos, que me recuerdan que "el público tiene derecho a conocer mi historia". Algunas extrañas almas emprendedoras capitalistas me ofrecen diabólicas cantidades de dinero para obtener una "exclusiva".

El interesado público morboso aparece con las autocaravanas devoradoras de gasolina y se sientan cerca de mi propiedad, lo más cerca posible donde creen que no van a tener ningún problema. Después fríen su beicon y sus judías baratas en los hornillos de gas, por la noche cantan estúpidas canciones y juegan como si estuvieran en un campamento de vaqueros. Con eso, no me causan ningún daño, apuesto que para ellos son como unas pequeñas vacaciones.

Por cierto, el que canta la canción de Neil Young "Only love can break your heart" no lo hace mal del todo.

¡Oh, si!, el viejo Neil lo acertó.

¡Si vuelvo escuchar la canción de que yo soy su rayo de sol, su único y jodido rayo de sol una vez más les arrancaré la cabeza y me cagaré en sus gargantas!

Annie y Jon dejaron de visitarme. Estoy obsesionado con la idea de que mi teléfono pueda estar intervenido. No tengo señal de Internet, ni tampoco señal de teléfono móvil. Estoy prisionero en casa y aparte de mis nuevos amigos, los medios y los campistas, sobrevivo día y noche sólo y solitario.

Para comprobar que estaba en lo cierto, me levanté esta mañana y como siempre abrí las pesadas cortinas del dormitorio, la habitación se inundó de luz brillante, pero no había nada ahí afuera.

Ni vista, ni lago, ni tierra, ni cielo, ningún sonido, no había brisa, no había colores, nada.

Nada, cero, nothing. Joder, una absoluta ausencia de materia.

Decidí que debía ser uno más de mis sueños interesantes, así que abrí las cortinas de todas las ventanas, pero me encontré con más de lo mismo, por mucho que mirara, no había nada que yo pudiera ver.

En la cocina abrí el frigorífico, estaba completamente vacío, la luz se encendió e iluminó y hasta el fondo, pude ver que no había nada. La misma cosa extraña me sucedió con el horno, el santo microondas, el endemoniado lavavajillas y en todos los armarios y cajones de la casa. Tenía unos inmensos montones de nada.

Abrí la puerta trasera hacia el vacío, no había ni arriba ni abajo, ni siquiera un olor.

Tuve la misma experiencia con la puerta principal. Así que como eso era un sueño, salí al exterior sin miedo y cuando miré hacia abajo, a mis pies, me di cuenta de que no había nada, estaba de pie encima de nada, excepto una espiral de luz débil y blanquecina.

"Un sueño interesante", dije en voz alta, pero de mi boca no salió ningún sonido.

Pensé en poner en marcha a mi vieja Jolene e ir a dar una vuelta por la nada, pero no la pude ver.

Me gustaba bastante la ausencia de materia, de gente y de responsabilidad.

¿Jacob? ¿Me oyes? Hoy no tienes muchas opciones para hacer cosas, solete, así que un día tan bueno como otro para abrir aquella habitación y dejar que Jacky abra el jodido libro.

Y lo hice.

Bueno, lo pensé.

Maldita sea, no puedo recordar lo que hice después.

¡Pero yo sí lo recuerdo, cabrón!

Aquella tarde el mundo volvió a la normalidad y Sam apareció con Nancy. Le conté lo de la "nada". Me hizo un gesto con la cabeza, suspiró de manera teatral y con Nancy silenciosamente animándole, me hizo dos preguntas ridículas:

"Jacob, ¿Sabes quiénes somos? Yo, Nancy, Annie y Jon, ¿sabes quiénes somos?"

"Por supuesto que lo sé, y valoro mucho vuestra amistad. Aquí sois mis únicos amigos".

"¡Mierda, Jacob!" "Bien, vamos a intentarlo con esta pregunta: ¿Qué esperabas que ocurriera aquí después de la forma como maltrataste a Lou?"

"¿De qué demonios estás hablando Sam? Tú nunca conociste a Lou. Me topé contigo durante la búsqueda de ella y de Tommy"

"Es verdad. Nunca la conocí, pero todo el mundo sabe lo que le hiciste".

¡Qué! Esa zorra nunca jamás me perdonó un pequeño desliz. Un desliz que le proporcionó a esta acaparadora adicta a la ropa, un hijo mío a quién amar.

"¡Dime! ¡Dime lo que crees que hice! ¡Ayúdame a recordar!"

¡Hijos de puta! ¡Estáis aquí para hacerle sentir culpable! ¡Largaos y volved al lugar donde a ti y a la tonta de tu hermana os suelen dar por el culo!

Nancy se dejó caer en el sofá llorando. Sam se sentó a su lado, y le puso el brazo sobre los hombros.

"¡Mira lo que has hecho, Jacob!"

"Sam, Nancy, no tengo ni idea de lo que está pasando aquí"

Estaba completamente perplejo, desesperado por hallar consuelo, para poder entender algo, y por encontrar a Esperanza.

No se quedaron. Les dije la verdad, que estaba triste y cansado, así que se fueron. Estoy seguro que uno de ellos debe fumar a escondidas, cada vez que me visitan tengo que abrir las ventanas y rociar con ambientador cuando se van.

Si yo fuera bebedor, me hubiera ahogado en alcohol hasta quedar inconsciente. No podía dormir. Hacía demasiado frío.

Tengo siempre mucho frío y me he quedado sin troncos para quemar. Juraría que tenía escarcha en el pelo y mi pipí era agua helada.

Estamos al final de la primavera. Los medios de comunicación se han ido, los pocos curiosos incondicionales que quedan, están durmiendo dentro de sus caravanas al lado del lago.

Hay luna llena. Muy bonita. La luz plateada brilla sobre el lago cuando salgo de mi propia casa arrastrándome sigilosamente como un criminal. Me deslizo silenciosamente bordeando el lago, intentando mantenerme apartado de la luz de la luna, hacia la acogedora oscuridad de los bosques de pinos. Puedo oír el tap, tap, tap, tap, tap ,tap, de un pájaro carpintero muy cerca de mí. Aún me siento confundido y preocupado por las palabras de Sam y las lágrimas de Nancy pero el escuchar la repetición de este sonido hace que empiece a calmarme.

Louise y Tommy amaban estos bosques. Yo amo estos bosques.

¿Caga un oso en los bosques? Vamos Jacob, no hay ninguna necesidad de que te congeles los huevos aquí afuera. Volvamos dentro, hay leños en el taller, enciende un jodido fuego en la chimenea y emborrachémonos. Por favor. La habitación está lista. Jacky nos está esperando. ¡Hora de jugar!

Me siento al lado de mi silencioso amigo, el viejo roble solitario. Vamos ambos vestidos para la noche. Yo llevo mis vaqueros y un grueso forro polar y él lleva en su cabeza la fría y plateada luz de la luna. Lo amo y sobre un lecho de hojas desnudas caídas de su corona y bajo la protección de sus erizadas ramas, inmediatamente me quedo dormido.

¡Es un jodido árbol, Estás chiflado!, ¡Mañana todavía estará aquí!, ¡Jacob, Joder!, ¡Por el amor de Dios, despierta! Te lo estoy pidiendo amablemente, ¡Por favor, vete dentro!

Te lo prometo, Tú entras dentro y yo me callo, ni siquiera diré ni un jodido taco. ¿Qué te parece?

CAPÌTULO 13

2009

BICHITOS MENUDOS

Es verano, Louise lleva puesto un diminuto bikini de lunares y sus gafas de sol tipo Jackie Onassis, y está medio adormilada en el suelo del embarcadero tomando el sol perezosamente.

Tommy y yo hemos salido al lago en nuestra vieja barca de remos, intentando pescar nuestra cena. Estamos rodeados de mosquitos que dan vueltas en una nube de zumbidos. Tommy está alborotado, dando manotazos intentando ahuyentar a los insectos, haciendo que la pequeña barca se balancee de un lado a otro asustando a los peces.

"¡Hey, Tommy!, ¡Tranqui, chico!, Cálmate hijo! Estás cubierto de spray anti- picaduras de monstruos de la cabeza a los pies. Estos bichitos menudos solamente están pescando, como nosotros y al igual que nosotros volverán a casa sin nada para cenar".

Mi hijo se ríe "¡Oh papá. Sé que mamá tiene pizza!"

Vuelve a sentarse en el asiento de proa, su dulce cara se gira hacia mí, sus brillantes ojos azul claro están entreabiertos para protegerse del resplandor deslumbrante del sol en el lago.

"¡Mira papá, veo a mamá!"

Tommy la saluda con la mano y Lou le devuelve el saludo. Imagino que está sonriendo. Es un día perfecto. Incluso puedo oler a violetas, su aroma lo trae a través del lago la suave brisa de verano.

Acabo de lanzar la caña de pescar cuando me doy cuenta que hay una mujer de largo cabello plateado paseando al lado del lago. Ella ve que la estoy mirando y se queda completamente quieta, se tapa los ojos con una mano pálida para que no le dé el sol. Aparto la vista cuando noto un tirón en el sedal y cuando vuelvo a mirar, ella ha desaparecido.

He atrapado un patético espécimen de pez y en este momento la tranquila agua azul de verano se vuelve gris y el cielo se oscurece repentinamente. Veo el destello de un relámpago en la cima de la montaña y oigo el estruendo de los truenos en la distancia.

¡Estamos en Julio! Empieza a nevar y se están formando placas de hielo en la superficie del lago. Miro de nuevo asustado hacia la orilla y veo a Louise todavía tomando el sol en el embarcadero, como una diosa de oro.

Me doy la vuelta para mirar a mi chico, está pescando en un lado de la barca, de espaldas a mí, está muy callado y quieto, extrañamente inmóvil, como una estatua.

"Tommy, no te preocupes, pero no nos podemos quedar aquí hijo, pon la caña en la barca".

No me hace caso.

"¡Tommy!", algunos copos de nieve se están posando sobre su pelo oscuro.

"¡Tom, escucha!", "Que Dios nos ayude hijo. ¿Qué demonios está pasando?" Tommy no se mueve.

Me pongo de pie en la barca y llamo a gritos a Louise a través del lago. "¡Volvemos!". Mis palabras parecen caer al agua, no hay forma de que lleguen a la orilla.

Agarro los remos, pesan mucho y rascan contra el hielo que se está formando con gran rapidez alrededor de la barca, como si quisiera mantenernos cautivos en el lago.

De pronto noto como un sabor a agua salobre llenando mi boca. ¡Oh Dios! ¡Estoy en el agua helada! Mi chaqueta de pescar pesa mucho y me está arrastrando hacia el fondo. Podría morirme aquí mismo. Antes de que mi cabeza vuelva a hundirse debajo del agua le grito a mi hijo "Tommy, pásame un remo, por favor Tom ayuda a papá".

Me ahogo.

Tengo un frío tremendo. No lo puedo soportar pero aún puedo llegar de nuevo a la superficie y mis manos entumecidas encuentran el sólido hielo. Conmocionado y aterrorizado golpeo el hielo hasta que los puños se me abren y sangran pero el hielo no se rompe. Voy flotando a la deriva a gran velocidad arrastrado por la implacable corriente subterránea. Mis pulmones están a punto de reventar. Necesito aire.

Voy a la deriva, indefenso, mis dedos arañan el hielo que me tiene atrapado en el agua helada, las uñas están medio arrancadas, sangrado y mi pecho sufre calambres de agonía. El pánico se apodera de mi corazón y me aprieta tan fuerte que siento que me estoy ahogando.

¡Oh, Gracias Dios mío! Puedo ver a Lou a través del hielo, encima de mí, todavía lleva su bikini de lunares, pero ¿Qué hace?, está mirándome, aplaudiendo y sonriendo bajo la luz del sol.

Con el pensamiento le estoy diciendo "¡Rompe el hielo!, ¡Cariño me estoy muriendo!"

Mi cabeza está a punto de explotar, sé que no hay aire, pero de todas formas respiro inundando mis pulmones con asquerosa agua helada, mientras miro fijamente hacia arriba a través de la capa de hielo que es cada vez más gruesa. Sigo flotando a la deriva, de espaldas, atrapado, ya muerto. Puedo oír a Louise riéndose mientras salta alegremente sobre el hielo encima de mí, siguiendo al mismo paso y de un lado a otro a mi cuerpo sin vida.

CAPÌTULO 14

CONTROL PERDIDO

"Ya no lo aguanto más Jake", ella solloza, "¡has intentado estrangularme! ¡A mí! ¡Tú esposa!".

¡Dios! ¡Mira a esa zorra, está hecha un desastre! ¿De verdad que alguna vez me he follado a esa cosa? ¿Seguro?

Ella grita "¡No es bueno para Tommy el que nos vea peleando! ¡Soy tu mujer, no un saco de boxeo¡ ¡Tengo miedo de que me mates! ¡¿Qué le dirás entonces a Tommy? ¿Qué les dirás a mi mamá y a mi papá?"

"¡Fue un accidente!"

Grito, le escupo en la cara, estoy tan frustrado que podría darle puñetazos hasta convertirla en un pedazo de carne ensangrentada, pero yo no pierdo el control.

"¡Yo nunca pierdo el control con nadie que esté a mi alrededor Lou, pregúntate a ti misma porque solamente tú haces que reaccione de esta manera!"

"¡Porque eres un jodido cobarde que pega a las mujeres, Jacob!"

Me voy, la odio, me da asco.

Si alguna vez, de verdad pierdo el control, será culpa suya. Hace que me comporte así cuando su boca sigue y sigue, no se calla nunca, ¡Esta desagradecida puta apestosa!

Duermo como un bebé en la habitación de invitados. Realmente no me acuerdo de haber pegado a Lou, pero debí ser yo porque no hay nadie más por aquí. Debo estar perdiendo la cabeza, necesito un médico. La amo. Voy a resolver esto.

"Papá ¿Dónde está mamá?", pregunta Tom mientras desayuna sus Cheerios con leche.

"En la cama con dolor de cabeza hijo, ayer por la noche tropezó y se dio un golpe en la cabeza".

"La oí llorar, pobre mami", dice mi pequeño.

Me siento como una mierda.

"Joder, Lou también tiene la culpa de que me sienta tan mal".

CAPÌTULO 15

ACUÉRDATE DE MÍ

Me despierto, todavía medio dormido, con las sábanas empapadas de sudor. ¿Pegar a mí Louise? ¡Nunca lo hice!

Los polis han vuelto.

¡Miiiiiira quien está aquí! No es el capitán Rob, es su compinche el sargento Frank y su secuaz aprendiz el Sargento Devlin.

"Solamente pasamos por cortesía", dice Frank "hoy tenemos un equipo excavando en los bosques".

"¡Bienvenidos! ¡Bienvenue! ¡Welcome!" Saludo al brazo "más largo" de la ley alegremente, porque me siento inesperadamente e impropiamente feliz de poder hablar con otro ser humano.

Se me quedan mirando mientras les hago una reverencia. Quiero parar de sonreír pero no puedo.

¡Sí cerdos! ¡Entrad en el reino del aburrimiento!

"Jacob, ¿Hay algo que quiera decir antes de que los especialistas forenses lleguen al lugar de los hechos?

"Sí, Frank" le contesto aún sonriendo, "¿Por qué se toman tantas molestias en hacer esto ahora?"

"¿Por qué duerme en el bosque? Responda. No lo niegue Jacob. Se le ha visto varias noches durmiendo bajo las estrellas.

"¿Visto? ¡Ah! ¡Mis amigos los campistas! Lo serviciales que son. ¿Es el soñar bajo un árbol algún delito federal, de estado o del condado?"

"No es ningún crimen señor, pero es el indicativo de algo"

Le dí una palmada en la espalda a Dev como si fuera mi mejor colega, "¡Dev, has aprendido una palabra importante!".

"No reaccionamos bien al sarcasmo, señor. Si podemos mantendremos a los medios de comunicación alejados". Dev, enfurruñado, se aparta las gotas de sudor de la pelusilla que tenía como bigote encima del labio superior.

"¡Ahora largaos! ¡Salid y cerrad la puerta vosotros mismos!, y lo hacen, dejándome desplomado en una silla y reflexionando sobre toda la locura que me rodea.

El sol se ha puesto, la excavación ha cesado por hoy. Estoy hecho polvo. No tengo ni idea de cómo han pasado las horas.

Esperanza se desliza dentro de mi cama sin avisar, está como siempre, fría."¿Dónde has estado amor mío?"

Me hace callar con un beso, me estrecha entre sus brazos y me acuna para que me duerma. Por la mañana, señala al exterior y me sonríe. Entiendo lo que eso quiere decir. Se va. No intento seguirla, esta vez se que volverá a casa conmigo.

Cuando me levanto a desayunar, encuentro un mensaje escrito en azúcar derramado sobre la mesa:

Acuérdate de mi, Jacky, ♥

Ojalá Annie estuviese aquí.

CAPÌTULO 16

EL PRINCIPIO DEL FIN

Últimamente he notado un cierto alivio en el dolor de mi corazón, pero todavía me consumen algunas preguntas de las que no he obtenido respuestas. Annie y Jon están aquí y hoy me siento valiente, así que me lanzo directamente a ello.

"Annie, dime ¿quién es Jacky?".

Se queda parada con las manos en el profundo fregadero y llena de burbujas su arrugada frente al frotarse con la mano enjabonada. Me mira como si no me hubiese visto nunca en su vida.

"Por el amor de Dios, Jacob, ¿es esta otra de tus preguntas capciosas?"

"¡No, por Dios!" "¡simplemente dime quien es, por favor!"

Annie inclina su cabeza eternamente joven hacia un lado como si estuviera escuchando algo fuera de mi campo auditivo. No me gusta cuando hace eso, me pone nervioso.

"De acuerdo" dice moviendo la cabeza, y despés me contesta con una voz que rezuma desilusión.

"Jacob, sabes mejor que nadie quien es Jacky, con toda certeza no necesitas a nadie que te lo diga".

Annie puede ser desesperante algunas veces, y esta es una de ellas.

El viejo Jon sacude el periódico de la mañana, lo colca sobre la mesa y empieza de nuevo a doblarlo metódicamente para devolverlo a su perfecta forma original, ¡como siempre!.

"Vale" suspiro, "Annie, vamos a suponer por un momento que sí que se quien es Jacky, por favor, ¿puedes decirme donde encontrarlo?"

"Jacob, para ya de vacilarnos ¿eh?" Jon me obsequia refunfuñando, con unas palabras de ánimo.

"Annie, por favor, apóyame. Compláceme como lo haces siempre con el viejo Jon".

Jon deja entrever fugazmente una risita áspera, el efecto es sorprendente, agradable, como cuando la luz del sol se vislumbra entre las nubes.

Annie también me sonríe. Casi me siento animado pero entonces ella empieza a hablarme muy lentamente como si yo fuera idiota.

"Jacky - Está - Dentro - De – Tú – Habitación – Cerrada – Con – Llave". "¿Ahora ya estas feliz?".

Se da la vuelta dándome la espalda y continúa con su enérgico lavado de ollas y sartenes que hay en el fregadero. Le fluyen oleadas de de rabia hacia mí y puedo sentir como empiezo a temblar por el esfuerzo de permanecer calmado.

"No, no estoy feliz ahora Annie. Hace años que no soy feliz".

Noto como el histerismo me está subiendo desde mi estómago hasta la garganta y puedo oír como mi voz involuntariamente sube de tono.

"No te lo tomes tan a pecho Jacob, tú lo encerraste en la habitación y escondiste la llave. Lo sabes ¿eh?"

"Jon, o me ayudas o deja de entrometerte, por favor".

"Annie, ¿dónde está la llave?"

Annie ahora parece estar muy cabreada conmigo.

"Jacob, esta malvada llave, estará dónde sea que tú la pusieras. Tú escondiste esa maldita cosa Jacob, no yo"

¡Ohhhhhhhh! La reina ha dicho una palabrota, ahora sí que tienes un jodido problema mi pequeño tesoro!

Jon sin pensarlo grita al aire.

"Mantente al margen de esto ¿eh?"

¡Lo que tú digas, joder, viejo cobarde!

Annie se seca las manos con un trapo de cocina, se gira hacia mí y refunfuña con una voz baja y amenazante

"Te lo he advertido Jake, no sigas adelante, esto no es asunto tuyo".

Ahora sí que estoy asustado. Estos dos viejos pueden dar miedo. Os juro que pueden hacer cosas que la mayoría de personas normales creerían que no es posible.

"De acuerdo, mantened la calma, Annie, Jon, siento estaros causando tantas preocupaciones" "¿Quién narices es Jake? ¿Es mi último apodo, o qué es?"

Annie se lleva la mano al corazón

"¿Preocupaciones? ¿Crees que tal vez nos estés preocupando?", habla con una voz muy calmada, pero la amenaza que implica es perceptible.

Annie avanza hacia mí, blandiendo su mojado trapo de cocina rojo. Puedo adivinar por su expresión que viene totalmente dispuesta a usarlo para darme un buen golpetazo. Me muevo lentamente hacia atrás, hacia la puerta. He aprendido a no apartar nunca los ojos de Annie cuando está armada con un trapo de cocina.

"Baja el arma Annie", bromeo intentando suavizar la tensa atmósfera.

"Un apodo", dice Jon dándole a la cabeza, "un apodo ¿eh?". Bueno, ¿si por apodo entiendes una mezcla entre un psicópata y un monstruo? Tal vez. ¿eh?"

Jon algunas veces vive en su propio mundo, así que ignorándole intento una nueva táctica.

"Eh, Annie, ¿Sabes si Jacky está bien en esta habitación cerrada?"

Annie deja de retorcer su arma preferida y lanzándola encima de la mesa suspira y muy enfadada se deja caer en la silla que hay delante de su esposo, el gran devorador de té. Parece como si quisiera echarse a llorar. Me siento como una mierda.

Jon es el encargado ahora de hablar con el tonto del pueblo, o sea yo.

"Jacob, ¿qué te has hecho ti mismo, eh? Jacky está lo suficientemente seguro ahí dentro pero necesitará salir pronto, antes de que Jake entre y empiece a meterse con él ¿eh? ¿eh? Esto ya lo sabes ¿verdad hijo? ¿eh?

"¿Quien demonios es Ja...?"

"Ni te atrevas a preguntarme eso Jacob ¿eh?" "Lo conoces muy bien, solamente tienes que escuchar y vigilar la próxima vez que él salga. Tú ya sabes quien es y lo que quiere. Te toca a ti pararlo. ¡Hazlo lo antes posible! ¿eh? ¿eh?"

Ahora sí que estoy realmente preocupado, dos ¿eh? En una misma frase generalmente significan problemas. Creo que se avecina una tormenta en la cocina. Siento las pulsaciones del corazón presionándome detrás de los ojos. El pelo de la nuca se me eriza como si tuviera en él chispas de electricidad bailando,

un buen meneo y me grita a la cara:

"¡No te atrevas a dormirte ahora, Jacob!"

Annie empieza a llorar, usa el trapo para secarse las comisuras de sus ojos.

"Tienes que pararlo Jacob. Para todo esto antes de que sea demasiado tarde para la redención".

"¡Me rindo! Annie, Jon. No tengo ni idea de lo que va toda esa

Ridícula conversación. Lo siento Annie. Lo siento Jon. Me voy al taller".

¡Eso, eso! ¡Sal corriendo, cabrón quema-niños!

Cuando llego a la puerta trasera oigo a Jon gritar detrás de mí.

"¡Cállate y ven aquí Jake, antes de que tenga que hacerte volver por la fuerza!".

Cuando se ponen así no puedo con ellos. Sin hacerle caso a Jon, salgo dando un fuerte portazo.

Esto me hace que me sienta mejor.

Esto hace que me sienta mal.

Bueno, vamos a ver ¿dónde escondiste la jodida llave solete?

Durante tres días, he estado dándole vueltas a esta confusa conversación, sólo conmigo mismo, sin ningún éxito. Entonces Annie viene a verme como si nada hubiese pasado, sólo para tenerlo en cuenta. ¿Qué ocurrió? No puedo recordar nada.

Estamos en Julio, hace calor, los veraneantes habituales ya están aquí, los fisgones ya se han marchado. Los deportes acuáticos en el lago son incesantes. Algunas chicas son muy guapas y vale la pena mirarlas. Es todo un cambio, tener calor, sentir el sol en la piel. A Tommy le encantaba también el verano, ir en barca, pescar, nadar, le encantaba el agua como si hubiese nacido en ella.

Pero sabemos que no es así, porque su verdadera mamá era una puta barata que nunca hubiese dejado las calles de la ciudad a menos que se le hubiera pagado mucho. Yo le pagué bien y a cambio tuve a Tommy.

"¿Dónde has estado Annie?"

"Justo aquí hijo, esperando una disculpa que nunca llegó"

No hago preguntas, no me apetece saber de lo que me tenía que disculpar, porque simplemente estoy feliz de que haya vuelto. Así que le digo:

"Annie si me disculpara, ¿me perdonarías?"

"¡Oh, por Dios! Ya hace tiempo que te perdoné. No te estoy juzgando, pero creo que a tu alma le iría bien si dijeras las palabras."

La abrazo fuertemente entre mis brazos. Le doy un beso en la cabeza y le susurro:

"Lo siento, lo siento muchísimo, por favor, perdóname. Te quiero"

Se funde en mi abrazo como si se hubiese quitado un peso de encima y luego me pellizca las mejillas y coge a su mascota, el plumero del polvo. Se abre la puerta trasera y entra Jon, el Señor Feliz.

"¡Maldita sea! Están haciendo un bonito destrozo en nuestros bosques ¿eh? ¿Qué harás si encuentran a Lou y al pequeño Tommy? ¿eh? Pensarán que te los cargaste ¿eh?"

Sí, el pequeño rayo de sol, se ha acomodado de nuevo en mi mesa de la cocina, como si estuviese en su casa, y como por arte de magia ya tiene una taza de té caliente entre sus viejas y arrugadas manos.

Si se le derramara encima seria doloroso ¿eh? ¿eh?

Annie mueve y sacudiendo el plumero hacia él, dice:

"No atormentes a Jacob con tus malos pensamientos viejo"
Ella me defiende, es leal, mi Annie es leal hasta la muerte.

CAPÌTULO 17

FAMA

¿Fama? Un jodido grano en el culo.

Las pesadillas están empeorando. Ahora soy sonámbulo. Me despierto boca abajo en la estrecha franja de arena al lado del lago, con mis pies en el agua. Volví en sí desde el más profundo sueño, aullando y gritando. Arrastrando la sensación de penosa culpabilidad desde la oscuridad pegajosa de mi interior, atrayéndola hacia la luz donde mirar era demasiado doloroso.

Me sorprende que nadie me oyera.

Esto es peligroso, podría ir directamente hacia el maldito Cadillac Rosa. Me podría ahogar.

Debo asegurarme bien que cierro con llave las dos puertas que dan al exterior antes de irme a la cama. Debería poner una alarma en mi dormitorio para que así me despierte si intento salir mientras estoy dormido. Hoy iré a la ferretería de Pat y elegiré una.

Hay mucha gente en el "Bar-Almacén de Pat". Estoy simplemente echando una hojeada mientras espero mi turno, mirando los productos, cogiendo algunas cosas, comprobando los precios en las etiquetas, colocándolos de nuevo en las estanterías, cuando de pronto el acento irlandés de Pat resuena en la tienda:

"Bueno, bueno, bueno, mirad todos hacia aquí. Señores y señoras les presento al Doctor Jacob Andersen, ¡nuestra famosa celebridad local amigos! ¡La mayor atracción turística de San. John."

Miro a mi alrededor y me doy cuenta de que los otros clientes, como era de esperar, me están mirando directamente.

Pat saca su enorme mole de detrás del mostrador, es tan obeso que su estómago le abre camino al acercarse, sus muchas barbillas se balancean ya sea por la ley de la gravedad o el ímpetu de la emoción de tenerme como su última victima.

Me quedo paralizado como un conejo atrapado en los faros de un coche.

Pat se para cuando está a menos de medio metro de mí. El gigante se toma su tiempo deleitándose, para mirarme de arriba abajo, dando bufidos de repugnancia, antes de inclinarse hacia mí, muy muy cerca de mí, como si fuera un amante. Su olor corporal apesta lo suficiente como para dejar fuera de combate a un elefante. Debe haber muchas partes de su cuerpo a la que este monstruo no puede llegar con la manopla de baño.

Echándome su aliento ardiendo y llenándome la oreja de babas, Pat susurra a mi oído en forma teatral para beneficio de su ensimismada audiencia:

"Seis veranos en libertad Andersen, jodido canalla, asesino. ¿Cuántos veranos más han de pasar antes de que te cuelguen?"

Retrocedo, vigilándolo. Pat está temblando, furioso, como un terremoto humano, mostrando sus gigantescas manos con los puños apretados.

Voy hacia atrás a trompicones y me sigue. Al pasar tiro un expositor de latas de comida enlatada pero eso no le detiene.

El hombre ha desaparecido y ha salido el demonio, a la vista de todos, gruñendo y enseñando una boca llena de dientes, tan grandes como lápidas y manchados de tabaco. Sus ojos crueles apoyados en sus gordas ojeras, unos ojos negros llenos de malicia. Este monstruo intenta matarme, el demonio surge de su interior con tentáculos negros que intentan alcanzarme, si me tocan con toda seguridad estoy muerto.

La adrenalina recorre mi cuerpo rompiendo el maleficio, lo que me da la oportunidad de mantener la calma el tiempo suficiente para dar media vuelta, huir a toda velocidad y ponerme a salvo en mi camioneta.

Cuando las puertas de Jolene están cerradas y el motor en marcha, entonces agacho la cabeza y me pongo a llorar. Quiero a mi hijo, quiero a Lou, quiero a Esperanza, pero al igual que todos, ella no está aquí en este momento.

Meto la primera y voy directo a casa, a Heavensgate. Hoy no voy a colocar ninguna alarma.

Eres tan cagón que huirías de tu propia sombra. ¿Cuándo te van a crecer las pelotas? ¡Joder! ¡Me avergüenzo de ti!

Aparco la camioneta delante del refugio, sorprendido de que haya podido llegar a casa de una pieza dado que las lágrimas me impedían ver la carretera. Normalmente, la autocompasión no es lo mío, pero demonios, no me lo pongas tan difícil.

¡Qué! Pero si tu segundo nombre es "autocompasión", junto con cobarde, minino, llorica, ¡Hijo de perra, no es bueno abusar de hacerse pajas!

Hay dos maltrechos coches de policía aparcados delante de mi propiedad. ¡Yupiiiiii! Se me cae el alma a los pies, tengo un comité de bienvenida. Veo al Capitán Rob y al tontorrón de Dev apoyados en los parachoques, con los brazos cruzados y ambos con la cabeza girada hacia mí.

Joder, me da la impresión de que esos muchachos no están muy contentos.

Me seco los ojos con la gamuza sucia del coche y de un salto bajo de la camioneta. Soy famoso, una celebridad local. Antes, cuando salí de casa, yo era solamente Jacob Andersen, un hombre de mediana edad, un afligido padre y esposo. En menos de una hora ya soy un blanco fácil para los locos acosadores como Pat, una atracción turística para los morbosos y al parecer, para policía soy un sospechoso.

Con que rapidez puede la vida cambiarle la imagen a una persona.

"Podemos entrar y hablar con usted, Jacob?" El capitán Rob hace esta pregunta cuando en realidad lo que me está diciendo es que entrarán en casa sin mi permiso, tanto si son invitados como si no. Lo puedo adivinar por la expresión de su cara y la rudeza con la que me miran sus ojos azules.

El sargento Dev se está mirando los pies, se está limpiando el polvo de las botas restregándolas como si fuera un niño de cinco años que necesita hacer pipi.

"No, ¿por qué? Podemos hablar aquí mismo".

Me niego sin ninguna razón en especial, simplemente porque estoy harto y porque un hombre sin poder usa lo que tiene.

Así que, naturalmente hacemos lo que ellos quieren, entran y se acomodan en mis sillones como si la casa les perteneciera. Me siento incómodo, pero ahora me toca a mí estar de pie, esperando con los brazos cruzados. Sé que es una chiquillada pero no lo puedo evitar, por hoy ya he tenido suficiente.

Rob me sonríe muy profesionalmente y dice:

"Buenas noticias Jacob. No encontramos a tu familia en el bosque".

Jodido bastardo mojigato del demonio. Quiero darle un puñetazo, atarle con una correa a la cama de clavos, torturarle, arrancarle hasta la última uña de los jodidos dedos de la mano y mearme en sus heridas hasta que pida clemencia. Entonces será cuando realmente voy a empezar con él.

Con el más puro sarcasmo contesto:

"¡Vaya! Eres muy amable Rob ¿A que sí Dev? No han encontrado a mi familia muerta y enterrada en el bosque, ¡Bien, abramos unas cervezas para celebrarlo!"

Rob parece avergonzado.

Dev, al fin encuentra el valor para decir:

"Bueno, creo que todavía es sospechoso, señor. Aunque de momento no podemos arrestarle".

Escucha, Jodido pavo engreído, enano hijo de puta, yo también tengo algo planeado para ti aprendiz de policía, no creas que me he olvidado de ti.

Los acompaño a la puerta, para asegurarme de que se van, me quedo de pie, me saludan con el sombrero, y los miro como entran en los coches blancos y negros, se van con los neumáticos chirriando, por supuesto neumáticos pagados por el estado, dejándome comiendo polvo y tragándome las palabras.

¡Iros a tomar por el culo! ¡Iros a chupar pollas tal como os lo enseñaron vuestros papás!

¿Soy sospechoso?. Bueno al menos eso me ayuda a encontrar un sentido a toda esa nueva actividad policial.

Voy a abrirles las mandíbulas a esos cerdos y a hacerles tragar ácido. ¡Cabrones!

Estoy emocionalmente destrozado, para aliviarme voy a darme un baño caliente. Me quito la ropa y sumerjo todos mis miembros doloridos en el agua, me inclino hacia atrás, cierro los ojos y dejo que mi mente se vaya flotando en las nubes de vapor.

CAPÌTULO 18

2015

QUIERO A MI MAMÁ

Estoy en la habitación cerrada.

Generalmente paso el tiempo durmiendo, pero cuando estoy despierto todos a mi alrededor están despiertos, menos Jacob, por supuesto, y tengo miedo.

Como ahora.

El libro prohibido descansa sobre el escritorio. Está forrado de piel humana ennegrecida por el fuego. Es muy grande, y pesa demasiado para poder levantarlo yo solo. No me puede coger porque está fuertemente atado con cadenas oxidadas, unidas en un gigantesco candado negro muy brillante.

Algunas veces oigo hablar al libro, es un sonido como de serpientes deslizándose sobre la arena, me dan escalofríos. Sé donde está la llave, pero me está estrictamente prohibido a mí o a cualquier otra persona abrir el libro a menos que Jacob dé su permiso, lo que nunca hará. Y si lo hiciera tampoco lo abriría así que no se porque no me dejar salir a jugar.

¡Quiero a mi Mamá!

¡QUIEROAMIMAMAQUIEROAMIMAMAAHORATRAEMEAMIM-
AMADESPIERTAJACOBYVEABUSCARAMIMAMITENGOMIEDOJ-
ACOBPORFAAAAAA!

No viene nunca nadie. Mamá nunca viene a darme el beso de las buenas noches. El asqueroso Jake está de pie justo al otro lado de la puerta, pero nunca jamás entrará.

¿Jacky? ¿Estás despierto? Abre la puerta, vamos, sé un buen chico. Vamos, no tengas miedo deja entrar al tío Jake y te ayudaré.

Grito a través del agujero de la cerradura. ¡No puedo! ¡Sabes que no puedo hacerlo! ¡Está mal! ¡Yo soy malo! ¡Vete, déjame sólo, Jake! ¡No te gusta, Jake, lárgate!

Jacky, no llores. Está bien. Esta noche solamente quiero las cerillas especiales, podemos abrir el libro otro día, no seas un niño llorón.

Jake me da miedo pero yo soy el pequeño indio bravo de mamá, así que me limpio los mocos con el hombro y grito otra vez por el agujero de la cerradura:

¡No! ¡No tengo cerillas especiales! ¡Me voy a chivar a mamá!

Tu jodida mamá se está pudriendo en la tumba chico, y tú lo sabes. ¿Por qué crees que nunca viene a secarte las lágrimas de llorica?

¡Nooooooo! ¡Jake, no digas eso! ¡Eres muy malo por eso te vas a meter en líos! ¡Yo nunca lloriqueo, nunca!

Ahora voy a entrar Jacky. He cambiado de idea, quiero el libro esta noche. Tuviste tu oportunidad con el bueno del tío, Jake, ahora voy a soplar y soplar y echaré esta jodida puerta abajo.

¡Lárgate!

La echaré abajo con mi excavadora, la sacaré de sus bisagras con mis superpoderes. Voy a hacerla añicos con mi bomba y después también te haré explotar a ti. ¡Joder! ¡Déjame entrar Jacky o si no verás!

¡Oigo a mamá!

¡Mamá, ayúdame, mamá! ¡Estoy aquí dentro! ¡Siento haber sido tan malo, seré un niño bueno. Te lo prometo, de verdad, juro que seré bueno! ¡Mamá!

¡Jake apesta mamá, apesta a huevos podridos, tengo ganas de vomitar! Puedo oír como mamá le grita al apestoso Jake.

"Jake sal de de aquí, estás asustando al pequeño, vete, deja a Jacky sólo, deja de intimidarle. No entrarás en esta habitación. No puedes entrar ahí. Jacob decidirá cuando sea el momento adecuado y entonces serás desterrado y mandado de vuelta al diabólico lugar de donde sea que hayas venido.

¡Joder! ¡Que te follén! ¡Vete a tomar por el culo! ¡Deja de meterte donde no te llaman, miserable vieja zorra! ¡Sácame de encima tus sucias manos joder, antes de que haga algo de lo que te juro que te arrepentirás!

"¿Eh? ¡Esa no es forma de hablarle a mi Annie!¡ Vete- de- nuevo-a -la- cama! ¡Tu hora se acerca, nos desharemos de ti, Demonio!"

¡Mamá! ¿Mamá? Ma…

¿Demonio? Bueno, entonces, ¿dónde escondiste la jodida llave, solete?

CAPÌTULO 19

BIENVENIDOS A LA CASA DEL TERROR

Me despierto en un estado de pánico con el corazón a cien por hora. Debo abrir la puerta cerrada. No me puedo sacar la idea de la cabeza. Siento una irresistible tentación como si la llave me obligara a hacerlo.

Me visto apresuradamente y voy corriendo a mi taller. Sin vacilar, saco la vieja gran llave de hierro de un cajón escondido detrás del banco de trabajo.

La llave tiene presencia, lo noto. Como si se diera cuenta de que su hora ha llegado. Está caliente, tiene vida propia, con una textura de fango sólido, huele a miedo y noto como si las pulsaciones de su corazón latieran en mi mano. Dejo caer esta monstruosidad en el bolsillo delantero de mis pantalones dónde se acomoda, retorciéndose como un pequeño roedor, sintiéndose como en casa. La sensación es desagradable pero estoy decidido a abrir esta puerta.

De vuelta al refugio me apresuro a cruzar la casa hasta que al final del vestíbulo me encuentro algo nuevo que me deja de piedra y hace que casi me muera del susto.

Estoy de pie al principio de un pasillo largo y estrecho de altura reducida. Las paredes están cubiertas de espejos como en las casas del terror de los parques de atracciones, que distorsionan mi imagen una y otra vez. Estoy delante de una infinidad de imágenes deformes de mi mismo, el efecto es abrumador y angustioso. Al final del nuevo pasillo hay un espejo que va desde el techo al suelo, y por lo que hasta ahora puedo ver parece normal. Centro toda mi atención en el reflejo del hombre que hay al fondo del espejo. Me parece familiar. Él también me mira fijamente.

Respiro hondo, pongo las palmas de las manos al lado de mis ojos como si fuera una barrera protectora y mantengo los ojos entreabiertos para evitar ver las imágenes de mi cuerpo distorsionadas examinándome desde los espejos.

Siento náuseas. Creo que me va a dar una migraña. Titubeo. Estoy cansado.

No, ahora no tesoro, venga, no busques excusas, vamos a jugar con Jacky.

"¿Jacob?" Oigo a Annie, su voz suena muy, muy lejos.

"Jacob". Coloca sus manos sobre mis hombros y me gira hacia ella. Sigo teniendo mis manos fijas a cada lado de la cara y los ojos fuertemente cerrados.

"¿Que estás haciendo hijo?"

Va a abrir la habitación de Jacky así que ¡métete en tus asuntos y vete por ahí!

"Voy a abrir la habitación, Annie"

"Bien, pero, ¿Qué te parece si primero lo hablamos? Ven, te he hecho una gran jarra de chocolate caliente y unas galletas de cacahuete"

Annie dulcemente me coge las manos entre las suyas y me las separa de la cara, entonces sonriendo tira suavemente de mi hasta que la sigo hacia la cocina como un niño pequeño.

Hago lo que se me dice, me bebo el chocolate y me como las galletas, mientras Annie me mira desde el otro lado de la gran mesa de roble.

Oigo a Doris Day en la radio.

Me siento frustrado.

El "Qué Será" también podría echarse una siesta.

Ya ha oscurecido. Annie se ha ido a casa con Jon. Nadie me va a interrumpir así que me voy directamente a mi nuevo corredor. Todavía está allí. Sin embargo, sorprendentemente los espejos que distorsionaban la figura han desaparecido.

En el suelo, hasta llegar al gran espejo del final hay una tira de alfombra roja, es exactamente igual a las que normalmente se reservan para las grandes celebridades, presidentes y realeza.

No recuerdo haber comprado una alfombra tan vulgar como esta. Si simplemente se lo hubiese sugerido a Louise, se habría puesto a dar brincos delante de mí dando arcadas. Solo pensarlo me hace sonreír y parte de la tensión acumulada provocada por la maldita Doris Day de siempre, abandona mi cuerpo.

Bien, ¿Qué será, será? Lo que tenga que ser será y esto tengo que hacerlo.

La llave lo sabe. Siento que se está despertando y se remueve en mi bolsillo. Me repugna.

Camino confiadamente sobre la alfombra roja. Llego hasta el gran espejo y examino al hombre asustado, pero a su vez con aire decidido que se refleja de nuevo. Es más alto de lo normal, tiene los ojos verdes con tonos azulados y marrones. Es delgado y musculoso pero no es muy corpulento, tiene una cicatriz en la cara que va desde debajo de su ojo derecho y le baja por la mejilla hasta la mandíbula, como si alguna vez le hubiesen atacado con un objeto cortante. Su pelo castaño tiene unas ligeras mechas plateadas, sus brazos tienen también cicatrices en forma de zig-zag. Sé que sus piernas y su torso también están hechos polvo.

Tiene exactamente el mismo aspecto de cómo me siento yo por dentro, deteriorado, lleno de cicatrices, destrozado tras la batalla, enfadado, triste y desesperado.

Viste con prendas de desecho, como si fueran de un almacén de excedentes de la armada. No tengo ni idea dónde ha conseguido estas ridículas ropas de camuflaje, pero los bolsillos están en buen estado.

Este tipo tan machote del espejo, está llorando, sollozando como si se le fuera a romper el corazón. Sé que teme por su vida. Saca la llave viviente de su bolsillo y rápidamente la hace girar una y otra vez entre sus manos temblorosas, parece que está mojada y casi no la puede sujetar porque está demasiado caliente. Da un quejido y la vuelve a dejar caer dentro de su gran bolsillo.

El aterrado hombre, agarra el borde del marco del espejo con una mano y dándole un tirón hacia un lado, se abre suavemente hacia él dejando al descubierto una secreta puerta de hierro. La puerta está cubierta de humedad, parece estar sudando por la condensación y está latiendo al igual que una luz débil que se filtra por detrás.

Noto como la llave húmeda late contra mi muslo, sincronizando sus asquerosos latidos con los de la luz de la puerta.

Le miro como valientemente empuja con ambas manos la superficie húmeda de la puerta, y cuando sus palmas calientes tocan el helado metal se escucha un ruido silbante.

Después su expresión cambia, sonríe y mueve los labios, le puedo oír diciendo:

Despierta, Jacky. El tío Jake está aquí. Jacob me ha ido a buscar la llave de tu puerta.

¡Fe, Fi, Fo, Fum! Huelo a carne de niño! ¡Vamos a divertirnos!

El hombre se detiene un momento, con la cabeza inclinada hacia un lado, esperando, escuchando. Está sonriendo con los dientes apretados.

Oímos la voz de un niño gritar detrás de la puerta.

"¡Lárgate, Jake, malo!"

El hombre gruñe enfadado, está en apuros lidiando con la caliente llave y casi se le cae al suelo al querer sacarla a toda prisa de su apretado bolsillo. La mugrienta llave palpita, resbala en su mano humedeciéndola. Veo horrorizado como le deja manchas rojas en la piel. El hombre enloquecido da gritos de dolor cuando la llave le quema y casi la vuelve a perder, pero persevera.

Observo fascinado como inserta la asquerosa, repugnante y escalofriante llave en el candado, entra fácilmente, como si volviera a su propia casa, ajustándose perfectamente al candado.

Igual que una polla encajaría en una puta. Jacob. ¡Eres un jodido cabrón hijo de perra!

¡Hi-Ho, Hi-Ho! ¡Vamos a trabajar, Jacky!

Se puede oír la voz aterrorizada del niño, está chillando desde algún lugar profundo debajo de nosotros.

¡Jacob, Jacob, despierta, no le dejes entrar, por favor Jacob despierta, no dejes entrar a Jake, es malo, no dejes que entre y me haga daño otra vez!

El hombre se queda quieto y por un segundo parece desconcertado, pero está decidido a liberar al niño que está llorando muerto de miedo desde su prisión detrás de la puerta.

¡Deja de lloriquear! ¡Nadie va a hacerte daño! ¡Solamente quiero que Jacob lea el libro, igual que tú Jacky, igual que Doc y el resto de esta familia de condenados!

El hombre tira del helado pomo de la puerta, ésta se abre, primero resistiéndose y él da un paso atrás como si de repente se hubiese asustado.

Ambos miramos como la dantesca puerta finalmente se separa del marco y se abre hacia él haciendo un ruido muy asqueroso, como de succión, como si se arrancara la carne fresca de un hueso.

Estoy preocupado por el niño.

¿Y si este hombre vestido de camuflaje en realidad no es su salvador?

A mí me parece que está loco.

¿Y si lo que quiere es hacerle daño?

No dejaré que esto ocurra.

La puerta está completamente abierta, de las bisagras salen unos fluidos parecidos a la sangre, del espacio que hay detrás de ella surgen nubes de vapor que vienen rodando hacia nosotros como si fueran bocanadas de niebla. Después, de repente desaparecen dejando paso a una pared de yeso, lisa, blanca, impoluta.

¡Jacob! ¡Jodido cobarde entrometido, imbécil, pedazo de idiota!

CAPÌTULO 20

AHORA ME VES

AHORA NO ME VES
Estamos en pleno verano, he pasado la mayor parte de mi tiempo soñando despierto en el lago, esperando que vuelva Esperanza.

Todavía camino sonámbulo la mayoría de las noches, pero termino en el suelo del dormitorio, atrapado entre una silla volcada y las perchas de alambre. A mi invento le he puesto nombre comercial DIY sleeping Crazyman sistema, o lo que es lo mismo, Sistema de Alarma Casera para Locos Chiflados. Funciona bien, es doloroso, pero me despierta antes de que llegue la verdadera parte mala del sueño y me arranque el corazón y el alma. Me siento más fuerte. Recientemente me han llegado unas cuantas noticias buenas. El almacén-Bar de Pat se quemó la otra noche. No ha quedado nada, excepto cenizas y algo desagradable que todavía no ha sido identificado parecido a un saco de manteca, o sea, Pat. Nadie resultó herido y este gigantesco matón ya no estará por ahí intimidándome ni amenazándome. ¡Qué bien! ¡De una buena nos hemos librado!

Estaba tomando un baño cuando sucedió.

Los polis me preguntaron si tenía una coartada.

"Solo un patito amarillo de goma", se me ocurrió contestar bromeando.

¡Glória Aleluya! ¡Con dos cojones! ¡El que la sigue la consigue! ¿Dónde está Esperanza?

A menudo pienso en ella, en como me sedujo, porque realmente yo no recuerdo haberla seducido a ella. Me atrapó con una sola frase "esta noche", una frase corta que cambió mi vida. La dulce Esperanza me persigue en mis sueños, donde me ata a un mástil de desesperación y me atormenta una y otra vez con esta simple y hermosa frase "esta noche, esta noche".

¡Oh, que duuuuuulce! Parece salido de esta ridícula película romántica 'West Side Story'. ¿Dónde está esta jodida cerveza?

¿Qué es este ruido? Me despierto de mis fantasías, me levanto de golpe del sillón y me pongo de pie inmediatamente en alerta roja. Hay alguien aquí, dando vueltas alrededor del refugio. ¿Se habrá parado el Caddy rosa? ¡Por favor, Dios, No!

Oigo respirar a alguien, así que cruzo la habitación sin hacer ruido y voy hacia la cocina, aguantando mi propia respiración, escuchando, con los nervios a flor de piel y temblando de miedo. Necesito hacer un pis.

Todas las luces están encendidas, todas y cada una de ellas. Lo prefiero así. No me gusta vivir en la oscuridad. Los cuchillos de la cocina están contabilizados e imantados en su lugar correspondiente. Intento reírme de mí mismo pero lo único que me sale es un quejido con una vocecita de niño. Decido registrar cada una de las habitaciones.

¿Qué me esperaba? No hay nadie aquí excepto yo, el pequeño viejo, el loco con la crisis de la mediana edad, sospechoso de asesinato, involuntariamente una celebridad local, viudo, padre afligido. Todo esto junto en mi pequeño yo, solamente yo y mi soledad.

¡Virgen Santa!, me viene una arcada a la boca y me la trago de nuevo como un borracho, ¿Qué es esta peste?

Respirando agitadamente, le veo reflejado en el espejo del vestíbulo. Me paro y él también se para. Nos quedamos mirándonos fijamente. Mi pobre corazón me sale por la boca, mi cabeza me duele como si la estuvieran abriendo desde el interior, tengo un dolor punzante detrás de los ojos, el vómito se me pega a la garganta y me quema.

Es una diabólica caricatura de un hombre, casi no parece humano, sus dientes rechinan, tiene los pelos de punta como si estuvieran electrificados, sus ojos arden con una locura furiosa.

¡Oh Dios, sálvame! Salen llamaradas de sus ojos y se está riendo de mí, agarrándose la bragueta con una mano y haciendo gestos obscenos con la otra.

¡Le conozco!

Voy rápidamente hacia mi pesadilla pero él ya está corriendo y a toda velocidad atraviesa la cocina y sale por la puerta trasera. Se ha dirigido al bosque oscuro y cuando yo llego al embarcadero ya lo he perdido de vista. Aún puedo olerle, ha dejado tras él un hedor a carne en descomposición, tierra húmeda y mierda. Por segunda vez tengo otra arcada y me vuelvo a tragar el vómito caliente y agrio.

Regreso con rapidez a la cocina, rodeando el refugio. Cierro todos los pestillos de las puertas y aseguro todas las ventanas antes de arrojarme a una silla de la mesa, jadeando como un perro sin resuello. Me tiemblan las manos, no puedo sacarme de encima su peste, tengo migraña, pero esta noche no debo dormir, no puedo arriesgarme a que vuelva, pero ¡mierda, estoy tan cansado!

Me despierto desplomado sobre la mesa, lo primero que hago es ir a hacer un pis. Después informo a la policía sobre el intruso.

Unas tres horas más tarde llega un coche negro y blanco. Miro impacientemente como sus ocupantes, vestidos de beige, salen y echan un vistazo alrededor de mi patio.

"¿Ha estado soñando otra vez señor? No aprecio ningún signo de allanamiento, ni huellas, aparte de las suyas, ni en el barro del suelo ni en el embarcadero" Dev está prácticamente dando saltos de lo satisfecho que está consigo mismo.

Rob me da una palmada en la espalda y con una sonrisa maliciosa dice:

"Jacob, le voy a dar un buen consejo, póngale más agua a su whisky".

Los jodidos se están riendo, ¡No se reirán tanto cuando se traguen sus propias pelotas!

Me desespero con la mentalidad pueblerina de estos policías. Tendré que ocuparme yo mismo de este trabajo de locos.

CAPÌTULO 21

2015

EL PICADERO

El verano se desvanece, los colores del otoño empiezan a aparecer, los policías se dejan caer de vez en cuando para tomar café, siempre contentos, como si se hubiesen tomado una copita de más, y como siempre sin ser invitados.

"Todavía no hay noticias", me dicen alegremente.

Paseo por el bosque durante horas, admirando el paisaje, principalmente soñando despierto.

Annie limpia, cocina, hace pasteles y realiza mis compras. Jon me sigue diciendo sus ¿eh? ¿eh? ¿eh?, se bebe mi te y después se va llevándose una bolsa de galletas o un pastel de manzana.

Sam y Nancy también me visitan alguna que otra vez, ya no me hacen preguntas incómodas.

Las caravanas de los campistas aparecen esporádicamente y aparcan muy cerca.

Algunos periodistas emprendedores, a veces me acosan durante mis paseos, fatalmente disfrazados de turistas, con sus cámaras y sus potentes objetivos.

No pasa gran cosa más. Paso muchas tardes en mi taller. Tengo un proyecto en marcha y además me gusta esconderme allí hasta que el Caddy rosa ha hecho su fantasmagórica ronda.

¡Ah! Como me harté de estar solo, compré un dulce cachorrito al que le he puesto de nombre, Skylar. Se escapa muy a menudo pero vuelve a casa cuando tiene hambre. Como es un perro que va y viene a su antojo, le coloqué una trampilla en la puerta trasera. Lo mejor de tener este perro es que cuando duerme en mi habitación nunca sueño.

He dejado de reconstruir mi alarma Crazyman. Me siento más en forma y más en paz conmigo mismo de lo que me he sentido desde que Lou y Tommy desaparecieron. ¡Jesucristo! Cuando Tommy venga a casa se enamorará de Skylar, siempre quiso tener un perro.

El jodido perro desapareció durante dos días, ¿eh? ¿eh? Lo trajo a casa mojado, sucísimo y apestando a mierda de oso. Si esto no termina tendré que escribir un plan diario para el cuidado del perrito.

He pensado que si quiero que el perro no cause problemas, necesita más ejercicio, por eso lo llevo a dar largas caminatas alrededor del lago y en el bosque, caminamos kilómetros por la zona salvaje sin ver a ninguna otra alma durante nuestras salidas. Es bueno para los dos, Skylar está demasiado cansado para escaparse y yo estoy demasiado exhausto para soñar.

Estaba emocionado contándole a Jon sobre mi extraño hallazgo en el bosque.

"Jon, encontré una vieja cabaña en medio de la nada. Tiene un catre y mantas, una estufa portátil, cajas de comida enlatada, cubiertos y vajilla, botellas de agua, whisky, tabaco y una gran cantidad de revistas pornográficas bastante asquerosas".

"Me suena a picadero, ¿eh?"

Me sorprendió su reacción.

"Jon, lo más raro es que ahí hay unas chupas de cuero de motorista, de hombre, usadas y dos cascos negros y plateados con arañazos. ¡Esas cosas no son baratas!".

"En eso tienes razón Jacob, ten por seguro que todo eso no es nada barato".

"La cabaña realmente me dio un poco de miedo, especialmente cuando Skylar me condujo a ella y después saltó al catre y se puso cómodo, como si estuviera en su propia casa".

"Tal vez ha estado allí antes, ¿eh?".

Aparte del extraño descubrimiento de la cabaña y el Caddy rosa pasando cada noche para asustarme y hacer que me cague de miedo, no ha sucedido nada de importancia, eso sí, a menos que creas en bebés fantasmas.

Mucha gente decora la casa en primavera, pero yo no. Yo lo hago cuando Annie me lo dice. ¡Dios la bendiga! Ha contratado a un muchacho del pueblo para que pinte la habitación de Esperanza, aunque no es que Esperanza haya pasado mucho tiempo aquí últimamente.

Annie quiere que arregle también la habitación de Tommy aunque pronto se dio cuenta de lo que opino sobre eso. No habrá bollos para mí esta tarde. Mira que eres malo, Jacob. Un hombre adulto haciendo y diciendo lo que quiere en su propia casa, ¿cómo te atreves? Bueno, no pasa nada, ella me perdonará.

Jon dijo: "Es inútil, no te esfuerces, es como hablarle a las paredes, ¿eh?".

El joven pintor con la cara estampada de acné dice:

"Señor, hace mucho frío en esta habitación, se me están congelando los huevos aquí dentro".

"Si, ya lo sé, aquí siempre hace frío, toma, no te quejes más".

Le doy un billete de veinte dólares para tenerlo contento y termina el trabajo en un momento, como si fuera Speedy González, en la mitad de tiempo, lo que es raro porque le estaba pagando al chaval por horas.

Estoy impresionado. Le pregunto:

"¡Hey, chaval!, en caso de que a Annie se le meta en la cabeza seguir pintando y yo tenga que acatar sus ordenes, ¿qué te parecería tener más trabajo en un futuro?"

Este muchachito desgarbado y lleno de salpicaduras de pintura me dice:

"Señor, me gustaría volver a trabajar para usted y su esposa, pero cuando su bebé sea un poco mayor. Jesucristo, esta criatura tiene un buen par de pulmones. ¿Cómo lo pueden soportar?"

"Yo no oigo nada y mi esposa no está aquí", le contesto. Me parece que le he asustado, lo dejo en paz y voy en busca de Annie.

Le digo:

"Este pintor lleno de granos que contrataste, cree que tengo una esposa y un bebé. Esta tan loco como el resto de la gente de por aquí".

"¿De verdad?, con eso supongo que te refieres a mí, a Jon y a ti mismo ¿no?"

"No importa, puede ser que los inquilinos que hay al otro lado del lago tengan un bebé, tal vez el sonido ha llegado a través del agua".

"Bueno, yo nunca he oído a ningún bebé".

"Es qué tú siempre oyes solamente lo que quieres".

"Soy todo un regalo de sabiduría". Le hago cosquillas en las costillas y ella con una palmada en las manos apartándomelas.

"Lo que tú eres es una calamidad y una maldición", "abre de una vez los ojos y los oídos".

"He visto el Caddy rosa...."

"Bueno, por algo se empieza" "ahora ocúpate de los muebles", me ordena.

Estoy en la habitación de invitados, muy ocupado siguiendo instrucciones, empujando de nuevo contra la pared, la pesada cajonera de roble. Annie está subida en una escalera colgando unas cortinas nuevas.

"Tengo que admitir Annie, que la habitación tiene mejor aspecto decorada en tonos azul cielo y crema, con las vigas recién lijadas y barnizadas. Es una pena que siempre haga tanto frío y que huela a humedad".

"No seas sarcástico, no te pega Jacob. Es solamente olor a pintura y con el tiempo desaparecerá. Si hace frío, enciende el fuego".

Jadeando por el esfuerzo de volver a colocar la cajonera, le pregunto:

"Annie, ¿te acuerdas de cuando Esperanza estaba aquí?"

"Si, mi amor", contesta bajando de la escalera y con lágrimas brillando en sus ojos. "Por favor, Jacob. Es hora de que dejes atrás tu dolor y sigas adelante". Me aprieta el brazo y se va dejándome solo en la habitación.

"¿Por qué todo tiene que ser un drama aquí?", le grito cuando se va, pero no obtengo ninguna respuesta.

Me siento en la cama encima del nuevo edredón, también hecho por Annie, con bordados de copos de nieve. Skylar está tumbado en medio de la puerta. Su cara peluda me mira de forma inquisidora, con su cabeza perruna inclinada hacia un lado.

"Sube aquí perrito", doy unas palmadas sobre la cama para animarle. Skylar se levanta como si quisiera venir hacia mí, pero emite un gruñido y se queda en la entrada de la habitación, con el pelo erizado. Es demasiado temprano para que pase el Caddy, tampoco oigo a ningún bebé llorando, el misterioso corredor ya ha desaparecido. Aunque creo con toda seguridad, que este peludo está notando algo raro. Unos segundos después se va, con las garras golpeando las maderas del suelo. Entonces lo oigo, es un débil llanto de bebé, no tan fuerte como dijo el chaval, pero persistente y fastidioso.

Cuando salga de nuevo a pasear me dejaré caer por la cabaña de la gente que tiene el bebé. ¿Quién sabe?, les visitaré y si no me reconocen como el asesino en serie local tal vez haga nuevos amigos, adultos, normales.

¿De qué bebé estás hablando? No oigo a ningún bebé.

CAPÌTULO 22

2015

CREO QUE DEBERÍAS ARDER

Debería haber estado ocupado trabajando en el taller.

Tengo un proyecto y tiene buen aspecto, muy buen aspecto, sin lugar a dudas.

Pero como ya había olvidado el por qué lo estaba haciendo, decidí ir a dar un paseo, e ir a ver si podía encontrar a los inquilinos que tenían el bebé. Cuando llegué a la que parecía que podría ser la cabaña, encontré un letrero en la puerta que decía: "Disponible para alquilar", lo que era una gran pista de que había hecho las maletas y se habían ido.

Skylar, chucho tonto, se escapó y se fue a vivir con Annie y Mr. ¿Eh? No es que le eche mucho de menos. Estoy acostumbrado a mi propia compañía, pero todavía sueño despierto, sobre Esperanza, y ahora que esa cara peluda no está aquí para protegerme, los terrores de la noche están empezando de nuevo.

Joder, fue un placer solete, el hacerte el favor de deshacerme de esa tonta e inútil, sucia y peluda máquina de cagar. En realidad, mirándolo bien, fue demasiado fácil. Debería haberlo hecho durar más. Últimamente no hay muchas cosas en estos alrededores para poder entretenerse.

Sam y Nancy pasaron a verme con novedades. Se mudan. Ahora me doy cuenta de que no les pregunté a donde iban exactamente y ellos tampoco lo mencionaron. Pobres chicos, estaban nerviosos, no sabían como decírmelo. No me importa, ¿por qué debería importarme? Estoy contento de que sean tan felices.

Después de comer y de un par de copas de mi mejor Rioja, Nancy se disculpó y se fue a echar una siesta a la habitación de invitados. Sam y yo nos sentamos degustando cervezas frías. Tranquilos y relajados en amistoso silencio hasta que Sam se aclaró la garganta e inclinándose hacia mí, meciendo su cerveza entre sus manos y con el nerviosismo escrito en su cara, amablemente me dijo:

"Tengo que preguntártelo, Jake, ¿Lo de Lou y Tommy fue un accidente? A mí puedes decírmelo, sabes que puedes confiar en mí. Debes contárselo a alguien tío, porque cada año que pasa te estás volviendo más loco".

Me levanté disparado de la silla, derramando la cerveza sobre mis vaqueros y sobre la alfombra. Di un paso amenazante hacia él. De repente estaba furioso y helado en mi interior.

No puedo pensar en ello, me duele demasiado la cabeza. No creo que pasara nada más, supongo que Sam se disculpó y los dos nos volvimos a sentar. Lo más probable es que finalmente se marcharon a casa y yo me fui a la cama.

La pesadilla de aquella noche fue una de las peores que había tenido hasta este momento.

La habitación está bañada de la luz roja del fuego de la chimenea y mi cabeza siente que está a punto de explotar. La rabia en mi interior está aumentando cada vez más. Miro su cara sincera y exploto, ¡Tú, jodido, traidor, hijo de puta!

Le estoy chillado a Sam, escupiéndole a la cara, el también me chilla a mí y antes de tener tiempo de ponerme en situación oímos a Nancy gritar. Vamos los dos corriendo por el estrecho pasillo hacia la habitación, como niños apartándonos a empujones, haciendo carreras para ser el primero en ayudarla.

Gano yo, por supuesto, siempre gano.

Ahí dentro hace un frío que pela y a pesar de que no está la chimenea encendida hay unas nubes de humo amarillo, gruesas y espesas ondeando alrededor de la habitación que hace que nos piquen los ojos y nos ahoguemos. Casi no podemos ver mientras luchamos por atravesar la habitación, tosiendo y con nuestras gargantas carraspeando hasta que llegamos a la cama.

"¡Oh dulce madre de Dios! ¡Ayúdanos!"

Sam está inclinado sobre Nancy gritando:

¡Vamos Nan, levántate! ¡Sé una buena chica, Sammy está aquí, levántate, hazlo por Sam!

Nancy permanece inmóvil, acurrucada como un feto en medio de una sustancia espesa que sale de debajo de su cuerpo manchando y apestando el nuevo edredón

"¡Jacky, por favor, ayúdala!, ¡Se está muriendo!"

¿Jacky?, no me puedo mover. Estoy paralizado, fascinado. ¿Es esto un sueño?

No puede ser un sueño, en la habitación hay un hedor agobiante a cerdo quemado. El humo es ahora mucho más denso y no me deja ver ni la puerta ni la ventana. Nancy está ennegreciendo delante de nuestros ojos, parece tan pequeña.

Sam valientemente intenta levantarla, pero se le cae dando alaridos de dolor, retira las manos y colocándolas delante de sus ojos deja salir un sonido como si estuvieran torturando a un gato.

Me dan retortijones en las tripas, no quiero mirar pero estoy hipnotizado y aterrorizado por igual. Las manos de Sam se están quemando, grita de agonía con cada nueva herida. Miro impasible como de sus dedos caen al suelo gotas de gelatina rosada, como si fueran velas fundiéndose.

El susto me ha dejado estupefacto, ahogándome por el humo. Esperando morir. Sam vomita fuego sobre sus zapatos, está ardiendo, en llamas de la cabeza a los pies, como si fuera madera seca quemándose en una hoguera en el bosque. Estirando sus muñones derretidos hacia mí, gritándome desde el agujero en el que antes estaba su boca. Juraría que solamente oigo sus palabras en mi cabeza:

"Jacky, por favor, sálvame, solamente tú puedes ayudarme, Jac-keeeeeee…"

Reconozco una situación de emergencia cuando la veo, me doy cuenta de lo que está pasando y salgo corriendo hacia el teléfono. Estoy mareado por el hedor y el sabor a carne quemada que noto en mi garganta, mis ojos me pican y lloran a causa del humo.

Llamo al número de emergencias desde el teléfono de la pared. Doc está ocupado pero mandará a una enfermera follable inmediatamente.

Pongo de nuevo el teléfono en su receptor y a pesar de que cada nervio de mi cuerpo me está ordenando que me escape, soy valiente, así que vuelvo directamente a la habitación susurrando una oración.

¡Líbranos de todo mal, por favor, Señor, líbranos de todo mal!

La habitación está vacía. No están ni Nancy, ni Sam, no hay manchas, ni olor, ni fuego, ni apestoso humo, todo está normal, la habitación está recién decorada y huele solamente a pintura fresca.

Me dejo caer lentamente al suelo y apoyando la cabeza entre mis manos grito a pleno pulmón hasta que ya no puedo más. Después me acuerdo de lo que debo hacer:

"Gracias Dios", susurro.

CAPÌTULO 23

LOUISE

Estoy trabajando en mi proyecto en el taller y recordando a Louise.

Se la robé a mi primo, Paul. Él era un poco presuntuoso y pobre, de aspecto simple, del montón, en cambio yo era guapo, modesto y un éxito en la ciudad. ¿Cómo te lo puedo decir? Gané. Siempre ganaba.

Ese primo tuyo era tan feo que en lugar de parirlo lo cagaron como una moñiga de vaca en un prado verde.

En 1994, dos años después de la muerte de Susie, Lou y yo nos casamos en una pequeña capilla en The Bay, un pequeño pueblo costero en el norte del Reino Unido. Es un lugar muy pintoresco, escarpado, frío y a menudo húmedo, pero pintoresco.

Lo siento, me estoy yendo por las ramas.

El matrimonio fue divertido durante unos años. Vivíamos en un apartamento en la parte alta de la ciudad y teníamos amigos ricos y elegantes, conducíamos coches veloces, teníamos una cantidad suficiente de dinero en el banco para pode vivir cómodamente y el viejo refugio era nuestro retiro de fin de semana.

Lou había aceptado a Tommy y lo había adoptado como su propio hijo. Yo trabajaba todas las horas que Dios me permitía porque, para ser honestos, encontré muy aburrido el ser papá de un niño que todavía gateaba. Lo he puesto por escrito, lo aseguro, para que todos lo vean. Lo he admitido. Pero para complicar más las cosas, Lou estaba empezando a desarrollar un serio problema con la bebida y yo me sentía en casa como un inútil. Fue una época triste.

Joder, los primeros dos años con Tommy en el apartamento fueron como el infierno en la tierra. ¡Este chico podría haber sido un perfecto rival para Damien en La Profecía! El problema de Lulu con la bebida se descontroló. Tuve que contratar a una niñera para que se ocupara del niño. Te advierto que eso también suponía una paga extra para poder follársela.

¿Qué podía hacer?. Me avergüenza admitirlo pero no ayudé a Louise en nada con su problema. Pasaba de ella y dejé que siguiera con ello. Me encerré en mi trabajo cada vez más. Con mucha frecuencia le decía a Lou que "tenía que trabajar hasta tarde". Entonces pasaba el tiempo en la ciudad bebiendo con mis compañeros. Ella lo sabía, naturalmente que lo sabía, pero creo que por aquel entonces no le importaba.

Casi cada día Lulu tenía sus "almuerzos de mujeres" en la ciudad. La perfecta excusa de las chicas para coger una buena borrachera.

Se deslizó en la cama y se coloco encima de mí, oliendo a alcohol y a sudor y yo asqueado, la aparté de un empujón. La zorra borracha me mantuvo despierto con sus jodidos sollozos durante toda la noche. Joder, tenía que haberle mamado el coño y así ya hubiera tenido paz y tranquilidad.

Llevaba a Tommy a pescar al refugio cada fin de semana libre que podía.

Pagué para folladas sobrias.

Al final, un día memorable, cancelé las tarjetas de crédito de Louise, fue un acto de inspiración. Después de los primeros gritos y enfrentamientos pareció como si reaccionara. Dejó de beber tanto, pero salía con las chicas con mucha más frecuencia. Aunque hay que decir que cuando estaba en casa, se interesaba mucho por Tommy, prácticamente rebosaba amor maternal.

Noté que volvía a andar con esos atrevidos y confiados movimientos de cadera que tenía cuando nos conocimos. Brillaba desde su interior, tenía una piel tan hermosa. Incluso olía más dulce. Solía mirarla y pensar. Jacob, tú eres un simple ser humano, pero estás casado con una diosa.

¡Joder! te doy toda la razón pero.... Susie tío, Susie!

¿Podía todo ese cambio deberse solamente a la falta de crédito?, bueno, tristemente no, fue una mera coincidencia, mi mujer me la estaba pegando.

Me culpo a mí mismo, trabajaba demasiado, estaba fuera demasiado a menudo y casi no le prestaba atención. Lou estaba en la flor de su vida y estaba sola. Inevitablemente y con toda seguridad alguien se la estaba beneficiando.

Todavía no puedo creérmelo pero, ¡la muy zorra tenía un puto amante!

Mientras su aventura continuó, Louise fue una mujer feliz, una mujer sexy y yo estaba esperando mi oportunidad, escondiendo mi dolor y esperando pacientemente a que ella volviera a mí.

Planeé dar caza al sifilítico ladrón de esposas, hijo de puta, y cortarle la polla, después meterle el cañón de mi pistola por el agujero del culo y ¡apretar el gatillo!

La amaba, no había nada que perdonar. Solamente quería que volviera para siempre.

Le di a mi hijo para que lo cuidara, ¿cómo me podía hacer eso a mí? ¡Esa apestosa, sucia, adúltera, infectada zorra chupa pollas, necesita aprender una lección, con sangre, sudor y lágrimas!

CAPÌTULO 24

2008

¿NO ME QUIERES, BABY?

Es una bochornosa tarde de verano y después de un día de hacer absolutamente nada, excepto beber cerveza y dormitar tomando el sol con Lou y Tom, me he puesto a limpiar las estanterías del taller.

Estoy haciendo esta faena sin ton ni son, simplemente cambiando las cosas de lugar y poniéndolas por orden de tamaño, y justo cuando ya me he cansado, entra ella, mi esposa, feliz, luciendo su media sonrisa sensual. Sosteniendo en cada mano un vaso largo con alguna bebida fría y con cubitos de hielo tintineando. Anda moviendo las caderas con un achispado balanceo al caminar, como si estuviera un poco piripi. Tiene su largo pelo castaño rojizo ligeramente despeinado. Está preciosa.

"Aquí tienes, cariño, te traje un aperitivo. Tommy ya está durmiendo y Annie dice que la cena para los adultos ya está preparada".

La cena puede esperar.

Le cojo los vasos y los coloco en la estantería. Le rodeo la cintura con mis brazos atrayéndola hacia mí. Su pelo huele a hierba de verano y sé que puede notar la dureza de mi miembro a través de nuestra ropa.

La sujeto apretándola y subo mi mano por debajo de su falda. Quiero hacerle el amor, aquí y ahora. No puedo esperar.

"¡No, no! ¡Aquí no!" Ella está riendo pero al mismo tiempo me empuja para apartarme. "Amor mío, ¡no!, Annie está esperando y tú mi dulce hombre, estás borracho".

"¿No me deseas, baby?"

"Siempre, pero aquí no, ¿vale?"

"Vamos, cielo, sabes que eso es lo que quieres", le susurro al oído, mordiéndole el lóbulo de la oreja y empujándola hasta que su espalda queda apretada contra el viejo banco de trabajo.

"¡He dicho que no, cariño! Sal de encima por favor, déjame ir, podemos hacerlo más tarde, ahora no, no aquí en este viejo y sucio cobertizo".

"Vamos, Lou", le suplico, bajándome la cremallera, listo para empezar, pero una vez más me aparta con un empujón.

Cedo y a regañadientes la dejo ir.

Le agarro las bragas y tirando fuerte las rompo, empujo mis dedos brutalmente dentro de ella, grita, le muerdo el pecho.

"¡No, por favor no! ¡Me estás haciendo daño!"

¡Está más seca que el coño de una monja! Pero ahora la cosa ya ha ido demasiado lejos. No puedo parar. No paro. Ella está chillando. Huele a sexo y miedo. Le abofeteo la boca y de un golpe la tiro al suelo.

"Te dejaré, hazlo y te juro que cogeré a Tommy y te dejaré".

Está gimiendo a mis pies como un perro apaleado.

"Por favor, no lo hagas, otra vez no, por favor no…"

Ha sido rápido y violento, como a ella le gusta. Me subo la cremallera.

Ahora está llorando, es verdad lo que dicen que las mujeres y los hombres somos de distintos planetas.

"Vamos, cielo, ¿qué estás haciendo en el suelo? Deja que te ayude a levantarte, cariño, vamos a irnos aunque sea tambaleándonos a cenar".

Me muevo para cogerla del brazo pero se encoge de hombros y me aparta. Su labio está sangrando.

"Lou, ¿qué te ha pasado en el labio?"

Se levanta de un salto y me pega en la cara fuertemente.

¡Gata del demonio! Le doy lo que quiere y llora, si no le doy lo que quiere, llora también.

"¡Hay! Lou, esto ha dolido".

No me contesta ni me mira, no quiere venir conmigo, está borracha, dejaré que se calme. Mucho más tarde oigo como entra sigilosamente y deja correr el agua en el baño.

¡Joder, quisiera ser joven de nuevo! Entonces las mujeres no me hostiaban!

CAPÌTULO 25

1987

UN HOMBRE INOCENTE

Hoy tuve como una especie de despertar de la memoria, un flash-back.

Cuando tenía unos diecisiete años estuve involucrado en un caso de identificación errónea con los policías y el juez local.

Hubo un aumento de incendios provocados por todo el pueblo aquellas vacaciones de verano. La mayoría de cosas de poca importancia, pero unos cuantos edificios municipales sufrieron daños, incluyendo la escuela local que se convirtió en interestelar cuando el laboratorio de ciencias explotó. Hubo muchos pequeños felices que se calentaron las manos en este incendio en particular.

Ni siquiera los policías estaban a salvo, algún bromista tiró un cock-tail Molotov a través de la ventana abierta de los aseos de la jefatura de policía. Al Sargento Crammer le cambiaron aquel buen día su apellido por el del Sargento Cagón y ya se le ha quedado este nombre para siempre.

Me lo pasé tan bien como todos, pero me daba miedo el fuego, un miedo que todavía me dura hoy en día. Irónicamente fue el fuego lo que me llevó a un error judicial.

Había olvidado todo lo que concierne a esta mini oleada delictiva, pero incluso soñando despierto, me di cuenta de que fue algo importante.

Yo, a mis diecisiete años, estuve en los tribunales como "el acusado" y estaba nerviosísimo.

El Juez Dexter era una mole de hombre, era tan grande que su presencia llenaba la vieja sala de audiencias dejándola sin aire, lo único que quedaba era el olor a las bolitas de anís que guardaba secretamente en las mandíbulas como si fuera un hámster.

Se rumoreaba que su pequeña esposa asiática, supuestamente comprada por correo, probablemente le llamaba su "Monstruodemiel". Solamente con pensarlo me entran ganas de vomitar.

Para ser un inmenso montón de hombre, el juez hablaba en un tono bajito y muy agudo. Mi compinche, Colin, dijo que el juez era un eunuco y por eso era tan gordo y tenía esta voz de pito.

Eunuco o no, esta voz estridente me taladraba el cerebro como si fuera de mantequilla y hacía que la grasa me goteara por mi frente bajándome hasta el nuevo cuello blanco recién almidonado de mi camisa. Eso me causaba un picor como si estuviera lleno de bichos.

Le dije a Mary que no estaba preocupado por los procedimientos judiciales, pero en realidad estaba aterrorizado como una perra, tal como Colin diría. Me habían arrestado por provocar incendios, por causar intencionadamente daños a la propiedad y a las personas. Ah, y no nos olvidemos, también por resistencia a la autoridad.

Por supuesto que me resistí al arresto, era inocente, solamente tenía diecisiete años y estaba cagado de miedo.

Si la cosa no hubiera sido tan seria habría sido divertido.

En este tiempo todavía estaba viviendo con Mary y el Gran Al. Cuando el policía apareció en el porche aquella mañana, yo estaba ayudando a Mary a dar de comer a los huérfanos más pequeños, pero eso no es importante, lo que sí es importante es que Mary aún no se había terminado su primera taza de café.

Tanto Al como yo, y todos los chicos, sabíamos que esta era una hora peligrosa. Por desgracia para él, el policía novato, Caraculo, no lo sabía, estaba feliz, ignorando el peligro en el que se encontraba cuando gritó a través de la mosquitera de la puerta exigiendo que me entregaran a él inmediatamente.

Miré la cara de Mary atentamente cuando se levantó de la mesa en todo su esplendor mañanero y se dirigió al recibidor. Os aseguro que la mayoría de hombres en este momento, se habrían dado la vuelta con el rabo entre las piernas, pero este poli era un poco corto.

"¡Buenos jodidos días a ti también, Frank!" dijo ella, "ahora lárgate y vuelve a una hora menos intempestiva, anda sé un buen chico".

"Mary, no soy un chico, aquí soy la ley y exijo que me dejes entrar ahora mismo. He venido para arrestar a Jake por pirómano".

"Oh, ¿de verdad?" ronroneó Mary a través de la tela metálica, entonces cuando vio que Caraculo empezaba a relajarse, empezó a chillarle al pobre polí volviéndose completamente loca, como solamente lo puede hacer una mujer que no tiene cafeína en su sistema.

"Bien, entonces no veo la razón por la que deba dejarte entrar, calumnioso difamador de niños. ¡Sal de mi porche antes de que el Gran Al te eche de una patada en tu jodido culo! ¡Nadie, pero nadie ataca a mis muchachos!, ¿me oyes? ¡Nadie!. Ahora ¡L.A.R.G.A.T.E de una puñetera vez, jodido!

Se quedo de pié a nuestro lado de la mosquitera, respirando agitadamente y con las manos en la cintura. Caraculo, al otro lado de la fina red metálica, suspiró con voz resignada y de aburrimiento, y con el verdadero propósito de mandarla a la mierda, le dijo:

"Señora, tráigame a ese joven a la comisaría no más tarde de las diez, o volveré con refuerzos y entonces no le pediré por las buenas que me deje entrar, ¿me entiende?"

En este mismo momento, reconsideré mi opinión sobre Caraculo, no estaba tan loco como para arriesgarse morir a manos de Mary o a manos de la Fuerza. Al y yo estábamos vigilando desde la ventana como el policía volvía a su maltrecho coche blanco y negro y después de hacer un saludo fanfarrón, se largó.

"Mierda. Mary no ha podido decir la última palabra" susurró Al, "nos podemos esperar la Ira de Khan".

Ese es mi destino en la vida, sacrificarme siempre por los demás, pero por primera y única vez, Al me salvó:

"sube arriba, Jacob, caga, aféitate, dúchate y vístete de una forma respetable, tú y yo vamos a ir al pueblo esta mañana".

"Mi único deseo es servirte Darth Lord", contesté mientras le sacaba un empapado cereal de la oreja derecha al pequeño Oliver y le pasaba una galleta en forma de osito a baby, Mo, que estaba sentada paciente en la vieja y sucia trona. Después me marché para tomar posesión de mi lugar de espía a media escalera.

Me reía en mi interior al ver que Mary dirigía su salvaje mirada de siempre, directamente hacia su esposo quién levantó las manos en el clásico gesto de rendición y valientemente dijo:

"Vamos chica, no te pongas como una fiera conmigo tan temprano por la mañana, tómate tu café y cálmate un poco, ¡maldita sea!".

Mary no se lo tomó muy bien, apoyando su afilada uña amenazante sobre su enorme pecho y acentuando cada palabra con un empujón (como es su modus operandi), respondió calmada al consejo de su marido:

"¿Cuántas veces Te. He. Dicho. Que. No. Digas. Palabrotas. Delante. De. Los. Niños?"

Satisfecha por haber ganado el asalto, se sentó de nuevo a la mesa y sirviéndose una taza de té negro de melaza suspiró a Al:

"¿Te das cuenta de que el pequeño Ollie estará ahora repitiendo la palabra "caga" durante todo el día?"

"Caga", dijo Ollie, en el momento justo, ¡Oh!, como quiero a ese muchacho.

"Si se llevan a mi Jake ¿qué voy a hacer, Al?"

"Oh, Mary, no te preocupes cielo, ya te lo dije antes, te conseguiré un nuevo juguete".

"Lo quiero a él" refunfuñó Mary.

Deje de escuchar y hice lo que me dijo el Gran Al. Él a su vez me entregó a mis castigadores, di patadas y luché un poco y el resto ya es historia.

Estoy en el banquillo. Colin está sonriendo como un cachorro feliz desde la tribuna del público. La tía Mary está mirando fijamente y con dureza al Juez del condado. Esta vez se me ha acabado la buena racha. El Gran Al se ha negado a pagar la fianza y tampoco me ha querido conseguir un abogado. Nunca le he caído muy bien. Creo que está celoso de mi relación con Mary, tío, estamos muy unidos, me están pasando por la cabeza unas imágenes muy obscenas.

No puedo mirar por más tiempo la cara estúpida de Colin. De todas formas me ha llegado la hora. El Juez Dexter se está aclarando la garganta.

Es un poco vergonzoso el ser juzgado por un hombre que te lee la sentencia con la voz de Mickey Mouse. Es difícil tomárselo en serio ¿sabéis? También es un poco humillante. Otra cosa sería que te juzgue un hombre con una voz poderosa, sería lo más apropiado, que te hiciera sentir como si Dios hubiera hablado.

Según dice Colin, el Juez Dexter no podría hacer sentir el temor de Dios ni a un niño de cinco años, pero debo confesar que ahora estoy sudando y esa voz chillona me está dando malas vibraciones. ¿Por qué? Porque soy inocente, claro.

Soy un hombre inocente, oh, sí, soy un hombre inocente.

Colin dijo que las cárceles de América están llenas de hombres inocentes a los que les gustan los muchachos de caderas delgadas, dijo que les gustaban **mucho**, sonriéndome disimuladamente y haciendo asquerosos gestos sexuales con sus manos y sus caderas. Le dije que no voy a hacerle caso a un hombre que siempre está enseñando la raja del culo, tan ancha que se podría aparcar una bicicleta en ella. No es bonito.

Colin dice que los chicos guapetones como nosotros entran en la cárcel contorneándose y con el culo apretado como el de una virgen y después de un mes de encierro van cojeando y andando con las piernas espatarradas como una puta que hace descuentos del dos por uno. Voy a dejar de salir con Colin.

A Colin no se lo follaría ni el chihuahua del guardián.

Estoy de pie, acusado falsamente de incendio provocado, es decir, lo que diríamos pegarle fuego a los cubos de la basura, voluntariamente y maliciosamente. El Juez dice que Yo Jacob Andersen soy un pirómano.

No soy tal cosa, si hubiera un opuesto para la etiqueta "pirómano", esto definiría más correctamente lo que yo soy ¿sabéis?, Soy un "no-incendiario" un "anti-piromaniaco". Un hombre inocente. No me gusta el fuego, demonios tío, si hasta me dan miedo las cerillas.

El Juez Dexter dice con su voz chillona que debo considerarme afortunado porque solamente tendré que pasar todos y cada uno de los fines de semana durante los próximos cinco meses, recogiendo basura para el condado, llevando puesto un mono rosa con las palabras "Soy un idiota" bordadas en la parte delantera y "siento haber desperdiciado vuestros impuestos"

El alcalde de este pueblo es un asqueroso bastardo.

Mary está apuntando al Juez con su mirada explosiva. El hombre está acabado.

¡Ohhhhhhh, no habrá placer las tardes del fin de semana preciosidad. Apuesto un cuarto de botella de Jack Daniels que este juez eunuco y su esposita de diez dólares morirán mientras duermen esta noche!

"¡Formidable!", dijo Colin más tarde. "Tú puedes recoger la basura y después la podemos quemar juntos"

Este chaval está chalado. He decidido no juntarme más con él, es demasiado embarazoso.

Cuando no fui encarcelado en la prisión del condado, aquel día, no sé quien estaba más contento de que estuviera de nuevo en casa, Mary o yo.

Mary, Mary, María la arpía ¿qué tal va el jardín?
Lleno de niños pequeños que usas para jugar
Y el tonto de Al, lo mismo que tú, con las niñas,
también le gusta jugar. ¡Vaya par!
¡Fóllame Mary!
¡Por favor!

Pero lo que es verdaderamente humillante no es el mono rosa borda-do, es el Gran Al completamente vestido de Darth Vader siguiéndome por todo el pueblo, acompañado por las otras mujeres de rosa, echando fotos y diciendo en voz alta a través de su máscara a cualquier tonto que se pare a escuchar:

"Este joven es mi orgullo y mi alegría, miradlo como trabaja para nuestra comunidad. Estoy tomando fotos para el álbum familiar, para la posteridad".

Esto suena súper-escalofriante en la voz del Caballero del Lado Os-curo.

Algunas veces creo que Mary y él son el uno para el otro.

¿Quieres una foto, cabron? Te daré una jodida foto. ¿Qué te parece una con mi polla dentro de tu mujer? Si quieres también me puedo poner el mono rosa.

Hoy en día, todavía tengo aquí en el refugio el recuerdo de un titular de un periódico que todavía me causa comezón en la cabeza.

EL JUEZ DEXTER Y SU JOVEN ESPOSA ENCONTRADOS MUERTOS EN LA CAMA

Más tarde, el juez de instrucción, atribuyó sus muertes a un enve-nenamiento por monóxido de carbono, por un fallo en una estufa de gas. Nunca se sospechó que hubiese sido un acto intencionado.

CAPÌTULO 26

ASIENTOS DE TERCIOPELO ARRUGADOS

Es el baile de graduación. Voy vestido con un esmoquin alquilado de color azul noche. Tengo un ramillete de flores para Susie que hace juego con la flor que tengo en el ojal. Parezco un tonto viviente cuando me marcho a recoger a Susie con el coche de Al.

¡Jodido bastardo miserable!

No voy a pagar un montón de dinero para alquilar una limousine para que los chavales cachondos follen y después vomiten dentro.

Tengo a 'Roxette' sonando en los altavoces, la música sale a través de las ventanas abiertas, atrayendo las miradas de desaprobación de los viejos en las aceras.

"She's Got the Look".

¿Qué si está buena? ¡Está más buena que el pan! . Nunca pensé que Susie aceptaría ser mi pareja en el baile de promoción, pero tal vez haya un Dios que nos esté viendo, después de hacerme sudar hasta el último momento, me concedió mi deseo más anhelado, mis plegarias han sido escuchadas, ¡sí Señor!

Llego cinco minutos antes de la hora. Me espero fuera, dentro del viejo cacharro. Hace calor aquí dentro. Su mamá abre la puerta principal y me hace una señal con la mano para que entre, y lo hago, salto del coche con mi caja de plástico con el regalo, subo saltando los escalones del porche como un hombre poseído. ¡Maldita sea, que buena está la madre!

Al principio no veo a Susie porque está detrás de ella, pero cuando la mamá se aparta invitándome a entrar, ahí está mi chica, su vestido hace juego con mi esmoquin, y literalmente me deja sin respiración.

Joder, si tuviera corazón se habría parado de golpe. Creo que estoy enamorado, lujurioso, ambas cosas, vaya....

Ahora tengo otro deseo y no es precisamente el que se puede contar a unos padres.

Susurro nervioso:

"Hola, Susie, estás espectacular."

"Gracias Jacob, tú tampoco tienes mal aspecto."

Le cojo la mano y con cuidado le ato el delicado ramillete en su delgada muñeca. Puedo sentir su pulso latir rápidamente debajo de mi pulgar, levanto los ojos hacia su cara con forma de corazón y me quedo embelesado.

No oigo muchas de las promesas y amenazas que su padre me está lanzando, aunque lo que si comprendo es que mi futuro como padre está en peligro si le echo una sola mirada lasciva a su niña.

Estoy tan fascinado por tener a Susie tan cerca que incluso dejo que su mamá nos saque al menos una docena de fotos con su polaroid y metiéndose entre los dos haciendo un cómico movimiento de caderas y tetas entre foto y foto.

Me muero de ganas de que la pandilla nos vea llegar al baile juntos. No creerán lo que van a ver sus envidiosos ojos.

Susie lleva un vestido bastante escaso, lo que el Gran Al diría un vestido del tipo "con eso no vas a salir a la calle". Un vestido del que te quieren desnudar. Susie es un regalo envuelto en lazos de seda y lentejuelas, un regalo para ser desenvuelto muy lentamente.

Un vestido para ser arrancado rápidamente. Un vestido tipo "fóllame".

Susie es tan hermosa como un pecado, una magnética visión confusa y aterradora para mí. De repente, me siento como lo que yo soy realmente, un chaval adolescente con hormonas embravecidas agitándose dentro de su cuerpo. Solamente el oler su perfume hace puré mi cerebro.

Al final nos escapamos de las garras de sus padres que nos miran desde el peldaño superior de la escalera, uno de ellos lloriqueando, el otro me está mirando fijamente. No es difícil adivinar quién es quién.

Educadamente abro la puerta para que Susie se meta en el coche y después me siento a su lado. Cuando bajo el viejo trasto del bordillo empiezo a sentirme un poco mareado, porque estoy aguantando la respiración. Mi esmoquin de repente me queda más estrecho por la parte de los pantalones y el cuello me está estrangulando.

Susie claramente nota lo que ella dice con palabras coquetas mi "incomodidad", y con una risita y una simple frase destruye toda posibilidad que pudiera tener mi parte calentorra:

"Jacob, soy virgen, no soy carne de cañón, así que creo que es mejor que te lo diga ahora, no voy a acostarme contigo esta noche".

Ya veremos… Estarás suplicando que te folle antes de que termine la noche.

Mi cara se pone más colorada que la luz roja del semáforo. La radio continúa sonando en el coche y es como si el maldito DJ se hubiese marchado dejando puesta a propósito para mi desilusión la canción de The Fine Young Cannibals, "She Drives Me Crazy" y sí, en realidad ella me vuelve loco.

Tengo la sensación de que Susie está sonriendo en su interior, de todas formas no me voy a permitir mirarla hasta que lleguemos al baile, en la oscuridad, rodeados de muchos otros estudiantes.

Apago la radio. Ella no dice ni una palabra pero me da una palmadita amable en mi rodilla, como un premio de consolación.

Del resto de la tan esperada noche del baile de promoción tengo un recuerdo muy vago. "No se permite el alcohol" que es lo mismo que decir bebidas y drogas en el aparcamiento, lo que va a desembocar en gran cantidad de vómitos y el lugar se va a convertir en un urinario público. "No se permiten caricias en la pista de baile" o sea, media docena de calentones y coches balanceándose en el exterior, seguidos tal y como recuerdo, de un par de bodas a punta de pistola.

Cada vez que bailábamos y Susie frotaba su cuerpo contra el mío, me sentía débil. Nunca antes había visto una chica creada tan bella, ni vestida de esta manera. Nunca me había sentido tan atormentado anteriormente por alguien que había afirmado no ser una calientapollas.

Fue una noche de gran aguante y autocontrol y cuando ya no pude aguantar más la regla que había impuesto Susie de "nada de toqueteos" o algo parecido, me ofrecí a llevarla a casa temprano. Ella aceptó con agrado, lo que fue otro golpetazo para mi frágil ego. Pero ahora, echando la vista atrás, creo que los dos nos sentimos aliviados de que al menos para nosotros, el baile de promoción hubiese terminado. Los preparativos habían sido mejores que el cursi evento, aparte del vestido, eso sí.

Conducimos de vuelta en silencio, unos dos palmos de funda de plástico nos separaban en el asiento, aunque este pequeño espacio parecía la Gran Muralla de China.

Finalmente aparqué en frente de la casa de Susie, las cortinas se abrían y cerraban dejando entrever las miradas de su mamá. Fui recompensado por mi impresionante autocontrol con un piquito en la mejilla y una firme promesa de que nos volveríamos a ver.

Estaba contento, sexualmente frustrado pero contento. Susie quería una segunda cita.

Me fui a casa, solo, sonriendo como un idiota. Mi esmoquin estaba tan perfecto como antes de salir de casa. Qué vergüenza.

¡Eres un jodido insulto para la humanidad! Ni siquiera has intentado llegar a la primera base, ni siquiera le diste la oportunidad de poder decir "¡no!" ¡Me desesperas!

Tan pronto como apagué la luz, Mary se metió en mi cama, pero yo hice ver que estaba profundamente dormido, incluso cuando su mano se deslizó dentro de mis calzoncillos, con una caricia muy bien ensayada, yo no reaccioné. No podía, mi cuerpo ya no la deseaba.

Quería estar solo para soñar con Susie, pero cuando Mary se marchó de mi habitación, no podía dormir. Me puse mis viejos vaqueros y una camiseta y salí sigilosamente de la casa. Me iba otra vez al baile a pie. No quería arriesgarme a que se dieran cuenta al poner en marcha de nuevo el motor del viejo cacharro.

Tras unos minutos de andar solo, pensé que si tenía que llegar allí antes de que terminara el baile necesitaba que alguien me llevara en coche, pero no había tráfico para poder hacer auto-stop. Estuve a punto de dar la vuelta y regresar a casa. Cada día que pasa pienso que ojalá lo hubiese hecho.

En lugar de eso, seguí andando y probé todas las puertas de todos los vehículos que estaban aparcados en el barrio por el que pasaba, hasta que uno con el nombre de "El Taxi de Mamá", se abrió. Naturalmente, la llave de contacto me estaba esperando detrás del parasol. Había una sillita de bebé en la parte trasera. Tomé nota de la dirección donde el coche estaba aparcado. Iba a devolverlo. Lo juro.

Tío, a pesar de las estúpidas pegatinas y la sillita de bebé, el coche era muy guay. Me había agenciado un Cadillac rosa, un perfecto coche clásico, con los asientos de terciopelo arrugado.

Si no hubiese estado tan nervioso por si me pillaba la policía por robo de coches, habría sido algo orgásmico.

Cuando iba conduciendo el Taxi de Mamá hacia el aparcamiento de la facultad, oí que la orquesta estaba tocando la canción de Simply Red, "If You Don't Know Me By Now". Era probablemente el último baile, la última oportunidad para intentar meter mano, la última oportunidad, si es que la necesitabas de perder la virginidad en la facultad.

Aparqué y bajé del bonito coche, apoyándome en el caliente capó rosa encendí un cigarrillo y esperé a que mis amigos salieran en tropel por las puertas. Calculaba que al menos algún borracho necesitaría que lo llevara a casa.

Y entonces la vi, sentada, inclinada sobre un banco al lado de la zona de recreo, llevaba su vestido de gala, estaba llorando.

Una doncella afligida. Joder, una oportunidad llamando a tu puerta, solete.

Era "Joan la gemidos," de mi clase, la llamaban así porque era una chica fácil en favores sexuales y le encantaba, según decían nunca se cansaba de una buena polla. Estaba saliendo con mi compañero Steve, un tío que no era mucho de fiar "soy muy generoso en las cosas del amor," y alegremente contaba a quien quisiera malgastar su vida escuchándole, como lo hacía, con quién y donde.

Me acerqué a ella, como quien no quiere la cosa. Me di cuenta de que su falda era demasiado corta, su camiseta demasiado escotada y sus tacones demasiado altos. La máscara de las pestañas le bajaba por la cara y su pelo estaba hecho un desastre.

Algo se está endureciendo dentro de mis vaqueros, estoy más caliente que el palo de un churrero.

"Hey, Joan, no llores, deja que te acompañe a casa." Me puse de pie torpemente con las manos en los bolsillos intentado esconder la erección del mes. Intentando convencerme a mí mismo de que eso no era exactamente lo que yo tenía planeado cuando decidí volver.

"Jake, me ha dejado," sollozaba, los mocos le bajaban por la punta de la nariz hacia la parte superior del labio, "¡me ha dejado delante de todo el mundo!"

Acaricié su loco pelo rosa y azul arrullándola como lo habría hecho con un cachorro asustado:

"Está bien, cariño, ya sabes como es Steve, ha bebido demasiado, eso es todo. Vamos, el coche está por ahí, sabes que Steve te quiere, mañana todo volverá a la normalidad".

Joan trago saliva, se trago las lágrimas y levantó la vista hacia mí esperanzada, pasando la lengua rápidamente por sus labios.

Que boca tan deliciosa.

"¿Eso crees?"

"Tenlo por seguro, Joan".

"Llévame a casa, Jake, no me siento muy bien"

La cogí de la mano y nos fuimos andando a trompicones hacia el Taxi de Mamá.

Tan pronto como las puertas del coche se cerraron, y estuvimos juntos dentro, cómodos, en la oscuridad y calentitos, el ambiente se alteró, se podía oler a sexo en el aire.

Cuando ya nos alejábamos de la facultad Joan colocó su mano directamente sobre mi erección y lentamente empezó a frotar su pulgar por encima de mi polla. ¿Qué podía hacer? Era un chaval, estaba muy cachondo, aparté el coche hacia un camino lateral muy cerca de la carretera principal y lo aparqué, en un lugar protegido por árboles altos a ambos lados y me eché apresuradamente encima de ella.

Un paraíso a la luz del salpicadero

Joan no me defraudó, primero se la metió en la boca, después se espatarró debajo de mí, me agarró el culo con sus tacones, me atrapó entre sus muslos y nos desbocamos. No os voy a mentir, cuando la cosa terminó, me sentía mucho mejor.

Esa chica podía estar orgullosa de su reputación.

Pero en el momento en el que salí de su interior y me estaba subiendo la cremallera de los vaqueros, salió del coche como una bala y se puso a correr tambaleándose en esos tacones tan altos, bajando bastante rápido por el camino hacia la carretera principal gritando tan alto como podía:

"¡Me ha violado! ¡Me ha violado! ¡Ayuda, me ha violado!".

No tuve otra opción que perseguirla. No había nadie alrededor, le hice un placaje y la arrastré por la cintura. Su maldito monedero voló por los aires esparciendo su contenido por todo el pavimento, me di cuenta de que dentro había un condón aunque no me pidió que lo usara.

De algún modo me las arreglé para subirla de nuevo a medio camino, pero era como una gata salvaje, peleaba conmigo a cada paso que dábamos, así que tuve que **cogerla por la garganta.**

Realmente tuve que batallar los últimos metros para llevarla de nuevo al coche, ¡Dios mío! no pudimos llegar porque de repente *las manos que habían estado intentando apartar las mías de su cuello, se cayeron* y se convirtió en un peso muerto. Primero pensé que era una broma porque estaba borracha. Ya podía oírla contándoles la historia a las zorras de sus amigas:

"¡Hey chicas, me follé a Jacob "llámame Jake", hasta casi dejarle ciego, después me puse a gritar que me había violado y cuando ya estaba asustadísimo, hice ver que me había muerto. Deberíais haber visto su cara, tías! ¡Nunca me había reído tanto en mi vida!".

La solté, esperando que se pusiera derecha, pero se cayó al duro suelo como un títere al que le han cortado las cuerdas. Esperé enfadado a que se levantara, pero como vi que permanecía echada en el suelo en una posición muy rara, me arrodillé a su lado.

"Vamos, Joan, déjate de bromas. Está bien, tú ganas, me rindo, admito que estoy cagado de miedo, ¡Joan, por favor! ¿Joan?"

Hice lo que hacen en las películas. Toqué su garganta para ver si tenía pulso, pero su cabeza se quedó colgando en un ángulo muy extraño. ¡Joder! Solté mi mano y tropezando como mis propios pies me caí hacia atrás aterrorizado, intenté ponerme en pie y alejarme de su cuerpo.

Joan estaba muerta, ¿cómo demonios había sucedido? ¿La había matado? Nunca antes había hecho daño ni a una mosca. Me sentía tan cansado, solamente quería dormir, pero no podía.

Salí huyendo de donde estaba su cuerpo y me metí en el coche. Vomité encima de mí y le di a la llave de contacto. Entonces me di cuenta que debería ir marcha atrás y pasarle por encima si quería volver a la carretera. Me entró el pánico, salí del Cadillac y moví a Joan haciéndola rodar para sacarla del camino hacia la hierba alta como si fuera un montón de basura.

Nadie se lo va a creer, nadie se creerá que me folló, y sin ninguna razón se me murió encima.

Mierda tío, ¿dónde están las jodidas bragas?

Miré de nuevo dentro del coche, sus bragas estaban allí mismo, mis huellas estaban allí, mi vómito estaba allí, vamos que lo único que faltaba es que mi dirección estuviera pintada en los lados de jodido Taxi rosa de Mamá.

¡Mierda, mierda, mierda!

¡Cálmate, joder! ¡Deja de decir palabrotas y piensa pichafloja!

Tiré de Joan para sacarla de la maleza y vi que sus pies estaban desnudos. Los zapatos, ¿dónde están los jodidos zapatos? Estaba histérico y llorando, pero después de muchos tacos, maldiciones y esfuerzo la pude subir al coche y colocarla delante del volante. Encontré sus zapatos muy cerca y los tiré dentro, a su lado. Le abroché el cinturón de seguridad.

Me miró y pegué un grito.

"¡Lo siento, Joan, lo siento mucho! Juro que no tengo ni idea de como ha pasado esto."

Eché un vistazo al maletero para ver si había algo que me pudiera ser útil y encontré un pañal dentro de una de esas bolsas de bebé con forma de osito.

Me empecé a calmar respirando como una parturienta, tomando grandes bocanadas de aire y dejándolo salir muy lentamente, me esforcé para comprobarle el pulso por última vez, sólo para asegurarme.

Sólo para asegurarse de que una chica con el cuello roto y con esperma enfriándose dentro de ella no estaba lo suficientemente viva para darle el chivatazo a la policía.

Nada. No hay pulso. ¡Oh, joder!

Introduje el pañal en el cuello del depósito de la gasolina y usando mi Zippo lo encendí.

Me marché a toda prisa, bajé el camino hacia la carretera, corrí cruzando los campos y me fui andando a casa a toda velocidad. Cuando entré puse mis ropas y calzoncillos en el incinerador del sótano, me duché, me metí en la cama y dormí como un lirón.

Cuando me desperté mi primer pensamiento fue "el monedero, mierda". Pero ya era demasiado tarde. Me la suda.

Antes del mediodía la tragedia ya estaba en todas las noticias. Había helicópteros volando por encima del escenario de un coche quemado. ¿Cómo había ocurrido?

El camino estaba acordonado, todo el peso de la ley al completo estaba allí buscando pistas. Los adolescentes traían ramos de flores baratos de los que se compran en las gasolineras, envueltos en celofán, los canales de televisión ofrecieron panorámicas de los tristes mensajes que tenían pegados como:

"Joan, te queremos, eras la mejor de todas nosotras, siempre te echaremos de menos, descansa en paz, besos tus damas de rosa".

La que mejor follaba de todas.

Había también unos cuantos peluches rosas sentados como niños perdidos debajo de los arbustos al final del camino.

"Pobre muchacha, morir quemada de ese modo. Dicen que un cuerpo quemado huele como a jabalí asado" dice Mary malévolamente.

No me he quitado el susto de encima cuando ya tengo que ponerme en guardia.

"Oh, joder que terriblemente insensible por mi parte, Jacob. Sé lo mucho que odias el fuego, lo siento, esto debe traerte a la memoria algunos malos recuerdos cariño".

La bilis me sube por la garganta. Me quiero sentir mal por Joan, pero no soy un violador como ella dijo y si hubiese sido estrangulada, tal como sospecha la policía, entonces su estrangulamiento fue un accidente.

Joder, todo fue por su culpa, por ser una estúpida bruja, una puta zorra borracha.

Comí con Mary, quién después del susto seguía callada. Pensé que tal vez estaba disgustada porque la había rechazado la noche anterior. Sintiéndome culpable le ayudé a dar de comer a las últimas admisiones de víctimas frescas, o sea de niños huérfanos. Al mismo tiempo seguía mirando fascinado las imágenes de la televisión.

Ahora los locutores están entrevistando a una joven mamá que tiene un mocoso de aspecto repelente apoyado en su cadera.

"Si, este Caddy rosa era un tesoro para mí".

"Sí, fue un regalo que mi viejo papá me hizo justo antes de morir".

"Oh si, por supuesto, es irreemplazable, lo mismo que mi papá".

Si, fuiste tú quien te dejaste dentro la llave de repuesto.

La verdad es que me sabe muy mal lo de este coche clásico de esta pobre Mamá. Espero que estuviera asegurado, aunque no creo que indemnicen por los accidentes causados por una estupidez.

El teléfono suena rompiendo el hechizo. Mary de muy mala gana se aparta del televisor, levanta el receptor, escucha pero sin decir nada, después vuelve a colgarlo dando un golpetazo innecesario y me dice gritando:

"Es Susan, quiere venir. Dile que no"

Y ahí empezó la historia de amor de mi vida. Lo más cerca que he estado del cielo fue con Susie.

En esto estamos de acuerdo. Joder, ¡que pena que la mataras! Wake up Little Susie... Despierta pequeña Susie, ¡despiértate!

Nunca me interrogaron por el accidental asesinato de Joan.

Mary nunca me volvió a tocar.

Sé que fui a la universidad y obtuve matrícula de honor. No puedo recordar nada de aquello excepto que dormí mucho, ah y allí conocí a Doc. Qué pequeño es el mundo. Después de la universidad conseguí mi herencia y me convertí en una persona rica. Obviamente los Servicios a la Comunidad vestido con un mono rosa no me fueron mal, me fueron bien. Desde entonces nunca más he tenido problemas con la ley.

Eres un patológico retorcido y mentiroso jodido cobarde.

CAPÌTULO 27

1990

UN ÁNGEL EN LAS PÁGINAS CENTRALES

Susie y yo nos casamos, no me acuerdo de la ceremonia de la boda pero lo que sí recuerdo es el matrimonio que duró menos de 8 horas.

Iba conduciendo hacia el aeropuerto, estábamos entusiasmados porque estábamos de camino a nuestro paraje donde íbamos a pasar nuestra luna de miel en Hawai y después de un día de celebraciones de locura, por fin estábamos solos.

Dolly Parton estaba cantando en la emisora de radio de Camerro, mi esposa estaba un poco "alegre" y cantaba desafinando, pero poniéndole ganas, la canción "I Will Always Love You", con una mano con una manicura perfecta apretándose dramáticamente el corazón y con la otra moviendo al aire una botella medio llena de Kruger.

"Esposo mío, I love you".

Esta chica alocada no tenía mucho futuro como cantante pero ya tenía otro par de buenos talentos, y con estos le sobraba.

Cantando alegremente me estaba gastando bromas mientras yo conducía, sus hábiles manos me acariciaban por todas partes, se la notaba feliz, enamorada, bebiendo champán directamente desde la botella y derramándose encima la mayor parte del líquido.

"Me lo puedes lamer más tarde, maridito"

Le dije muy sinceramente: "Mi sexy, señora esposa, nada, de verdad nada, me complacería más".

Susie llevaba puesto un vestido rojo muy ceñido y unos zapatos stiletto rojos, de tacón de aguja. Me moría de ganas de que llegara el momento de sacarle aquél vestido, tenía por seguro que la noche iba a ser larga. Yo estaba sonriendo como un gato de Cheshire y pensando Dios, échanos una mano con la cama esta noche de bodas, espero que sea fuerte y silenciosa.

Entonces Susie se acercó más a mí, mientras yo seguía subiendo y tomando las curvas de la montaña me dijo al oído:

"Ya sabes lo que dicen cariño, chicas con zapatos rojos, sin bragas..."

Me mordisqueó suavemente el cuello mientras su pequeña mano se deslizaba por mi bragueta y me metía la lengua en la oreja. El champán fue olvidado, o vaciado, o ambas cosas.

"¿De verdad? ¿Eso es lo que dicen? Bueno, en interés de la investigación para el resto de la raza humana, vamos a averiguarlo, ¿le parece Señora Andersen?"

Aparté una mano ansiosa del volante y Susie rápidamente la colocó en medio de sus muslos, por supuesto el vestido rojo quedó arremangado en su cintura, mis dedos ciegos encontraron su humedad. Dios sabe que necesitaba aparcar desesperadamente pero la carretera era cada vez más empinada, subía serpenteando con escarpados acantilados a la derecha e implacables rocas al otro lado.

No tenía opción, seguí metiéndoles los dedos, deslizándolos adentro y afuera, dentro y fuera de mi nueva esposa, ella me agarraba la muñeca con una mano y con la otra intentaba bajarle la cremallera, gemía y yo estaba a punto de explotar, me arriesgué a mirarle a la cara. Dios me perdone, pero me la estaba comiendo con los ojos, era un momento perfecto.

La próxima cosa que recuerdo es que nuestro coche se salió de la carretera y cayó en picado como un peso muerto y silenciosamente, mis dedos ahora agarrando impotente el volante y escuchando a Susie diciendo una y otra vez:

"¡Oh Dios. Lo siento. Lo siento cariño!"

Nuestro coche bajaba rebotando y dando tumbos, había ruidos de metal roto y gritos, con el impacto de cada falso aterrizaje tenía la impresión de que nos íbamos a romper en pedazos. Susan estaba gritando, yo estaba gritando y después de nuevo el coche en caída libre, vuelo silencioso y durante un larguísimo segundo tuvimos la oportunidad de mirarnos en un silencio terrorífico.

El coche se paró bruscamente con un ruido a huesos rotos. Susan no llevaba puesto su cinturón de seguridad, durante la caída había estado dando bandazos y en el impacto final, mi esposa, mi primer, único y verdadero amor, salió despedida por el parabrisas delantero y se estampó contra el árbol que había frenado nuestra caída. Este viejo pino salvó mi vida, pero partió por la mitad la que antes había sido su perfecta cara y había machacado su cráneo.

La patrulla de rescate tardó horas en poder llegar hasta nosotros. Mientras esperábamos mecí durante todo el tiempo el cuerpo desmembrado de Susie en mi regazo cantándole nuestra canción, "You Do Something to Me". Todo lo que había de bueno en mi vida, todo pero absolutamente todo murió aquella noche.

No lloré, entonces no, ni en el funeral, ni nunca. Algunas cosas duelen demasiado, te dejan sin lágrimas para poder llorar. De todas formas, las lágrimas cicatrizan y yo no me lo merezco.

Los médicos explicaron que el precioso cuello largo de Susie se había roto en el impacto, que había muerto al instante y sin padecer. Mentirosos. Yo lo sabía mejor que nadie. Mi Susie tardó una eternidad en morir porque cuando nos miramos a los ojos mientras el coche hacía su viaje final, ambos sabíamos que era por última vez.

La había matado. Aparté mi mano del volante. Aparté mis ojos de la carretera por una milésima de segundo, y mi dulce, hermosa y feliz esposa estaba muerta. Yo también estaba muerto. Muerto en todos los sentidos. Un hombre muerto andante, un zombi, eso era yo.

Por algún cruel milagro y por usar mi cinturón de seguridad aparte de unas cuantas costillas rotas y la tibia fracturada, algunos fuertes moratones y golpetazos y algunos cortes por los cristales, lo que más me dolía era mi corazón partido. En menos de veinticuatro horas ya había abandonado el hospital.

Después de su muerte, Susie se hizo todavía más famosa. Fotografías de su cuerpo casi desnudo fueron publicadas y retransmitidas en todo el mundo, ya que mi bonita mujer era recordada y llorada en los mismos medios en los que se pedía mi cabeza.

¿Creéis que me compadecía de mi mismo? ¿Creéis que me sentía afortunado por estar vivo?

¿Os imagináis como se siente uno al haberse follado a una chica de las páginas centrales?

¡Poneos en mi lugar y después me decís que es lo que se siente, tatuad vuestras fantasías enfermizas en vuestra piel. ¡Jodidos cabrones!

No fui a la cárcel porque aquella noche no había bebido, estaba sobrio, además había placas de hielo en la carretera.

Fue más o menos en esta época cuando empecé a despertarme con nuevos cortes de hojas de afeitar en mi pecho, mis brazos y mis muslos. Me sentía avergonzado. No se lo dije a nadie. No podía recordar habérmelo hecho yo mismo pero tampoco creo en fantasmas acuchilladores. Los fantasmas reales son mucho más crueles.

CAPÌTULO 28

2009

TODO EL MUNDO ME QUIERE

No siempre he sido tan buen tipo como ahora, sabéis, la vida me ha cambiado.

Hoy he tenido otro extraño flashback. Todo empezó bien. Era el año 2009. Lou había ido con Tommy a casa de sus padres para pasar la noche allí. Yo tenía negocios que resolver en la ciudad. Me sentía muy bien vestido con mi traje de Armani, haciendo que las chicas se dieran la vuelta para mirarme mientras yo paseaba orgulloso. Todas las chicas se vuelven locas por un hombre elegantemente vestido. El grupo ZZ Top sabían de lo que hablaban cuando escribieron esta canción.

De vuelta a casa me paré en un pequeño bar de vinos bastante lujoso y me enrollé con la camarera, que debería haber estado trabajando en Hooters para así mostrar sus impresionantes "talentos". Pude conseguir su número con lo que se diría demasiada facilidad, así que decidí pasar la noche, fuera. Me sentía en el paraíso. Cuando la chica salió del trabajo nos tomamos unas copas y esnifamos un poco de cocaína, y después ya en mi casa, yo la esnifé a ella.

Me encantó tener sexo con una extraña en la cama que compartía con Lou. Es en lo que solía fantasear cuando le daba la espalda. Ahora yo se la había jugado a ella, también le había puesto los cuernos.

"¡Buf! La jefa había vuelto a casa. Os podéis imaginar la escena, desnudos, sacándome de encima a la camarera regordeta que con las tetas que le saltaban intentaba encontrar la ropa, a todo eso le podemos añadir a mi mujer gritando, furiosa. No me quedaría a ver el espectáculo completo, eso seguro.

Cogí mis vaqueros y las llaves del coche, y dándole un empujón a la ultrajada Louise salí al aire fresco de la noche. Apreté el acelerador de mi amado Lotus y salí como una bala hacia el refugio, riéndome como un lunático.

Todavía estaba follando, volando, en el séptimo cielo.

A la mañana siguiente estaba muy avergonzado, nunca antes había quebrantado la ley.

¡Mentiroso! ¡Joder, qué poca vergüenza tienes!

Pero lo que si era cierto es que aquella noche había estado conduciendo bajo los efectos del alcohol.

Eso sí es cierto, bien hecho jodido, pero no hay delito si no te pillan tesoro.

Cuando llegué, Jon y Annie estaban en el refugio haciendo limpieza general de primavera. Dijeron que no me esperaban.

¡Mierda, no me digas Sherlock! Yo tampoco.

Querían hacer limpieza y ordenar el patio. Yo quería paz, tranquilidad y una copa para que se me pasara la resaca, cogí la barca de remos y me adentré en el lago llevándome como compañía un almohadón y un paquete de seis cervezas.

Estaba flotando en mi cielo privado, suavemente a la deriva en medio del lago, cuando de repente me despertaron los gritos de Lou quien a pleno pulmón me llamaba desde la orilla. Como os podéis imaginar no me estaba llamando para ir a cenar, aquella tarde estaba echando culebras por la boca.

¡Joder! ¡Cómo odio que las mujeres hablen así!

A regañadientes empecé a remar de vuelta a la orilla, ella no dejaba de chillar, palabras como maltrato, abuso, amenazándome, diciendo más palabrotas que palabras

"Borracho…., puta…, policía…., dejarte…., llevarme al niño…., lo pagarás…."

Bla, bla, bla.

Ya nervioso, mi resaca y yo saltamos de la barca al agua poco profunda donde daba pie para arrastrar la barca y casi cuando estaba llegando a la orilla Louise se me echó encima mordiéndome y arañándome como una loca. No tuve otro remedio que pegarle en la cabeza y en la cara con un remo. Sus dientes volaron y su cabeza se abrió como una sandía madura. La sangre roja se volvía rosa al mezclarse con el agua. La maté. Defensa propia. Esto es obvio para casi todo el mundo.

Veis, aquí es donde los recuerdos y la fantasía se mezclan. No la golpeé, pero quería hacerlo y en mi imaginación es como si lo hubiera hecho. No pongáis esta cara, ya os advertí que no siempre había sido tan buena persona. En realidad lo que hice es sujetarle los brazos a Louise hasta que se calmó, después me arrodillé en el agua fangosa y lloré, le dije:

"¡Lou, te lo suplico, perdóname, soy un estúpido idiota!"

"¡Lárgate bastardo!", pateó agua a mi cara y de un empujón me hizo caer en el barro.

"Cariño, te juro que desde hoy voy a dejar el alcohol y las drogas. ¡Te lo juro por la vida de Tommy!"

Me dio una patada en los huevos. Desde entonces estoy limpio y sobrio.

Por supuesto, Lou me hizo rebajarme y humillarme, pero tenía que perdonarme. Era un hombre patéticamente hundido. Lo sentía y aun y así, sé, que ella me quiere. Seguro, porque todo el mundo me quiere.

CAPÌTULO 29

2014

LA MUERTE ES UN VEHÍCULO

La pena nunca termina. Lou y Tommy todavía no han aparecido, los polis todavía me visitan y la locura y la crueldad de la vida se manifiestan de vez en cuando, incluso aquí en estos recónditos bosques. Esta vez fueron dos mellizos de cinco años, víctimas de un atropello con fuga cuando salieron de la escuela y regresaban a casa. Estaban andando inocentemente unos metros delante de su madre, felices, cuando una camioneta a toda velocidad se salió de la carretera y los atropelló justo delante de sus ojos.

Los mellizos murieron desangrados, fallecieron en el arcén lleno de basura, en los brazos de su histérica mamá. Su papá estaba en la tienda de comestibles, ignorando la tragedia que lo destruiría, estaba comprando la cena de los mellizos, sus pizzas favoritas y charlando con la cajera. La policia no tiene ni una sola pista. El alcade ha jurado que removerá cielo y tierra hasta que encuentre al loco que atropelló a esos pobres niños. Estoy de acuerdo con él, el conductor debe ser castigado, lo antes posible.

Tu jodido alcalde tendría que ser más comedido, no estoy de acuerdo con el comportamiento dramático de los dignatarios electos. A su padre fue a quien se le ocurrió lo de los monos de trabajo rosas. Toda la familia es un manojo de jodidos psicópatas.

Aquella miserable y fría tarde de otoño del funeral todo el pueblo salió para apoyar a la familia, incluyéndome a mí. Me sentí con la obligación de dar el pésame a los pobres padres de los mellizos, Sonia y Marty. Tenían otro hijo, un poco mayor Richard.

El funeral de los niños fue naturalmente un terrible acontecimiento. El dolor pesa, ya se sabe, y eso hizo inclinar la cabeza de todos los plañideros asistentes.

El Reverendo Jackson parecía un chaval vestido con ropa de hombre adulto, tenía pelusilla en la barbilla, supongo que para parecer más serio. Tartamudeó durante todo el servicio y a nadie le importó, en su nerviosismo balbuceó:

"La muerte es el vehículo que lleeeeva el aaaaaalma......"

¡Joder, eso es ser muy insensible! ¡Un vehículo fue lo que les mató! ¡Santurrón enano canalla!

"Con Jeeeeeeeesus... nos reuniremos toda la faaaaaamilia algún día"

Tal vez, pero no en la forma que piensas cabeza de chorlito.

No importaba si tartamudeaba o se entrecortaba porque el larguísimo sermón casi no se podía oír, se quedaba apagado por los angustiados lloriqueos.

Cuando el oculto organista chapuceramente empezó a tocar el himno "All Things Bright and Beautiful", tuve el presentimiento de que el asesino de los niños estaba muy cerca. Podía notar que su presencia endemoniada estaba acechando, apestando a la congregación con su crueldad. Se lo estaba pasando en grande. Puedo jurar que oía como se reía en voz baja intentando disfrazar sus risas por sollozos.

¡0h vamos! ¡Fue un accidente! ¿No me digas que nunca has tenido un jodido accidente en el que has matado a alguien?

Analicé el mar de caras pálidas que llenaban los bancos detrás de mí, comprobé las cabezas inclinadas delante de mí pero por mucho que me esforcé no lo encontré.

¡Jolene ha estado en el taller y ni siquiera lo has notado, gilipollas!

El tío de los mellizos, Ian, se ha puesto de pié y ha hablado en nombre de su hermana quien con mucho valor está intentando mantenerse en pie por respeto a sus hijitos, luchando con sus rodillas que le están flaqueando, entre lágrimas, apoyada por su hijo mayor Richard y su esposo, un hombre de no más de treinta años que ahora aparenta tener el doble de edad.

Mi corazón sentía pena por la pequeña familia pero al mismo tiempo y sin saber por qué, tenía mucho miedo, justo allí, en ese lugar sagrado, desbordado por la pena por la devastadora pérdida e insoportable dolor.

Ian subió al atril y empezó a hablar, con voz titubeante, tensa, dolorida, de pronto mi visión empezó a volverse borrosa. Sentí que me iba a desmayar, tuve que colocar mi cabeza entre las rodillas. Las palabras de angustia de Ian llenaron la capilla:

"Nuestros queridos niños…

Noté una respiración con un olor a una mezcla de leche y galletas de chocolate.

… "nuestros preciosos tesoros…

Noté unas manitas suaves, sedosas que se agarraban a cada una de las mías.

……dulzura, alegría…"

Y me hacían cosquillas en las palmas de las manos.

La voz de Ian continuó … "nuestros rayos de sol……

Haciendo círculos en mi piel húmeda con sus pequeños dedos

……la pérdida de nuestros bebés…

Las dos manecitas me apretaban cada vez más fuerte. Cerré los ojos todo lo que podía

…… Que el Señor acoja a nuestros niños en su seno……

Empecé a temblar cuando noté un mechón de pelo sedoso y suave que se deslizaba por mi nuca.

….Dios Todopoderoso, por favor, dales un beso de buenas noches de nuestra parte……

Recibí un besito de unos labios húmedos y pegajosos en ambas mejillas.

…Sentimos la terrible pérdida de nuestros pequeños……

Mis tripas se contrajeron dolorosamente y me dieron un vuelco cuando unos pequeños dedos me pellizcaron fuertemente unos de los lóbulos de mi oreja.

… Señor, ahora que tienes a nuestros pequeños ……

Noté otros labios pequeños y fríos apretarme fuertemente la otra oreja.

…. Arrebatados violentamente……. Más de lo que podemos soportar…….

Después una voz más joven y dulce dijo:

"Jacky, ¿Quieres jugar?"

Moví ridículamente las manos a ambos lados de mi cabeza, como si estuviera espantando moscas. Me atreví a abrir los ojos, pero ahí no había nada que ver excepto mis pies enfundados en mis botas, el suelo de madera, y el raído cojín del reclinatorio. Mr. Savage se inclinó hacia mí y susurró en voz alta y un poco teatral:

"Jacob, ¿Estás bien hijo?"

"Si, estoy bien, gracias señor, creo que me está viniendo una migraña", le susurré yo también con el mismo tono de voz.

Houston, tenemos un jodido problema, vayámonos.

Tenía que salir de allí.

Esperanza estaba esperándome, la miré y ella se puso de pie enfrente de mí al lado de la tumba abierta de los mellizos.

Las hojas se caían de los árboles, sus colores brillantes vestían el cementerio, el viento soplaba y las apilaba en pequeños montones contra las viejas piedras y juntándolas con la vegetación podrida del año anterior. El cielo grisáceo caía pesadamente sobre mi cabeza, el viento levantaba arenilla de la recién excavada tumba y se me metía en los ojos llorosos. La temperatura estaba descendiendo dejando más nieve en su camino. Estuve mirando directamente a Esperanza mientras el Reverendo seguía balbuceando, crucificando la plegaria de la resurrección:

… cenizas a las cenizas……

¡Dios te bendiga!

… polvo al polvo ……

¡Bienaventurados sean los muertos que permanecen jodidamente muertos!

…… Debemos seguir en busca de cierta esperanza…

¡Oh, Dios mío, Señor! Vamos a buscarla y a follarla otra vez, es tan dulce como un caramelo de azúcar.

Miré a Esperanza, la ligera nieve se posaba sobre nuestras cabezas inclinadas como si dibujara un encaje en los sombreros negros y las espaldas dobladas. Moviendo los labios le dije:

"Te echo de menos".

Esperanza me miraba con tanta intensidad como yo la miraba a ella mientras los dos pequeños ataúdes, uno rosa y el otro azul eran bajados con mucho cuidado aunque de una forma insegura hacia las fauces de la tumba. Os juro, por absurdo que parezca, que justo en este momento desgarrador, Esperanza me sonrió y yo literalmente, puede ver directamente a través de ella.

Los padres angustiados de los mellizos se derrumbaron sobre sus rodillas sobre el helado suelo, abrazándose fuertemente junto al hijo que les quedaba, tres almas perdidas a la deriva en un mar de desolación.

Los asistentes al funeral con mucho respeto y solemnemente desfilaron uno a uno al lado de la doble tumba, esperando su turno para echar un puñado de tierra fría y dos rosas blancas de tallo largo encima de los pequeños ataúdes.

¡Oh, es tan triste!, ¡qué le vamos a hacer! Esto me recuerda otro día ¿y a ti Jacob? ¡Fantástico pirómano!

Vi que Esperanza, cuya presencia aparentemente nadie parecía notar excepto yo, por alguna razón se había apartado de la nube de miseria que había al lado de las tumbas. Miré ansiosamente como con cada paso que daba su figura se difuminaba hasta que la perdí de vista completamente cuando se fundió con los copos espesos de nieve que se arremolinaban a su lado.

Cuando la comitiva del duelo hubo abandonado el cementerio, prácticamente arrastrando a la desolada familia para meterlos de nuevo en los coches negros que les esperaban, me quedé solo al lado de la tumba de los mellizos y lloré como si mi corazón volviera a romperse una vez más.

Estaba seguro de que yo pronto leería el mismo sermón para Louise y Tommy. Sabía dentro de mí que no volvería a verlos. ¿Cómo puedo continuar viviendo, si estoy roto, partido en mil pedazos? ¿Por qué debería preocuparme en arrastrarme detrás de este velo de lágrimas?

No está bien el compadecerse de uno mismo. ¡Venga tío, joder, compórtate como un hombre!

Necesitaba a Esperanza pero ella ha escogido abandonarme, otra vez, aquí en este terrible lugar de dolor, desesperación y putrefacción. Me arrodillé y aullé a la copiosa nieve que cubría el cielo en este momento, quería vengarme de Dios por cada pérdida, por cada desgarrador estallido asesino de muerte que yo y todo el mundo había sufrido.

¿Dios? Dios no existe. ¿Sufren los niños que se acercan a ti?, Si, claro que sufrimos, sufrimos lo indecible jodido santurrón, ¡odias a los niños bastardo! Por cierto fue un accidente.

Finalmente echo mierda por la furia y el dolor, mi pena y rabia se redujeron a unos sollozos ahogados. Pude notar el olor de una barbacoa cercana, una ridícula señal de que la vida continua. Casi me parto de risa cuando oí que sonaba en la lejanía una canción que me parecía muy familiar.

Mientras estaba arrodillado, desesperado y con la voz aduraznada de Doris Day invadiéndome pude notar una pequeña mano dándome golpecitos en la espalda y otros deditos acariciándome el pelo mojado. Quería mirar, quería ver quienes me consolaban pero no me atrevía a levantar la cabeza ni mirar hacia atrás por si acaso se rompía el encanto.

Los golpecitos y las caricias eran cada vez más fuertes y duraban demasiado. Me empezó a entrar el pánico.

Primero uno y después el otro, los niños invisibles hablaron dulcemente y tiernamente y mi pánico empezó a transformarse en un terror ciego.

"Jacky, ¿te acuerdas de nosotros?"

"¿Te acuerdas cuando jugabas al escondite y a los indios y vaqueros con nosotros?"

"¿Te acuerdas cuando por las noches nos asustabas poniendo una linterna debajo de las sábanas?"

"¿Te acuerdas que eras nuestro hermano mayor?"

"¿Te acuerdas de que nos quemaste?"

"¿Te acuerdas? ¿Sí?"

"Míranos Jacky".

"Abre el gran libro y ven a casa con nosotros. Jacky te echamos de menos y estamos taaaaan aburridos de esperarte para jugar".

¡Joder, míralos Jacob! ¡Jodido endemoniado, ego-centrista cobarde, Míralos!

Donde fuera que estuvieran ya no me estaban tocando, mis rodillas heladas parecían que estaban soldadas al suelo, intenté abrir los ojos pero no lo conseguí.

Dulce Jesús, ¿vas al menos a echar una mirada? Solamente un ojo, ¡vamos Jacob, no tengas miedo, se el bravo indio de mamá, hazlo por mí y por Jacky! ¡Joder, hazlo por el amor de Dios!

"Venga, vamos Mr. Andersen", dijo Doc.

¿Doc? ¿Qué está haciendo Doc aquí? Debe conocer a la familia.

Abrí los ojos, ahí no estaba Doc, ni fantasmas ni nada. Reuní todas mis fuerzas y con dificultad me puse de pie y empecé a alejarme de las tumbas. Simplemente me tenía que haber ido pero sin saber por qué, me sentí en la obligación de mirar hacia abajo, hacia el lugar de descanso final de los niños. Ahí estaban, Sam y Nancy tumbados en sus ataúdes abiertos, estaban dulcemente dormidos. Me acordaba de ellos, mi pequeño hermano y su gemela, nuestra hermana. Los dos a la vez abrieron sus párpados rosados y pude ver que tenían los ojos con una mirada blanca de muerte. Estiraron sus pequeños brazos regordetes hacia mí y pude notar el olor a quemado.

¡Ahora abre la puerta, sácale el candado al jodido libro y léelo!
¡Joder, maldito hijo de puta olvidado de Dios!

Corrí. Corrí. Corrí. Salté a mi camioneta y aún no se como me las arreglé para llegar a casa.

Annie dijo que no debería haber ido al funeral de los niños, que esto me haría perder la cabeza, sea cual sea su significado.

Pacientemente, le conté que me había estado imaginando a Louise y Tom en el ávido cementerio y que había visto a Sam y Nancy tumbados en la tumba, recién excavada, que ambos estaban muertos pero también vivos y de la edad de unos cinco años. Que vi a Esperanza pero que se desvaneció.

"Seguro que estabas soñando, como siempre" ella me explicó, "recuerda que ya te ha pasado otras veces, cuando recuerdas penas pasadas y cuando ves a Esperanza donde no hay nadie"

Annie se dejó caer en la silla más próxima que encontró y parecía que estaba a punto de llorar.

Cuando le confesé que el Reverendo intentó con su nerviosa tartamudez intentar decir lo mejor que pudo, "Iros con la paz de Dios y que el Altísimo os bendiga ahora y para siempre, Amén". Todo el cementerio olía a cochinillo asado.

Annie dijo, "¡Ya es suficiente Jacob, lo que estás diciendo es muy cruel y ridículo!"

Me miró fijamente, estaba triste, ella no entendía nada, en realidad se la veía más enfadada y estresada que nunca.

Annie grito, "¡Por el dulce amor de Dios, Jacob! ¿Qué más necesitas? Por favor, despierta de esta pesadilla y piensa, por favor hijo recuerda la verdad o nos quedaremos atrapados aquí para siempre, nunca saldremos de este atolladero".

Entonces ya no le dije a Annie que otra cosa desconcertante e inexplicable me había pasado en el funeral:

Cuando estaba de pie el lado de la tumba de los mellizos miré hacia mis pies, pero en lugar de encontrar mis botas al final de las piernas, solamente por un instante lo que vi fue un par de pies de niño con unos zapatos negros de cordones, unos zapatos que se estaban hundiendo cada vez más en la tierra que los rodeaba, como una especie de lodo marrón gelatinoso. Estaba tan sobrepasado por el dolor y el miedo que me entraron ganas de escaparme corriendo y no volver más.

Annie siempre dice que los recuerdos, incluso los malos, no pueden hacernos daño. ¿Estás segura Annie? Yo no estoy tan seguro, para nada.

CAPÌTULO 30

AMANTE EN LOS SUEÑOS TE PRESENTO A ROBOCOP

Pensé que ya nunca volvería a dormir después del funeral pero volví a instalar mi sistema de alarma Crazyman y rápidamente me sumí en un sueño tranquilo y profundo. No me sorprendió nada que Susan me visitara, ya que incluso entonces, me di cuenta de que era una cosa extraña, pero los sueños pueden ser así.

Susie se subió a mi cama canturreando como un pájaro enamorado, me rodeó con sus brazos apretando su flexible cuerpo juvenil contra el mío, meciéndome, acunándome dulcemente mientras me susurraba al oído, "Hay cariño, ¿a qué se deben esos malos sueños?, ahora ya estoy aquí, cielo".

Su respiración no olía tanto a menta fresca como yo recordaba.

Me di la vuelta para mirarle a la cara y a pesar de que estaba oscuro pude ver perfectamente el destrozo devastador en el que se había convertido la que antes había sido su hermosa cara, era una visión de infarto, le faltaba la mitad, se podía ver la grasienta negrura detrás de su garganta y un agujero seco donde antes estaba su brillante ojo derecho. Su perfume era inusualmente una mezcla entre dulce y apestoso, como las margaritas de los funerales.

No me importaba, sabía que era solamente un sueño y en mi sueño ella me amaba y yo me encontraba desesperadamente solo y triste, así que cuidadosamente la besé en el trozo de su antes deliciosa boca. Susie respondió deslizando su hinchada lengua entre mis labios donde la retorció como si fuera una serpiente venenosa alrededor de mis dientes. Decidí justo entonces que, sueño o no sueño, se me revolvía el estómago.

Intenté apártame de ella pero empujándome me echó hacia atrás, me acarició rudamente con unas largas uñas amarillas que salían de sus dedos esqueléticos. Para mi horror cogió mi ya ahora flácida erección en la mano, la apretó, cogió mis huevos arañándolos suavemente y empezó a bajar lo que le quedaba de su boca hacia mi capullo. Aparté su cabeza empujándola fuertemente con las manos y su cráneo se rompió debajo de mis dedos. Asqueado, pude oírla chillar con unos gritos gorgoteantes y yo también grité hasta que desapareció.

Me desperté bruscamente luchando contra las sábanas, ahogándome con el sabor y textura a tierra húmeda, llorando lágrimas calientes y saladas, otra vez completamente solo. Sentía náuseas y estaba aterrorizado. Peor aún, había mojado la cama, ahí estaba yo, ¡un hombre adulto meándose en la cama!

¡Que Dios nos ayude a todos! Y lo digo muy sinceramente, estoy arrodillado implorando la liberación. ¡Joder, no digas tonterías solete! Estás tan fuera de sí que ni siquiera vas a encontrar el camino de vuelta del manicomio.

Es un nuevo día. Me duele la garganta de tanto gritar ayer por la noche, no hay forma de librarme del repugnante sabor de mi boca. Sigo mirándome las manos esperando encontrar trozos de cráneo y sesos. Parece que no puedo deshacerme de esta pesadilla, especialmente cuando veo a Susie sentada en mi sofá con su cara completa y el cuerpo intacto. Está enfurruñada.

Sé que me espera un día duro, y como soy un tío con suerte, tengo un visitante.

De pié delante de la chimenea hay un policía con aspecto de macho man, vestido con ropa de motorista de cuero negro bastante raída, y con unas gafas de sol tipo espejo encima de su barba de tres días. El Señor Machote, parece estar burlándose de mí cuando dice:

"Le traigo buenas y malas noticias, Señor".

"Joder, ¿qué pasa? ¡Me muero de impaciencia!" No le hagas caso Jacob, es un cerdo asqueroso.

"¿Cómo has entrado aquí?".

Esa bolsa de testosterona recubierta de piel ignora mi pregunta. Sonríe como un lunático y animadamente me informa:

"He encontrado a su esposa, Louise"

Siento que voy a caerme y me agarro fuertemente a los brazos de mi sillón para no desmayarme del susto.

Continúa mirándome a media distancia, como si estuviese hablando consigo mismo, saboreando cada palabra.

"Está bien y vive muy cerca".

Mi cabeza se levanta rápidamente para mirarle a través del reflejo en el espejo del hall. No quiero tener un contacto visual directo. Hay algo en él que no me gusta.

El continúa hablando felizmente y sin parar de reír:

"Lulu tiene a su hijo y no quiere que usted los encuentre. Tiene que tomar buena nota de que están ambos bajo la protección de la máxima autoridad".

¿Vivos?, mi Tommy está vivo, mi querido hijo ¿vivo? Gracias a Dios por liberarme de este infierno. Hundo mi cabeza entre mis manos mientras me inunda una oleada de alivio.

"Llévame hasta ellos", le suplico.

"Ya le he explicado las reglas. No es posible, Señor"

Robocob me sonríe como un tiburón. Me pongo de pie.

"¡Siéntese Mr. Andersen, Señor!"

"Le exijo que me diga que es lo que está pasando aquí", ¡Quiero a mi familia de vuelta ahora mismo!

El extraño policía, con una sonrisilla en su cara llena de cicatrices, empieza:

"Lulu…."

"¡Su nombre es Louise, maldita sea!". Me muerdo la lengua hasta que me hago sangre, es la única manera de evitar pegarle una paliza a ese santurrón cara de mierda.

"Louise entonces, le ha denunciado y se le ha puesto a usted una orden de alejamiento. No puede acercarse a más de dos kilómetros ni de ella, ni de Tommy, ni ahora ni nunca, bajo pena de arresto y prisión".

Robocob se está mofando de mí descaradamente, con una risita tonta afeminada, mueve la cabeza de lado a lado mientras dice:

Joder, siento sinceramente no poder acusarle de agresión. La pobre Lulu hace tanto tiempo que se escapó que no tiene pruebas, pero cinco años de ausencia y el absoluto terror que siente hacia usted hablan por sí solos.

Después condescendientemente y ya sin reírse deja caer el puntillazo final:

"Le he informado de que su familia está viva y a salvo. Lo he hecho solamente por cortesía. Siempre le estamos vigilando. Se le ha prohibido buscarlos. Cualquier tentativa de romper el alejamiento será castigado con fuerza extrema.

"¡Sal de aquí! ¡Sal de mi casa! ¡Quiero tener mi esposa y a mi chaval de vuelta y Dios me ayude, los tendré!"

Despidiéndose con cara de desprecio, Robocob mira a mi primera mujer que está sentada muy tranquila en el sofá y dice:

"Vamos Susie, es hora de irse pequeña". Con Susie cogida de su brazo de cuero, se va de forma orgullosa, no sin antes girarse y en forma de mímica hacer ver como si tuviera una pistola en la mano y me pegara un tiro, después se marcha soplando el humo invisible del invisible cañón.

¡Gilipollas! ¡Alguna vez tendrá que salir de casa! ¿No?

Llamo a Annie:

"Te necesito"

"Estoy aquí hijo"

Lo siguiente que recuerdo es estar sollozando entre sus brazos mientras me abraza tiernamente.

"Jacob, no era real, los policías no se comportan de esa manera, al menos por estos lugares. Susie no estaba aquí. Sabes que ha sido otro sueño, ¿verdad hijo? Debes despertarte Jacob, es importante que despiertes y sigas adelante. Por favor, escúchame.

¡Jesucristo tío, vaya maldita imaginación que tienes! Esta vez sí que realmente me tienes preocupado imbécil. ¡Lo de esa mierda de Robopoligilipollascabezadecapullo debe ser una broma! ¡Dios que harto me tienes!

Esa noche, Esperanza aparece en mi habitación como un fantasma benigno, me coge de la mano y me lleva a la habitación de invitados. Hacemos el amor y más tarde nos dormimos entrelazados como lo hacen los amantes. En medio de la noche, me despierto. Necesito explicarle lo que ha sucedido desde la última vez que la vi, pero ella me hace callar poniendo su boca en la mía, sus manos me acarician y me pierdo en ella. En Esperanza.

Por la mañana, Esperanza se ha ido pero en la fría luz del nuevo día me doy cuenta que no puedo esperar ni más ni menos de ella.

Annie no me cree, de todas formas yo estoy convencido de que Lou y Tommy están vivos pero no puedo verlos ni hablar con ellos a menos que los encuentre, aunque la policía ha tardado casi seis años en hacerlo.

Llamo a los padres de Lou para descubrir que su número ya no está habilitado. Se me pasa por la cabeza coger el coche e ir a verlos pero me echo atrás cuando presiento que no los encontraré en casa, deben estar atareados reuniéndose con su hija pródiga y mi hijo. Puedo esperar un poco más. No vale la pena actuar precipitadamente y hacer algo de lo que después te puedas arrepentir. Annie está equivocada esta vez. El policía era real y me estaba diciendo la verdad. Aunque sólo Dios sabe el por qué Louise se escondería de mí. No tengo ni idea.

Jon está aquí, mirándome fijamente con esta expresión suya de abatimiento cuando dice:

"Vamos hijo, no hay ninguna posibilidad de que estén vivos, estabas soñando. Abre los ojos, ve la realidad, enfréntate a ella como un hombre y lucha por ello ¿eh?"

Es que precisamente yo, soy el único que no puedo luchar, me estoy volviendo loco y lo sé. No puedo soportarlo. Si Louise tuvo que abandonarme entonces no merezco vivir. ¡Ojalá pudiera acordarme de lo que hice para que se viera obligada a marcharse!

No, eso es una mentira, estoy contento de no poder acordarme de nada excepto de que desaparecieron.

Se fueron en un abrir y cerrar de ojos. Jodidamente trágico.

Al fin, tengo claro el camino que tengo que seguir. O logro que vuelvan o les sigo hacia el vacío. No hay otra opción. Esto tiene que terminar.

CAPÌTULO 31

EL SUICIDIO ES INDOLORO

Cuando vuelvo a ver a Jim por primera vez, está sentado a mi lado en Jolene, en el garaje, fumando su pipa. Se supone que está muerto pero juro por Dios que está tan vivito y coleando como yo.

"Sabes que Robocop se está burlando de ti, que está jugando al gato y al ratón contigo, lo sabes ¿verdad? Todavía no te has enterado del por qué ella se llevó a Tommy, ¿a que no? ¿Puedes recordar dónde pusiste los cuerpos?", se ríe hasta que empieza a toser.

"Mira Jim" le digo sin pensar, "Primero, tú estás muerto y estaría loco de remate si discutiera con un hombre muerto" me doy unos golpecitos en la nariz "y segundo, métete en tus asuntos".

Jim mueve la cabeza y suspira echándome el humo del tabaco a los ojos haciendo que me lloren y llenando la camioneta con la agobiante peste. Mi querido Jim el Muerto balbucea, tose un poco más y se inclina acercándose más a mí, su respiración ardiente me calienta la cara y me dice al oído:

"Jake, no es más de locos discutir conmigo de lo que lo es el ver a Esperanza, dormir con Esperanza y despertarte con Esperanza".

"Aquí es donde te equivocas, Señor Muerto", le digo intentando taparme la risa con la mano mientras al mismo tiempo me trago el humo del venenoso tabaco. "Esperanza es real, Sam, Nancy, Annie y Jon todos la vieron. La gente del pueblo la vio también, creyeron que era Louise".

"Bueno, tú piénsalo bien" él replica, "por cierto, Susan te envía besos".

Siento que la cabeza se separa de mi cuerpo y choca contra el volante. No puedo ver nada.

Me despierto en el hospital. Tengo una cita con el consejero y otra con el Capitán Rob. Dicen que intenté suicidarme colocando un tubo desde el tubo de escape hasta el interior de la camioneta. Intento explicarles que fue Jim el Muerto quién lo hizo, pero en este caso no me sirvió de nada.

El consejero era un idiota pero eso hizo que el policía pareciera muy inteligente. Ambos hicieron las mismas preguntas solamente que de forma diferente. Todas se pueden resumir a la siguiente:

¿Intenté quitarme la vida por un sentimiento de desesperación o remordimiento?

Es una pregunta muy difícil de contestar, ya que yo sé que no intenté asfixiarme con el humo de monóxido de carbono de Jolene.

De vuelta a casa le pregunto a Annie, "Había un tubo de escape?"

"No sé por qué lo hiciste hijo, maldita sea, estás a punto de romperme el corazón".

Le hice a ¿eh? ¿eh? La misma pregunta.

"Vamos chaval, ya es hora de confesarlo. Puedes achacarlo a una enfermedad mental o algo así, aquí a nadie le importa, incluso podría ser una ayuda para lo tuyo ¿eh?". Mira hacia arriba. Yo sigo su mirada pero no hay nada de interés en el techo.

Aquella noche estoy sentado sólo con Esperanza en la cocina. Ni siquiera me tomo la molestia de preguntarle donde ha estado, o si se va a quedar, solamente necesito hacerle la misma pregunta, necesito saber si intenté matarme o no. Ella inclina la cabeza a un lado sonriéndome, no es una sonrisa agradable, un lobo rabioso habría tenido una mirada menos amenazante.

Después, salió del refugio, caminó por la nieve hasta llegar al bosque y despareció.

¡Buena treta! ¡Ya me gustaría a mí poder hacer lo mismo!

CAPÌTULO 32

2014

LOS MUERTOS DEBERÍAN PERMANECER MUERTOS

Me estaba relajando en mi sillón cuando Jim llamó a la cristalera haciendo que se me pusieran los pelos de punta.

"Déjame entrar Jacob. Estoy aquí con Susan, queremos decirte algo al oído".

"Lárgate Jim, no me he olvidado de lo que me hiciste en la camioneta".

No tiene nada que ver con la religión, pero creo que los muertos deberían permanecer muertos, así que no les dejo entrar, me voy a mear. Además sé que me estaba mintiendo con lo de Susan, porque no podía estar con él, de ninguna manera, era imposible porque ella me estaba esperando en la ducha.

¡Susan tenía un aspecto impresionante! Me di cuenta de que tal vez me había quedado dormido en el sillón, pero nunca he sido uno de esos tipos que dejan pasar una oportunidad. Puse mis manos en su cintura y le dije algo cursi parecido a:

"Susan, cariño ¿estás un poco borrachita?, es que me doy cuenta de que vas vestida como para ir de fiesta, pero ¿qué haces aquí de pie en la ducha? ¿Qué te parece si nos ponemos "más cómodos"?

¿Por qué esforzarse con una jodida mujer muerta?

"Oh, Jake, ya estamos liándola otra vez cachorrito, me encantaría hacerlo" Susie ronroneó inclinándose hacia mí y enseñando un gran escote, "pero sabes que tienes que terminar un proyecto urgente".

¡Dios, está intentando distraerme!, pero tiene razón, el deber me llama. Tengo un proyecto que tengo que terminar urgentemente.

"Lo siento Susie, mantenlo caliente para mí cielo. Tengo que hacer un trabajillo".

Comprobé todas las ventanas para asegurarme de que Jim no estaba merodeando por los alrededores, esperando darme caza otra vez. No había muertos en la costa, así que salí a toda velocidad por la parte de atrás, con la cabeza agachada, sin mirar ni a la derecha ni a la izquierda y crucé el patio hasta llegar al taller donde estaría seguro.

Mientras usaba mi magia para trabajar en los detalles más delicados de mi proyecto, pensaba que mi hijo tendrá ahora diez años, la verdad es que cada día que pasa lo echo más de menos. La tristeza ha dejado un dolor permanente en mi corazón. Me prometí a mi mismo que lo volveré a ver. Soy listo y podré encontrarlos. Si Robocop puede, cualquiera puede. Se me han humedecido los ojos, me limpio los mocos con la parte de atrás de mi manga y continúo trabajando.

Aquí dentro en el taller tengo una chimenea de leña, o hace un calor sofocante o un frío que pela. Hoy hace bastante calor y yo sigo tallando la hermosa madera. Cuando tenía más o menos la edad de Tommy, estaba en un internado, me ha venido a la mente mientras voy dando golpecitos con el mazo toc, toc, toc. No me acuerdo mucho de aquello aparte de un sentimiento de soledad, rechazo, frío, terror, dolor ¡Oh Virgen Santa, el dolor!

¡Demonios chico! ¡No empieces con eso!

Tengo que esconderme.

"Jacob, ¿estás ahí dentro?"

¡Gracias Dulce Señor! Es Annie que ha venido a ocuparse de mí. Necesito que me cuiden, hoy estoy terriblemente triste y cansado, no puedo seguir trabajando.

"Vamos hijo, vamos a comer, pero ¡lo que estás haciendo es muy hermoso! ¿Para quién es? Vamos amor mío, no tengas miedo".

Le doy la mano y me pongo de pie.

"Mierda, Annie" me reí "Me quedé dormido sobre el montón de leña".

En un momento ya estoy sentado delante de la chimenea, sobre la mesita me están esperando una jarra de chocolate caliente y un vaso con dos pastillas. Estoy adormilado, Annie y Jon están muy cerca, hablando en la cocina susurrando en voz alta, con un tono de voz que solamente lo consiguen los niños y los viejos. Oigo por casualidad que Jon dice:

"¿Y dices que estaba escondido en el montón de leña como un chaval asustado? Esto no es bueno Annie ¿eh?"

Annie dijo con voz irritada:

"Ssssssh Jon. Está ahí mismo"

"Pero Annie está enfermo y es peligroso ¿eh? ¿eh?"

Annie da un gran suspiro:

"Jon, si no estuviera enfermo sabes que no estaríamos aquí, y en cuanto a lo de peligroso, bueno, esto no está en nuestras manos. Ahora bébete el chocolate vieja alma preocupada".

¿Peligroso? ¿Enfermo? ¿Yo? eso sí que no. Simplemente estoy harto de la vida. Si no fuera por Tommy, me tragaría de una vez el suministro de pastillas que tengo escondidas debajo del colchón junto con una botella de Jim Beam. Escucharía un viejo disco de Doris Day y el Qué Será, sería un "Buenas noches Viena".

Pero, a pesar de mi desesperación, todavía no estoy dispuesto a hacer las maletas para irme al otro mundo, porque aún estoy rezando y esperando poder encontrar a Louise y a mi niño.

¿Ah si? ¿Seguro que estás diciendo la verdad cobarde gallina? ¿Toda la verdad y nada más que la verdad? ¡Eres un jodido mocoso cobarde!

Annie y Jon se han ido a casa, lo que es perfecto porque Jim el Muerto me trajo una pistola esta tarde. Dijo que había sido la pistola de cazar ratas de mi papá, así que no tuve más remedio que volver a salir con él.

¿Qué otra cosa podía hacer? Mi fallecido compañero Jim y yo cogimos unas cuantas latas llenas de cerveza y cuando ya nos las habíamos bebido, las colocamos encima de un viejo tronco de árbol caído y las usamos para hacer puntería.

¡Uaaaaau! ¡He conseguido un arma! A lo mejor te pego un tiro, o a lo mejor no.

Jim el Muerto me daba ánimos, estimulándome para que intentara hacer disparos de exhibición, desde debajo de la pierna, desde la cintura, hacia atrás desde mi hombro.

¡Joder! ¡Fenomenal!, deberías beber más a menudo gilipollas.

Jim seguía animándome:

"¡Cuanto más borracho estás mejor disparas!"

Empecé a dar mil vueltas a su alrededor agitando mi cerveza hasta que la espuma salió a borbotones hacia su vieja cara peluda. Después miré a Jim a sus ojos inyectados en sangre y a través de sus dientes apretados, y escupiéndole con saliva le amenacé:

"Te voy a disparar Jim el Muerto. Voy a pegarte un tiro en la cabeza".

"Eres un idiota de tomo y lomo chaval" se rió Jim, "¡Yo ya estoy a dos metros bajo tierra! ¡Hoy te sientes muy valiente! Vamos a jugar un poco a la ruleta rusa.

"Vale Jim, pero tú primero". Me río como una hiena, nunca antes en mi vida había visto una expresión de sorpresa como la suya en la cara de nadie.

Estiró la mano y le pasé el arma. Esperaba que pudiera ver la sonrisa irónica en mi cara.

"Solo recuerda una cosa, chaval, ya te advertí que el suicidio es peligroso"

Sacó el seguro y… ¡Bannnnnng!

¡Oh Dios! Jim se había puesto el arma en la boca y sus sesos salieron disparados. Su sangre, huesos y cerebro estaban desparramados por todo el tronco, decorando las latas de una forma gore.

"Ahora te toca a ti muchacho", me pasa la pistola, todavía podía hablar pero ya solo con la mitad de su cara y medio cráneo. Empecé a temblar porque la valentía de la borrachera ya se me estaba pasando.

"Cielo, no cojas esta pistola", dice Susie, "Tío Jim, deja en paz a mi terroncíto de azúcar, viejo matón acosador".

Todavía temblando, la miro atónito al verla allí. Lleva puesto un largo vestido de noche rojo, con lentejuelas, sin espalda y casi sin tela en los lados, con unas tetas de vértigo que parecían desafiar la ley de la gravedad, y unos zapatos negros brillantes de tacón de aguja de más de quince centímetros del modelo "fóllame". Lo juro por mi vida que ella es la visión más sorprendente que alguna vez haya embellecido estos interminables y aburridos bosques de pinos.

¡Joder, este día está mejorando por momentos!

¡No soy estúpido! Sé lo que es mejor para mí. Me voy con mi esposa, mi sexy primera esposa.

Nos sentamos muy juntos en el columpio al sol, se ha sacado los zapatos, tiene las uñas de los pies pintadas de rojo escarlata. A través de mis apretados vaqueros azules, noto un muslo firme presionando mi pierna. Estoy medio borracho y medio cegado por el brillo que desprende este ridículo vestido de agárrame y tómame, nada adecuado para la situación. La atraigo hacia mí, mis manos buscan una cremallera invisible.

"Vamos, Susie, aquí no hay nadie, estamos solos querida. Tengo algo para ti. Es algo que nunca le enseñaría a tu mama".

Me estoy partiendo de risa, ¡caray! está caliente.

"Jake, amor mío, tenemos que hablar".

Gemí fuertemente, ella solamente me llamaba Jake cuando quería algo, y este algo nunca era sexo.

"No Susie, no hay nada de que hablar".

Estoy intentando pronunciar bien mis palabras, sin balbucear. He aprendido que una mala pronunciación no es seductiva.

"Jake, no fue culpa tuya el que yo muriera en aquel coche, fue culpa mía".

Susie me mira profundamente a los ojos y noto las motas doradas en los suyos, de color marrón oscuro. Todavía estoy enamorado de ella.

"Susie cielo, no estás muerta, para nada, lo que sí te aseguro es que estás muy sexy".

"Jake, cuando te despiertes, por favor, prométeme que recordarás que el accidente no fue por tu culpa cariño, porque desde luego no puedes continuar así".

Extiendo la mano para tocar su hermosa cara.

Ahora mismo le prometería cualquier cosa para que me follara hasta que me olvidara de mi propio nombre.

De repente, con una risita, se pone de pie, se pone esos increíbles tacones y se va contorneándose hacia el refugio, marcando el camino hacia el dormitorio sin ninguna duda. ¡Días felices!

Bajo del columpio tambaleándome, con los ojos fijos en el balanceo de su cuerpo como un misil termo dirigido. Nunca otra mujer me ha hecho sentir lo mismo que ella. Vendería mi alma para poder hacer el amor con ella otra vez.

Estoy intentando con cuidado ir en línea recta hacia la puerta del dormitorio cuando la visión del Juez sentado en mi mejor sillón hace que se me pase la borrachera de golpe. Levanta la vista y me mira directamente, sus ojos de un azul penetrante están enfurecidos. Con una voz de dolor y rabia berrea:

"Mr. Andersen, señor, ¡Aterrice, baje de las nubes!"

Creo que me voy a cagar encima.

Annie me da unos golpecitos en la espalda:

"Aquí tienes café hijo", me pasa una taza de café humeante, dulce y negro.

Me doy la vuelta para enfrentarme al Juez. Se ha ido.

"¿Annie?"

"Él volverá pronto hijo ¿eh? ¿eh?", grita Jon desde su asiento habitual en la mesa de mi cocina. "¿Te acuerdas ya de lo que hiciste? Si sigues así nos vas a volver locos a todos".

No tengo ni idea de lo que está hablando ese viejo tonto. Annie me hace sentar en mi sillón, el sol se está poniendo.

"Eso...¡Annie!", no sé como decírselo, me siento incómodo. "Hmm... Crees que... ¿os podríais marchar a casa tú y Jon? Tengo un asunto pendiente con Susan".

"No intentes volverme loca hijo, ambos sabemos que la pobre Susan hace mucho, mucho tiempo que murió. Intenta descansar, relájate, piensa en lo que te ha dicho Jon, lo que necesitas es esperanza."

"Mi libido que hasta ahora había tenido una tarde bastante desafortunada, se levanta de nuevo al mencionar la palabra Esperanza".

Es una pena que Annie y Jon estén todavía en mi cocina.

Es una pena que esté demasiado borracho para poder levantarme del sillón.

Es una pena lo de las pesadillas.

¿Qué pasó el día siguiente, maldita sea, que casi acaba conmigo?

Había estado pensando en Susan y en el accidente y fue como si hubiese abierto una puerta en mi mente. Ya era hora que finalmente dejásemos descansar algunos fantasmas.

Me puse ropa de abrigo y conduje mi coche hasta la capilla donde seguí a pie hasta el cementerio cubierto de nieve. Busqué la tumba de los gemelos. No estaba allí, bueno, naturalmente sí que estaba pero con el maldito tiempo que hacía no la pude encontrar.

No pude visitar la tumba de Susan porque fue incinerada en la ciudad, pero le canté la canción "You Do Something To Me" mientras limpiaba la nieve de las tristes lápidas una tras otra para encontrar la lápida que buscaba.

He hecho las paces con mi dulce Susan. Echaré de menos sus visitas pero al final he comprendido que ya es hora de que sigamos adelante, los dos.

Encontré la tumba de Jim, me paré, le hice una reverencia y le di las gracias por su compañía en mis dos intentos fallidos de suicidio y por su amistad cuando estaba vivo. Lo hice en voz alta, por si rondaba por ahí cerca. Le dije que todavía no lo entendía todo pero le prometí que lo intentaría en cuerpo y alma si dejaba de darme estos sustos de muerte. Creo que sentí la sonrisa de Jim en la brisa fría que traía hacía mi algún que otro copo de nieve y no sé por qué, pero me sentía un poco más aliviado. No esperaba volverle a ver. La densa niebla que había estado colapsando mi mente durante tanto tiempo, ahora empezaba a despejarse.

Amaba a Susie, a Louise y a Tommy, pero mi futuro estaba al lado de Esperanza. Ella era todo lo que me quedaba, maravillosa, dulce, la pacífica Esperanza que nunca me pedía nada. Bueno, eso no es del todo cierto. También tenía a Annie a quien amaba y que a cambio también me amaba y me cuidaba como una madre y también tenía a mi amigo ¿eh? ¿eh? Jon, que siempre hacía preguntas importantes en los momentos más inoportunos y que impartía sabiduría a través de acertijos y canciones.

Estas personas serán para siempre más que bendecidas . Incluso ya había renunciado a la creencia de que Lou y Tom volvieran alguna vez. Creo que en realidad supe que estaban muertos desde el principio de aquel día interminable y vacío, llegó la hora de plantarle cara a todo lo sucedido.

¡Oh, mierda solete, esto no está bien! Joder vuelve cabrón, date la vuelta Jacob. Por favor, ¡haz lo que te digo aunque sea por una sola vez en tu puta vida!

De repente me quedé de piedra, reconocía exactamente el lugar en el que me encontraba. Había estado allí anteriormente.

Tenía miedo. Quería huir, salir corriendo. Estaba recordando.

Me llamo Jacob, pero mamá me llama su "loco Jacky", porque dice que soy su pequeño hombre gracioso. Aunque hoy no me siento gracioso. Tengo miedo. Jim me levanta la barbilla con su mano arrugada y yo estoy triste porque él parece triste, me está tosiendo a la cara y me dice:

"Vamos Jacky muchacho. Se terminó el escaparse corriendo. Tienes que rendirles tus respetos, es hora de dar el último adiós a papá y mamá y a tú hermano y hermana pequeños. Cuando hayas hecho eso, el tío Jim te llevará a casa de la tía Mary que te dará leche y galletas. Creo que en el jardín tiene un gran columpio hecho con un viejo neumático para los niños buenos como tú".

Ya no era un niño, no me escapé. Me armé de valor, tragué saliva hasta que mi corazón volvió a su sitio y respiré profundamente hasta que el pánico empezó a desaparecer.

Debajo de ese cielo gris metalizado, con los copos de nieve besándome la cara, me arrodillé en la nieve y tiernamente, aparté con la mano un montoncito que había encima de la lápida de mármol.

En la inscripción se podía leer:

JON Y ANNIE ANDERSEN
Llamados demasiado pronto junto con sus amados ángeles
SAMUEL Y NANCY
30 Junio 1978
Que El Señor los Bendiga
Y los Tenga a su Lado

La nieve caía en grandes copos, el silencio en el cementerio era asfixiante. Todos mis sentidos estaban centrados en esa lápida. Leí las palabras que tenía delante de mi vista una y otra vez, pero no cambiaron. Controlé el dolor que estaba amenazando con hundirme en un tsunami de tristeza y conscientemente intenté calmarme. Muerto de miedo por tocar la lápida, pero todavía más desesperado por comprobar la realidad de las palabras gravadas en ella, pasé mis fríos dedos por encima de las profundamente inquebrantables letras, una por una, pero aún y así no tenían ningún significado para mí.

1978. Mi octavo cumpleaños fue en Septiembre de 1978 así que en Junio de este año, yo todavía habría tenido siete años. Esto es todo lo que me venía a la mente aparte de la idea de que si esta inscripción escrita en el frío, duro y puro mármol era cierta, entonces yo indudablemente estaba loco.

No solete, solamente es algo curioso, joder, es una mera coincidencia de nombres, eso es todo.

Después me volvió a la cabeza lo que Jon le dijo a Annie, que yo estaba enfermo y lo que ella le respondió:

"No estaríamos aquí si no estuviera enfermo"

Bueno, no tengo muchos días como este, pensé. Esta es la oportunidad de tomar el control de mi vida, traeré a Annie y a Jon aquí para que me lo expliquen todo. Es una idea. Soy un hombre de ideas.

Me puse de pie y sacudiéndome la nieve pegada en mis vaqueros le eché otra mirada a la lápida, solamente para asegurarme. Golpeé los pies en el suelo y me mordí un poco la mejilla por dentro. ¡Ay!, vale, no es un sueño. ¡Maldito infierno!

Estaba mirando hacia atrás por encima del hombro alejándome de la tumba, andando con determinación cuando oí la risita de un hombre. No lo veía, entonces me di cuenta de que era yo mismo.

Esto fue cuando la primera bola de nieve me pegó en el ojo. Casi me caigo al suelo del susto y del dolor, y antes de que pudiera recuperarme me lanzaron otra que me alcanzó justo detrás de la oreja. ¡Mierda, eso ha dolido!

Me giré para ver quiénes eran mis atacantes cuando empecé a ser repetidamente bombardeado por duras bolas de nieve, me las arrojaban detrás de la cabeza, en mi culo, y mis hombros y grité:

"¡Hey! ¡Basta ya!", me puse de pie y me quedé inmóvil hasta que la lluvia de misiles paró tan repentinamente como había empezado.

Entonces fue cuando oí dos voces hablando al unísono, unas vocecitas que a pesar de ser infantiles, agudas y quejumbrosas escondían una total amenaza subyacente.

"Jacky, vamos, ven a jugar, no seas aguafiestas, haznos un hombre de nieve, porfaaaaa Jacky".

Empecé a correr, patinando y resbalando llevado por el pánico, me caí de cabeza contra un ángel de piedra y casi pierdo el sentido. Estaba atontado, tumbado en el suelo, podía notar gotas de sangre caliente que me bajaban por mi fría cara del corte que me había hecho en la frente. Usando la estatua para sujetarme, como pude me puse de nuevo en pie. Miré a mi alrededor aturdido. No había nada que ver.

Alguien tiró de mi abrigo por detrás, "perdoooooon Jackeeee".

¡Oh Dios! Tenía que enfrentarme a ellos, tenía que enfrenarme a lo que tal vez les había hecho. Quería ser valiente pero no me podía mover. Podía oír mi propia respiración, estaba jadeando como un perro. Justo cuando iba a buscar el inhalador en mi bolsillo una mano más pequeña se cogió de la mía.

Bajé la vista hacia mi hermanita pequeña que estaba sujetando mi mano.

"Todo va bien, Jacky".

Me arrodillé delante de ella y Sam, de cinco años, saltó sobre mi espalda.

"¡Arre, arre caballito!".

La felicidad me inundó, felicidad y alivio, ¡los gemelos estaban vivos! ¡Era un milagro! ¡Era *mí* milagro!

Miré a los ojos inocentes de Nancy y ella me besó la mano mientras Sam me daba un beso en la cabeza y el dolor fue inmediatamente insoportable. Me caí al suelo retorciéndome de dolor, luchando contra las llamas que amenazaban en consumirme.

Sam saltó de mi espalda y se cogió de la mano de Nancy, donde deberían estar sus ojos azules, ahora había cuencas vacías, su carne podrida se había separado de los huesos, su ropa estaba mohosa y cayéndose a pedazos. Estiré las manos hacia ellos:

"¡Por favor, ayudadme! ¡Dios mío, me estoy quemando! ¡Estoy ardiendo!".

Menearon la cabeza y se les desprendieron mechones de pelo de bebé y después se desvanecieron dejándome tirado en la nieve, agonizando de dolor, ahogándome con el humo de mi propia incineración.

Morí.

Entonces me levanté, corrí y me metí dentro de Jolene, allí estaba seguro, puse a tope la calefacción, le di al limpiaparabrisas, encendí las luces y poniéndome el cinturón de seguridad por primera vez desde la muerte de Susie, conduje con mucho cuidado por las carreteras heladas hasta que llegué sano y salvo al refugio.

La camioneta de Annie y Jon estaba aparcada fuera. Bien, todo iba tal y como lo había planeado.

No estaba asustado, racionalicé que si ellos son personas reales bien, si son fantasmas, bueno también han sido una buena compañía.

Si son mis padres…

Joder, eso es francamente ridículo.

Entré en la cocina y con calma me quité el abrigo y las botas antes de aceptar la taza de reconfortante chocolate caliente que siempre me ofrecía Annie. Sonreí y la miré atentamente, como no podía ver la pared a través de ella le pedí que viniera y se sentara conmigo.

Los muertos no se asustan fácilmente.

Jon ya estaba sentado allí, cómodamente como en su propia casa con los pies enfundados en unos calcetines gruesos debajo de la mesa y las botas a un lado muy cerca de él. Estaba comiendo galletas y haciendo un verdadero desastre al mojarlas en el té.

No se podía negar que estas dos encantadoras personas eran tan reales como yo y tan reales como la lápida con sus nombres escritos en ella, así que hice la única cosa que podía hacer en estas circunstancias, respiré profundamente y fui directamente al grano.

Joder, supongo que sabes que no estás muerto, ¿verdad tesoro?

"Annie, Jon, acabo de ver una lápida en el cementerio con los nombres de Jon, Annie, Sam y Nancy Andersen. Todos murieron el treinta de Junio de 1978, eso significa que murieron cuando yo tenía siete años"

Jon paró a medio mojar una galleta, parecía estar animado, pero como era de esperar preguntó:

"¿Eh? hijo, ¿qué acabas de decir? ¿eh?"

Annie me miró durante un largo segundo, suspiró como si estuviese cansada y ya no pudiese aguantar más, se frotó los ojos con una mano y dijo:

"Bueno, eso debe haber sido un shock para ti. En realidad tenías siete años y nueve meses"

Jon sopló su té y dijo:

"Yo soy tu boogie man, ¿eh?"

Me quedé petrificado sentado en mi silla, completamente paralizado por la impresión, solamente iba mirándoles, de uno al otro. Me quedé sin palabras y podía notar el dolor que me subía desde los pies hasta el estómago hasta llegar a mi pecho donde se quedó como si fuera una nube de tormenta sobre mi corazón.

Tal vez yo no estaba tan muerto como pensaba.

Justo cuando ya no lo podía soportar más sentí que Esperanza caminaba hacia mí por detrás, me apretó el hombro y sentí como si me liberara de este momento. Me di la vuelta y le miré a sus ojos grises.

Ella dijo:

"Termina la cuna" y después salió de la casa.

"Annie, Esperanza me ha hablado. La viste ¿verdad? Estaba justo aquí y ha hablado conmigo"

"¡Bah!" dijo Annie, "ella siempre habla, solamente tienes que escuchar hijo"

"Bien, tengo que terminar una cuna" dije.

"Entonces será mejor que lo hagas hijo ¿eh?"

Todo ha salido bien.

Me mantuve de una pieza hasta que llegué al taller, entonces me apoyé en la pared y deslizándome me dejé caer hasta el suelo polvoriento y puse la cabeza entre mis manos.

Estaba demasiado asustado para llevar a Annie y a Jon a ver la lápida, me aterrorizaba el que pudiera ser real, también me daba miedo por si me lo hubiese imaginado. Estoy aterrado por si vuelvo a encontrarme con mis enfadados hermanos. Soy un cobarde. Es verdad.

Levantando la vista miré al proyecto como si lo viera por primera vez. Definitivamente, era una cuna.

¿Qué demonios estaba haciendo? Yo, un hombre con dos esposas muertas y un hijo desparecido ¿por qué estaba haciendo una cuna para un bebe?

Rebobinemos. ¿Dos esposas muertas? ¿De dónde me ha venido este pensamiento? Que yo sepa Louise está todavía viva y dando por el culo en alguna parte, ¿verdad?

Estoy muy cansado y confundido, pero estoy aquí y ahora y tengo una necesidad abrumadora de terminar este proyecto. Así que lo voy a hacer si me digo a mi mismo que es la cosa más magnífica que jamás haya hecho.

Después de muchas horas felices tallando complicados diseños en la dulce madera, levanto la cabeza y me doy cuenta de que en las paredes blancas hay unas palabras recién pintadas con pintura roja.

JODER, ¿POR QUÉ NO ESCUCHAS?

Si que escucho, ¿quién ha escrito esto?

¡Lo haces tú jodido! Has abierto la caja de Pandora solete, ¡sería mejor que también metieras tu jodida cabeza en el jodido desastre que tienes dentro de ella!

Ya he tenido suficiente de toda esa tontería, definitivamente voy a abrir la habitación cerrada. Con mucha determinación, saco la llave negra del cajón del banco de trabajo, se retuerce en mi mano, no hago caso, las llaves no se retuercen.

Cierro el taller con el viejo candado oxidado y dejo caer la pesada y escurridiza llave de sangre caliente dentro del bolsillo de mis vaqueros.

A la mañana siguiente recuerdo algo que mi papá me solía decir cuando estaba aprendiendo a montar mi primera bicicleta de dos ruedas:

"¡Si al principio no tienes éxito, inténtalo, inténtalo, inténtalo de nuevo, porque el inténtalo, inténtalo, inténtalo se convierte en puedo, puedo, puedo!".

Voy a intentarlo otra vez, hoy el pasillo está decorado exactamente igual que el resto del refugio. El espejo que oculta la extraña puerta está de nuevo allí , en la pared, escondiendo su terrorífico contenido.

Hay un fuerte aroma a violetas.

Una familiar voz de chica me susurra al oído:

"Guardo tu dulce corazón en mis manos, Jacob".

Antes de que pueda girarme para ver a la chica, una voz de niño sale de debajo de las tablas de madera:

" ¡Jacob, estoy aquí! ¿Vamos a abrir el libro prohibido? ¿Vamos a hacerlo? ¿Si?"

"Jacky, ¿eres tú? Por favor ¡Shhhh! No quiero que el hombre malo sepa que estoy aquí. Sé valiente un poco más, voy a abrir la puerta y dejarte salir"

El suelo parece moverse ligeramente bajo mis pies, como si respirara, tomando aire profundamente y después dejándolo salir lentamente. Imposible. Ahora me estoy imaginando cosas.

"¿Tienes la llave del candado del libro Jacob?"

El suelo se mueve otra vez, más fuerte que antes. Doy un paso atrás y la sensación de mareo que me estaba avisando que retrocediera inmediatamente paró.

"¿De qué libro y de qué candado me estas hablando, Jacky?"

¡Oh, no es justo, no es justo! Estoy sólo aquí dentro y me lo prometiste, ¡tú me lo prometiste!

El chico está llorando y gritando. Me está empezando a entrar el pánico. Tengo que dejarle salir hoy. No voy a perder a otro muchacho.

"Jacky ¡ Shhhhh, cálmate!, sé un buen chico, sé un indio bravo, por favor. Vengo a liberarte, pronto estaremos juntos".

Hago la tentativa de dar un paso hacia atrás en el pasillo y entonces fui literalmente lanzado encima de una rápida cinta de correr, el suelo se había convertido en una única cinta transportadora de goma, larga, negra y deslizante. Corro para poder mantenerme en ella, intentando desesperadamente mantener el equilibrio. Por un momento siento una mezcla de susto, asombro y pura incredulidad antes de que el suelo me mande volando con el rabo entre las piernas de nuevo hasta la entrada del refugio. No aterrizo bien. Duele.

No soy un rajado. El chico me necesita.

Me levanto del suelo y cojeando voy a buscar mis zapatillas de deporte.

Bien, ya estoy listo. Cojo carrerilla y pego un salto hacia el pasillo. Tengo la cabeza agachada y la barbilla me toca al pecho. Mis piernas funcionan como pistones y con los brazos bombeando a los lados corro a toda velocidad hacia este cinturón infernal como si mi vida dependiera de ello. Cada vez va más deprisa, pero yo también.

Estoy sudando como un cerdo, me falta el aire cada vez que respiro pero estoy solamente a un brazo de distancia del espejo. Inclinándome hacia delante dando un último impulso me agarro a una esquina del marco y el espejo se abre con tanta rapidez que me atrapa entre él y la pared.

Hay un silencio de muerte.

Miro hacia abajo y solamente veo negrura. Miro hacia arriba y encuentro lo mismo.

Me invade el pánico, me suelto del marco de la puerta y me caigo, después voy hacia arriba, flotando, interminablemente a la deriva en una oscuridad helada que me ciega y me asfixia.

Me muero.

Resucito en mi sofá, cerca del fuego.

Annie está hablando con Jon:

"Esto es bueno ¿verdad? Sigue intentando recordar, eso es una buena señal".

"Annie querida, sigue fallando, está cada vez peor no mejora, y a todos se nos acaba el tiempo, ¿eh?"

"Si al menos pudiéramos aconsejarle," la voz de Annie es una voz de total angustia.

Jon parece deprimido cuando le contesta:

"Va en contra de las reglas ¿eh? Incluso si lo intentásemos no se nos permitiría decir las palabras".

¡Vamos! ¡Hora de despertarse! Ha llegado el momento de ir a buscar la llave del candado mi pequeño rayo de felicidad. ¡Levántate de una puta vez! Tenemos trabajo.

"Voy a salir," les comunico a Annie y Jon dejándoles sorprendidos.

Me cambio mis deportivas por las botas, cojo una gran botella de agua del frigorífico, me pongo una gorra de béisbol en la cabeza, me pongo el abrigo de ir a caminar y me voy.

Es medianoche, el lago es un enorme espejo lleno de estrellas que se reflejan desde el cielo pero no tengo tiempo para admirarlo.

He estado caminando en el salvaje bosque durante horas. No siento la necesidad de dormir. No tengo ni idea si voy en la dirección correcta o no, pero por una sola vez en mi miserable vida, sigo mis instintos.

El amanecer llega con su gloriosa y ardiente belleza, no me interesa, solamente me interesa andar.

Cuando al mediodía el sol está en lo más alto en el cielo, en el bosque hace frío y yo sigo moviéndome. Al atardecer saludo a los insectos picotones dando manotazos a troche y moche y diciendo palabrotas muy creativas.

Parándome solamente para beber unos sorbos de agua, estoy lleno de energía, me siento más vivo de lo que me he sentido en años. Tengo un objetivo en mente.

El sol se está poniendo y el bosque está oscuro como el infierno de Hades. Juraría que antes no estaba tan lejos de casa, pero al fin la veo a unos cien metros bajando la ladera, un poco escondida, bañada por la acogedora luz de la luna que brilla sobre su viejo y destartalado tejado.

La cabaña de madera.

No, 'The Love Shack,' la cabaña picadero, ¡joder, me encanta esta canción!

¡Bienvenido de nuevo cariño!

¡Jacob! ¡Escúchame, Jacob! Tenemos que trabajar juntos en esto. Tú quieres a Jacky y yo quiero el libro, así que escúchame.

¡Por el amor de Jesucristo! ¿Qué estás haciendo?

Tal vez debería haber sabido que terminaría en esta apestosa casucha. Tengo que pasar la noche aquí pero no tengo por que dormir en esta asquerosidad. Fuerzo la ventana para abrirla y dejo la puerta entreabierta, al menos ya huele mejor, como un poco más agradable. Encuentro una escoba nueva en un rincón y barro el suelo para quitar las pinochas y la arena que han entrado a través de las paredes y la puerta que no ajustan bien.

¡Jacob! ¡Jacob! No me jodas, Jacob, ¿quieres escucharme?

Fuera no escasea la leña así que de mala gana, enciendo un fuego en la pequeña chimenea, burlándome de la primera llama con un pequeño palo hasta que se ha consumido. Alimento un poco más la hambrienta bestia hasta que en el fuego hay rabiosas llamaradas rojas y la cabaña tiene un brillo anaranjado y cálido.

Ignorando las abrumadoras sombras parpadeantes que el fuego proyecta en las paredes, cojo una radio mecánica de la estantería, le doy cuerda y la sintonizo pero solamente consigo escuchar a Eminem rapeando su canción "The Monster", así que ya no la toco más.

¡JACOB, SÉ QUE ME ESTAS OYENDO!

¿Y qué si te oigo, Jake?

¿Va eso a cambiar algo?

¿Puedes borrar todas las cosas malas?

¿Puedes matar a los fantasmas?

¿Puedes abrir la puerta cerrada?

¿Puedes encontrarme esperanza y redención?

¿Puedes hacerlo? ¡Cabrón!

Joder, Jacob, me has insultado. Estoy dolido.

¡Eres todo lo malo y podrido que hay en mí y ya no lo puedo soportar más!

Te ayudaré. Siempre te he ayudado. Hice todas esas cosas malas para que no las tuvieras que hacer tú. Me necesitas Jacob, somos colegas.

¡Te divertiste con todo ello, te encantaba violar, quemar, estrangular, ahogar e incluso, que Dios me ayude, atropellando a niños inocentes! ¿Cómo demonios pudiste hacer todo eso, Jake?

¡Joder, tú querías que lo hiciera, tu un cabronazo y cobarde monaguillo chillón!

Y ahora vas a parar, ¿me oyes? ¡Pararás!

¡Entonces busca la jodida llave del candado, jodido egocentrista!

Y lo hago, y la encuentro en una caja de galletas en el armario, por cierto, no estaba muy bien escondida.

CAPÌTULO 33

2009

TIEMPO EN FAMILIA

Me acomodo para pasar la noche en la cabaña. Las llamas dibujan imágenes en las paredes y en mi cabeza aunque intento con todas mis fuerzas olvidar el pasado, empiezo a recordar y me vuelve la pesadilla.

Estamos en 2009, es el domingo después de la gran pelea con Lou. Hemos vuelto al refugio, pero esta vez con Tommy, vamos a pasar un tiempo en familia. Estamos haciendo un picnic al lado del lago, es un bonito día de Julio.

Lou está tumbada de lado sobre la típica manta de picnic de cuadros.

Su cabeza descansa sobre una de sus manos. Está canturreando la canción de Dolly Parton "A Blanket on the Ground....una manta en el suelo", me mira parpadeando con sus ojos brillantes, me siento relajado y ella está radiante.

¿Cómo puedo ser tan cabrón? No sé por que me casé con ella y después perdí tanto tiempo consiguiendo que los dos nos sintiéramos miserables. No sé por qué ella todavía está aquí conmigo. Lo que sí sé es que tengo suerte de tenerla, aunque de vez en cuando me dé una patada en los cojones.

Pienso de nuevo en lo que Lou me estaba gritando a esta misma hora la semana pasada, porqué ¿fue la semana pasada verdad? ¿o no?

"Lou, ¿estás embarazada?" le susurro pellizcando su mejilla. Casi estoy llorando de alegría.

Su cara ha cambiado, de la cara de guasona que tenia a una cara de tristeza, creo que se va a poner a llorar cuando titubeante me vuelve a susurrar:

"Si, ya te lo dije, idiota, sí lo estoy?

Joder, sé exactamente cuando echasteis ese polvo y Lulu también lo sabe.

"Tommy, ven aquí, dale un beso a tu mamá, va a traerte un hermanito o una hermanita"

Lou sonríe de nuevo con los brazos extendidos para que Tommy vaya corriendo a abrazarla.

Tom, deja de hacer agujeros con sus palos en el fango negro alquitranado de la orilla de lago, pone cara seria, y después mirándonos con sus manos cómicamente colocadas en la cintura dice muy convencido:

"No quiero una niña"

Ahora nos reímos de él y el dulce muchacho se ríe también mientras va corriendo hacia Lou para darle un abrazo y después rodando sobre nuestra manta queda a merced de las cosquillas cariñosas de sus padres que lo adoran.

"¿Podemos ir a dar una vuelta en la barca, papá, porfaaaaa?". ¿Cómo me puedo negar?, no puedo.

Hacemos un atillo con los restos de nuestro picnic como si fueran las provisiones de un barco y salimos hacia a una aventura de piratas, en nuestro leal barco, The Black Bess, es decir, en mi vieja barca de remos. Tom es el guapo y villano Capitán pirata. Yo soy el general que se ocupa de todo lo que no quieren hacer los otros, o sea el burro de carga. Lou es la Primera Oficial, ella está a cargo de divisar a nuestros enemigos a través de una botella vacía de zumo. Estamos emocionados, perdidos en un mundo de fantasía, felices.

Esto es lo que exactamente necesitaba para despertarme de mi egoísmo. Para sentirme parte de mi familia, con un futuro de amor, diversión y esperanza. Tengo el mundo justo aquí en esta pequeña barca. He sido un idiota. Estoy determinado a hacer las cosas bien.

"¡Barco a la vista capitán!" grita Lou.

La botella le ha dejado un círculo púrpura y pegajoso alrededor de un ojo, pero ella no se ha dado cuenta. Esta pequeña tontería me está causando un desmesurado placer.

Un yate de recreo de alguno de los visitantes veraniegos del lago va elegantemente dando botes a través de lago, la gente toma el sol en los barcos alquilados, amarrados en las más bonitas calas o navegan sobre la tranquila agua azul. Es idílico, es el cielo.

"¡Hombres a las armas, mamá!, ¡Papá, asegura las escotillas!"

"¡Sí, a la orden, mi Capitán!" gritamos al unísono sonriéndonos amorosamente.

Cursi, cursi, venga joder, ¡vamos a lo que vamos!

La estela del yate ha chocado fuertemente con el lado de nuestra pequeña embarcación. Tommy está de pié en la proa protegiéndose los ojos del sol con su pequeña mano, cuando el repentino balanceo de la barca lo tira violentamente al lago.

Louise grita, "Tommy" y se zambulle tirándose por la borda para salvarlo.

No me lo pienso dos veces y dando un salto me tiro detrás de ellos.

La corriente subterránea es implacable, se me lleva, me arrastra, intenta chuparme y aunque el aire es caliente, el agua está terriblemente fría. Subo a la superficie y me sumerjo de nuevo, una y otra vez, solamente salgo para tomar aire cuando mi pecho me está ardiendo y mi instinto grita que respire.

No puedo ver nada, el agua está oscura y turbia. Busco a tientas quedándome enredado entre hierbajos y Dios sabe que otras cosas. ¡No me rendiré, no puedo rendirme!

No me entrará el pánico a pesar de que soy un terrible nadador. Me aguanto flotando solo unos segundos, espero que Lou y yo rápidamente encontremos a un asustado Tommy y lo podamos subir de nuevo a la barca. Más tarde ya tendré unas palabras serias con el propietario del yate.

Pero el tiempo pasa.

Veo a Lou dos veces sacar la cabeza del lago y con insistencia señalar debajo de ella. Intento llegar hasta ella dando torpes manotazos y brazadas, convenciéndome a mi mismo de que sé nadar. Cuando al final, sin respiración, llego al lugar donde pensé qué ella había salido, había desaparecido.

Que frágiles somos.

Sabía que esto ocurriría, sabes que eres un nadador de mierda, ¡joder, eres demasiado perezoso incluso para aprender a nadar!

¡Todo lo que haces, todo, lo haces gracias a expensas de los demás! ¡Yo los habría salvado, pero no, tú tenías que jugar a ser el gran héroe!

¡Eres una jodida desgracia!

No sé cuanto tiempo pasé buscando en el agua turbia. El yate culpable de lo que había pasado se aproximó a mí. Algunas personas tiraron al agua nuevos y brillantes salvavidas rayados blancos y rojos. Finalmente unas manos fuertes me subieron a bordo donde vomité asquerosa y apestosa agua hasta que me desmayé.

Puedo oír la profunda voz de barítono de Doc muy cerca. Noto un pinchazo en mi brazo, una mano tierna me acaricia el pelo y otra me sujeta la mía fuertemente.

Espero que no sean los gemelos.

Lentamente intento salir de la confortable oscuridad y me doy cuenta de que no estoy en casa. Lo huelo antes de verlo, un hospital. Unas molestas luces brillantes me dan en los ojos y me pican, hacen que al parpadear me salgan lágrimas negras que impiden que pueda abrirlos completamente.

Las sábanas están sujetas fuertemente a la dura cama, así que supongo que estoy atado con una camisa de fuerza.

Tengo una cánula insertada en mi dolorido brazo derecho enganchada a una bolsa de líquido claro que está colgada de un pie de metal colocado a mi lado. Tengo cables pegados a mi pecho y puedo oír que una máquina emite unos pitidos sordos. Creo que eso significa que estoy vivo.

Cuando recupero el control de mi vista, me sorprendo al ver a la mamá de Louise, la distante, elegante y oh, distinguida Jean, sentada a mi lado con su esposo Ron.

La típica expresión de desaprobación de Ron ha sido reemplazada por algo indescriptible, y su piel es tan gris como las piedras de la orilla del lago. Sus ojos me miran fijamente desde la distancia.

"Oh, Jacob ¿qué vamos a hacer ahora sin nuestros Lou y Tommy?" sollozaba Jean.

Siento que se me rompe el alma, tan simple como eso, eso me hizo pedazos y mató al hombre que había en la cama del hospital.

Adormilado, medio drogado y muerto, me escondo del terrible pesar de mi suegra y de la aterradora implacabilidad de mi suegro. Giro la cabeza hacia la pared ya hago ver que duermo.

No lloro. Siento el mismo dolor que cuando Susie murió, pero esta vez yo también estoy muerto y no me recuperaré.

Mi esposa, mi hijo, mi bebé, todos ahogados. Cada célula de mi cuerpo podrido está encendida y gritando ¡NO!

Con estas muertes me quedo solo por el resto de mi vida y hasta el más allá.

¡No está muerto, cabrón!

Lo último que oigo mientras me convierto en parte del gran vacío, es al papá de Lou susurrándome al oído:

"Sé lo que hiciste".

A partir de aquí mi vida empieza a desenmarañarse y me enfrento al primer recuerdo que más temo, el sueño en el que mato al niño y dejo salir al demonio que hay en mi interior.

CAPÌTULO 34

1980

UN SECRETO MUY MALO

Tengo diez años y me han expulsado de la escuela. Esto mirando fijamente a través de la ventana de mi habitación y estoy melancólico. En las manos tengo un coche en miniatura del Aston Martin de James Bond, el plateado que tiene armas y la carrocería a prueba de balas. Le estoy arrancando las ruedas. La larga cicatriz que tengo en la cara me duele horrores, los nuevos cortes de mis brazos no me duelen tanto.

Que llueva que llueva, la Virgen de la cueva...

"Date prisa, Jake, tardón, eres más lento que una tortuga!, ¡el taxi te está esperando!"

La tía, Mary, me está llamando, pero no quiero ir. Tampoco quiero vivir con ella, es tan anciana, es como si tuviera al menos treinta años. Ella dice a todo el mundo que tiene "veintiuno y unos meses", miente, en cambio se enfada si yo digo alguna mentira piadosa, aunque sea una mentirijilla. No es justo.

Ella ni siquiera es mi tía verdadera, es una mamá de acogida de muchos niños. Mary me quiere y yo la quiero también, aunque sea vieja, es muy bonita. Sí, me quiere, pero me está echando de casa.

"Vamos, bizcochito", grita desde las escaleras, "¡tengo un cubo de Rubik aquí abajo!"

¡Vaya! ¡Que guaaaaay!

Casi me rompo la crisma saltando por las escaleras hacia el recibidor.

Voy de camino al internado porque el Gran Al dice que "tengo más dinero que lo que peso" y debo tener una "carrera y un futuro prometedor", me dijo que podré quedarme con ellos durante las vacaciones si soy bueno y no les avergüenzo ni a ellos ni a mí mismo. ¿Cómo podría yo hacer una cosa así?

Mary me planta un gran beso húmedo en mis labios y me empuja apresuradamente hacia la lluvia murmurando que mi pobre madre muerta debe estar revolviéndose en su tumba. Después mira al Gran Al que parece que se haya cagado en los pantalones. Creo que yo sí lo haría si me mirara a mí de esa forma.

Los adultos son muy raros. Mary me besa otra vez en ambas mejillas, me acaricia mis brazos vendados, rompe a llorar y entra de nuevo corriendo a la casa.

Miro por la ventana trasera del taxi diciéndole adiós con la mano hasta que ya no la puedo ver.

¡Agh! Que sensiblero, como de telenovela.

Tal y como dijo el Gran Al, esta es una gran aventura. Estoy en el taxi con mi maleta, mi mochila en las rodillas y el cubo de Rubik a salvo entre mis manos. Voy a resolverlo a la velocidad del rayo. Súper guay.

Estoy bien. He visitado la escuela antes y tengo que reconocer que es lo suficientemente buena, al menos no hay niñas estúpidas alrededor para que tal y como decía mamá me lancen miraditas.

¡Qué pena tío! ¡No podremos chupar tetas solete!

Mamá, se me ha puesto un nudo en la garganta, pero no lloraré más, "es mejor mirar hacia adelante con esperanza que vivir cada día sumido en la desesperación", bueno eso es lo que dijo la psicóloga infantil.

Sí, soltó toda clase de chorradas.

Voy a trabajar mucho en esta nueva escuela y haré que mi familia se sienta orgullosa ya que ellos "siempre me estarán vigilando". De todas formas puede que tal vez tenga solamente once años, pero sé reconocer un trabajo bien hecho cuando lo veo. ¡Al fin he conseguido resolver el cubo!

Al final has conseguido un bloque de plástico de colores, ¡qué marica eres!

Me acomodo de nuevo en el atrotinado asiento de plástico del taxi, mezclo de nuevo los colores del cubo y juego con él durante todo el camino hasta la escuela, que por cierto está lejísimos.

Estoy seguro de que voy a echar de menos mis abrazos secretos con Mary.

La nueva escuela no está tan mal. Mary me llamó por teléfono y me dijo que le informaron que "me había adaptado rápidamente" y "que me llevo bien con los otros niños", "que soy un estudiante popular y no tengo problemas con mis profesores" y que "voy bien en todas las asignaturas". Creo Mary se siente orgullosa.

Lo que más me gusta son los deportes. Soy realmente bueno jugando al fútbol. Podría llegar "lejos" en el mundo del deporte, según dice Mr. Wickes.

¡Hay Mr. Wickes! ¡Como le gustan las pollas! ¡Mr. Wickes el chupapollas!

Entonces podrás "triunfar en la ciudad", según dice mi profesora de matemáticas, Miss Tidy, la limpia.

Apuesto que lo debe tener todo limpio, tendré que comprobarlo lo antes posible.

¡Vaya! Todos opinan sobre mi futuro, pero en realidad no tienen ni idea.

Me gusta estar aquí y tengo muchos amigos, piensan que soy un tipo duro, creen que me hice mis cicatrices en una pelea callejera. Soy inteligente y calmado, y me siento como "un valorado miembro de la Escuela San. Anthony para niños superdotados".

¡No os lo perdáis! "Superdotado", eso es lo que soy. Me hicieron un test y aparentemente tengo un cerebro tan grande como un planeta, ¿quién lo iba a decir?

El Gran Al dice que no lo hubiera adivinado en la vida. Mary dijo que ella siempre supo que era un pequeño genio y que eso hay que pasárselo por la cara a esos gilipollas de la escuela del pueblo.

¡Si es que se tiene que querer a mi Mary!, ¡esa mujer es divina! La echo de menos un montón, pero hablamos por teléfono cada semana y me manda comics, galletas, paquetes de caramelos como si estuviera en condiciones famélicas. A mis compañeros de dormitorio les encantan estos paquetes, así que esta es otra de las razones para que me quieran.

Esta mañana hemos tenido "educación sexual" y ahora entiendo muchas más cosas que ya sabía, ahora también sé el porqué estoy tan contento de que no haya niñas alrededor. ¡Nunca podré mirar a Miss Tidy a los ojos otra vez!

¡A ti lo que te gusta es que te den! ¡Marica muerdealmohadas! ¡Tu homosexualidad me da asco!

Y….y…. además. ¡eres un mentiroso! ¡y si no, que se lo pregunten a Mary!

El futbol fue extraordinario esta tarde, muy emocionante. ¡Marqué tres goles! Soy un héroe y el equipo me llevó a hombros hasta el bloque de los vestuarios y las duchas. Me llaman ¡El Tigre! Al final soy uno de ellos y me siento bien.

En mi cabeza tengo metida la canción de los Mud, "Tiger Feet" (pies de tigre).

Me estoy enjabonando la picha y las pelotas hasta que tengo una erección. Ahora me siento mejor.

Me encanta estar aquí, incluso si Mary y el Gran Al algún día quieren adoptarme como su "hijo predilecto", me quedaré aquí.

Cuando los del equipo terminamos de ducharnos juntos y estábamos todos vestidos con nuestros elegantes uniformes, Mr. Wickes dijo que me quedara. Me dio una charla en su oficina que olía terriblemente a sudor y a goma de zapatillas. Estaba sudoroso y serio, con voz ronca me dijo que estaba "muy contento conmigo", y me dio un fuerte abrazo. A mí me daba un poco de vergüenza, pero le devolví el abrazo para que no se sintiera mal.

No recuerdo lo que pasó después.

Pero.... Tengo un secreto y tengo que guardármelo.

Si lo cuento a alguien "moriré de una muerte lenta y dolorosa y seré enterrado en el bosque"

Sé que tengo un gran secreto, muy malo, pero estoy preocupado porque no puedo recordar de que se trata, accidentalmente se me podría escapar y entonces soy hombre muerto.

¡No se lo digas a nadie! ¡Nunca!

No puedo dormir, no hay forma, estoy tan asustado que si sueño podría hablar en voz alta. Tengo que ir a hacer pis, pero no me atrevo a ir al cuarto de baño porque está muy oscuro.

Cuando ya tengo la certeza, cuando estoy absolutamente, totalmente seguro de que los otros muchachos en mi dormitorio están durmiendo, bajo de mi cama húmeda y maloliente y me echo al suelo acurrucado debajo de ella. Aquí me siento más seguro.

Por la mañana, el profesor encargado de cuidar de nosotros "solo llámame Paul", me pregunta si no me siento bien, dice que mojé la cama ayer por la noche y que había sangre en ella. Paul dice que debo ir a la enfermería a ver a la enfermera de la escuela, solamente por si tengo una infección de orina. Tal vez la tenga, la verdad es que sí que me siento muy dolorido.

Paul es viejo y amable, y me dice:

"Estas cosas pasan Jake, si te ocurre de nuevo solamente tienes que llamar a mi puerta y pedirme ayuda, por favor, no duermas en el suelo, las sábanas se cambian fácilmente".

Le prometo a Paul que lo haré y como en mi interior me juro a mi mismo que no lo voy a hacer, me muerdo la mejilla por dentro hasta que noto el sabor de mi propia sangre y no lloro aunque tengo ganas.

Estas cosas no nos pasan a nosotros, él lo pagará, te lo prometo Jacob.

A la hora del recreo de la tarde siguiente entré sigilosamente en los vestuarios. Es mi día de suerte. Wickes estaba en la oficina de al lado, la llave estaba todavía en la puerta.

Fui a gatas por el suelo y, sin que nadie me viera, lo encerré dentro.

Saqué un tebeo de mi bolsillo trasero y las cerillas de mis calcetines.

Todos los alumnos de la escuela están en fila en las pistas de tenis, las alarmas están sonando (a mi me parece que es como si estuvieran presagiando la muerte), los camiones de los bomberos acaban de llegar. Dicen que Mr. Wickes se ha salvado por los pelos.

Con un poco de suerte este follón durará varias horas.

CAPÌTULO 35

1981

EL MONSTRUO

No sé por qué, pero ya no me gusta jugar al futbol, cuando tengo que jugar me entra dolor de estómago. Parece que al equipo ya tampoco le importo mucho. Aparentemente "así no llegaré a ninguna parte" "estoy en un tren rápido hacia el pueblo de los perdedores".

No voy tan bien como iba el último semestre.

"¿Qué has hecho? Antes aquí te quería todo el mundo, ¡Tu mierda era oro tío! ¿Qué has hecho? No lo puedo recordar, sabes que no me puedo acordar de todo yo solo"

La única asignatura con la que todavía tengo algún futuro son las matemáticas. Me gusta el orden determinado de las matemáticas, me encantan las reglas con las que se unen todos los números, me gustan los enigmas que siempre tienen una respuesta concreta. Miss Tidy dice que soy su pequeña estrella, pero ella nunca me abraza, lo que es bueno, supongo.

Echo de menos a Mary.

Jacob, estás siendo muy malo conmigo. No es por lo del fuego ¿verdad? ¿o sí? ¿Tú empezaste el gran fuego? ¿Tú sólo? No puede ser, ¡vamos tesoro, desembucha!

"Voy a dejar el futbol" le digo al profesor Paul.

"No, Jacob, lo siento" respondió la voz firme y sin tonterías, "no puedes dejar de practicar ningún deporte, está en el plan de estudios y esto te mantiene en forma".

Sí, ya me acuerdo ¡en forma para follarte!, pobre Jacky, el pobre chaval está muy preocupado por todo eso, ya sabes. Por cierto, buena idea lo de pegarle fuego ¿no crees tío?

Estoy decidido a no jugar al futbol.

Cueste lo que cueste. Bien, entonces ¿qué te parece si jugamos a "asar al entrenador"?

"Me siento demasiado mal para jugar hoy" le informo a Mr. Wickes sin pensar en las consecuencias.

"¡Ponte el equipo de deporte y sal a ese campo antes de que te enseñe quien manda aquí!"

Está gritándome y de sus gordos labios salen babas espumosas que vuelan en todas direcciones. Creo que está sobreactuando un poco.

"¡Jakeeeeeee perdedooooor!" Este es el griterío de los imbéciles del equipo contrario, que tal como se puede ver están completamente entusiasmados y admirados por mi juego.

Mi propio equipo parece que todos en general están indignados conmigo. He perdido el apodo de Pies de Tigre.

Después de la ducha, el viejo Wickes "Señor para usted", me está esperando. Se inclina hacia mí y me dice al oído:

"¡Esto lo vas a pagar muchacho, vas a pagar el haber jugado tan mal!".

Hace salir a toda prisa al resto del equipo de la atmósfera sudorosa de las taquillas y los manda de nuevo a clase. A mi me retiene para pegarme una bronca. Los otros chicos me miran con desprecio cuando se van y me dejan atrás con el feo y gordo sapo.

Lo siguiente es que el "Señor" cierra con llave la puerta principal y me empuja brutalmente boca abajo sobre un banco de madera, una mano gruesa y húmeda me está inmovilizando por la nuca mientras con la otra me arranca el cinturón de mis pantalones.

"¡Ayudadme!" grito, pero con su mano rugosa y apestosa me tapa fuertemente la boca. Muevo la cabeza rápidamente de lado a lado para intentar morderle pero pesa demasiado y es demasiado fuerte. Lucho, pero me sujeta todavía con más fuerza, aplastándome con su cuerpo hasta que en el pecho no me queda lugar para respirar.

"¡Oh, por favor, que alguien me salve de este monstruo, está intentando matarme!"

Después pensé que tal vez iba a castigarme dándome una paliza azotándome en el culo con mi propio cinturón, así que me relajé y me dejé caer encima del banco, bueno me dije, vamos a que termine pronto y después me iré a lamer las heridas en el dormitorio.

Pero el primer azote del cinturón de cuero nunca llega.

Noto su respiración colérica caliente cuando me chupa fuertemente el lóbulo de mi oreja, siento su dura y vieja polla apretándome la espalda, me toca los huevos y aterrorizado me hago pis en su mano y también me baja por la pierna.

¡No, no nooooooooo! ¡He sido violado y desgarrado, oh Dios, ayúdame!

¡Mary ayúdame!

¡Me estoy muriendo!

Se ha terminado y estoy intentando recordar exactamente lo que ocurrió, pero no me acuerdo de nada más hasta que....

Jacky lo recordará por ti Jacob y te juro por todo lo sagrado que este bastardo va a arder por lo que te ha hecho.

Fui arrojado al suelo mojado, como una basura con el agua de la ducha que caía helada sobre mí. No noté nada pero vi que había sangre que se mezclaba con el agua y bajaba deslizándose por el sumidero.

¡Este cabrón violador te dejó allí tirado! ¡Te dejó sangrando! ¡Podías haber muerto ahí dentro, Jacob!

Uno de los otros chicos encontró la puerta de los vestuarios cerrada cuando volvió a buscar su chaqueta. Dice que oyó gemidos y afortunadamente para mí gritó buscando ayuda.

Me llevaron a la enfermería y con cuidado me colocaron boca abajo sobre la cama. La enfermera del colegio que tenía el pelo rojizo y parecía el estropajo vino a verme y me dijo:

"Nada de eso es culpa tuya Jacob, no importa lo que haya pasado, pero siempre tienes que recordar que no es culpa tuya, no te merecías esto. Él está enfermo. Te recuperarás. Habrá preguntas y rodarán cabezas".

La enfermera y el director se sentaron conmigo en la ambulancia que me llevó a los servicios de emergencia de la ciudad.

No fue una gran salida, los médicos me pusieron un camisón rosa de chica, que estaba completamente abierto por la espalda y después se pusieron guantes de goma y me hicieron algunas cosas realmente dolorosas y vergonzosas. También me hicieron algunas preguntas muy privadas. Yo me hice el tonto.

Cuando los médicos terminaron de meterme los dedos por todas partes y de avergonzarme, me trasladaron en una camilla de ruedas a otro lugar para que hablara con una bonita policía que dijo:

"Bien, ¡vaya sorpresa!, la intachable reputación del director está ahora en peligro".

El mismo director parecía que realmente tenía mucho miedo. Dijo que cuando me recuperara me mandarían de nuevo con mis padres de acogida hasta que "este infortunado asunto se hubiera resuelto".

Pasé tres noches en una habitación de un hospital privado, tumbado boca abajo sobre mi estómago, mirando Tom y Jerry en la televisión, leyendo tebeos y comiendo helado. No pude cagar durante una semana ni sentarme durante dos más.

Mary dijo que estaba que trinaba. No tenía ni idea de lo que esto significaba pero estuve muy feliz de verla. Incluso hasta estuve contento de ver al Gran Al.

Esto demuestra lo enfermo que estabas solete.

Solamente me llevaron de vuelta a la escuela para recoger mis cosas. Paul me ayudó a hacer la maleta, estaba medio llorando dándome golpecitos en la espalda todo el tiempo, no podía soportarlo, me estaba haciendo sentir mal. Necesitaba ir a hacer un pis, así que dejé mi bolsa encima de mi vieja cama y me excusé ante Paul.

Fui a la oficina de la escuela, era la hora de comer y allí no había nadie. Bien. Fui al cajón de archivos que estaba marcado como registros del personal. Rápidamente encontré la "W" y saqué el expediente personal del bastardo, su dirección estaba delante. Fue demasiado fácil.

Mary y el Gran Al, el marido de Mary y el padre de acogida de demasiados niños, el Señor del lado oscuro y ahora mi vengador personal, estaba esperándome en la oficina del director. Mary había estado llorando, el Gran Al estaba gritándole al Señor sobre sus firmes planes de "matar al jodido abusador de niños"

El Señor dijo:

"¡Por favor, Mr. Booth, cálmese, Jacob está aquí!".

Un momento antes me había sentido fuerte y enfadado, pero ahora estaba preocupado y confundido, cuando ví a Mary llorando, la envolví entre mis brazos y dejé que casi me matara del abrazo tan fuerte que me dio, me dejó toda la cara marcada de labios de color rojo. Con grandes sollozos me cogió la mochila con el cubo de Rubik ya resuelto, y como con un sentido de déjà vu, como si todo eso ya hubiese pasado antes, la seguí cuando agarrándome fuertemente de la mano me sacó de la oficina del director.

Cuando salimos el Gran Al le estaba amenazando:

Esto no termina aquí, ¡guarda el resto de su ropa! ¡quémala! ¡No queremos nada que venga de ti excepto, excepto…

¡Oh, joder! Pude notar como su voz se quebraba.

¡Excepto justicia!

El Gran Al metió con esfuerzo la mole de su cuerpo dentro del taxi que nos estaba esperando, dando un portazo tan fuerte que el atontado conductor le regañó:

"Vamos compañero, un poco de respeto con el vehículo".

"¡Cierra la jodida boca y conduce!", grito el papá de Skywalker, y lo hizo, salió pitando, con las ruedas del taxi chirriando y levantando la gravilla de suelo.

Esto fue el final del internado para mí. Pensándolo bien, creo que también habían pasado otras cosas emocionantes, pero todavía no lo puedo recordar claramente y por esa bendición doy gracias a Dios.

Yo lo recuerdo todo como si fuera ayer, incluyendo la dirección de este jodido enfermo.

CAPÌTULO 36

1990

LA VENGANZA ES DULCE

Cuando tenía casi veinte años, ese asqueroso trozo de mierda, ese desperdicio de piel humana, ese apestoso pederasta violador de niños Wickes el chupapollas de mi internado, fue liberado con la condicional. Vivía en la misma casa de madera en las afueras del pueblo donde vivía antes de ser encarcelado solo que esta zona antes era nueva y prometedora y ahora era pobre y ruinosa.

Aquel verano fue largo y las noches sofocantes. Deberíamos haber estado persiguiendo chicas, pero en lugar de eso, algunos amigos y yo solíamos quedar para tomar unas cervezas y después a la mínima oportunidad que teníamos, pasábamos por delante de la casa cochambrosa de este bastardo sentados encima del Chevy descapotable de Rick, conduciendo muy lentamente.

La mayoría de las veces, debido a la borrachera solamente gritábamos y le insultábamos, otras veces nos parábamos y le tirábamos ladrillos a las ventanas. Una o dos veces me meé en su porche, una vez incluso me cagué. Cada vez pensaba que después de hacerle alguna locura me sentiría mejor, pero la verdad es que siempre me sentía peor después de cada una de esas chiquilladas.

Después de un tiempo, el pederasta cerró las ventanas de la parte de abajo con tablones, lo que nos sirvió de lienzo para poderle pintar grafitos espectaculares e ingeniosos, gentileza de mis amigos y mía.

También solíamos ponerle cacas de perro en el buzón de correos, nos fastidió el juego cuando lo echó abajo. De todas formas no creo que recibiera muchos correos de admiradores.

Una vez lo vi en el pueblo, caminando hacia mí en carne y hueso, iba de aquí para allá como si nada hubiera pasado, como si nada le preocupase en el mundo.

Él también me vio, se paró, y para completar ya su efecto completamente asqueroso, me sonrió mostrando los pocos dientes podridos manchados de nicotina que le quedaban. Me quedé helado, no pude hacer nada para esquivarlo.

"¿Cómo estás, muchacho?", me miró impúdicamente lamiéndose sus gordos labios rojizos y moviendo la lengua mientras me miraba de arriba abajo como si estuviera valorando un ternero en el mercado.

"Veo que te has mantenido muy bien. Todavía eres muy bonita".

Tenía tanto miedo que me quedé sin habla. Miré a mi alrededor asustadísimo pero nadie parecía encontrar extraño que un asqueroso pederasta, un violador, estuviese hablando conmigo en la acera.

Me quedé literalmente muerto, temblando, mareado y frío. Me di cuenta de las manchas que tenía en su camisa, de sudor, comida y otras asquerosidades. Olía a perfume de podredumbre que salía de su mugrienta piel, su gordo y peludo ombligo blanco le colgaba por encima del cinturón, como un perro muerto. Me daba asco, mi cuerpo reaccionó y se me puso la carne de gallina y los pelos de punta.

Encontré mi voz, era aguda y afeminada, pero era mía. Le miré directamente a sus ojos rojos de cerdo y dije:

"Te mataré y lo haré pronto".

Su sonrisa se acentuó, dio unos pasos más hacia mí y justo al pasar por mi lado me dio un codazo. Le oí soltar una risita disimulada mientras yo me tambaleaba casi perdiendo el equilibrio.

Se lo conté todo a Mary cuando llegué a casa y ella me llevó a mi cama acurrucándome muy cerca de sus desnudos pechos, yo lloraba como un niño entre sus brazos.

"No se le debería permitir andar por la calle, una asquerosa escoria como él no merece vivir cariño". Mi Mary, ella siempre dice lo correcto.

Entonces oímos un portazo en la puerta principal y la voz especial de amante, del Gran Al resonó por toda la casa:

"¡Mary! He salido del trabajo temprano querida, ¿qué vamos a hacer con este tiempo libre mi pequeña polvorilla?"

Mary sale de mi cama de un salto, como un cohete. Yo me río mientras miro como se pone rápidamente la ropa. En voz baja está maldiciendo:

"¡Joder, joder, joder!"

El Gran Al sube las escaleras cantando, me imagino que mientras sube está haciendo un strip-tease sacándose su ropa de trabajo. Me entran escalofríos.

El Gran Al seguía cantando:

"Can't Get Enough of Your Love Babe".

Me acuesto sobre mi espalda admirando el cuerpo de Mary, encontraba su extraño strip-tease al revés muy sensual y me preguntaba cómo era posible que alguna vez pudiera pensar que era vieja. La amo. Cuando está bajo presión es divertidísima.

"¡Aquí estoy querido, en este momento estaba limpiando nuestra habitación!" me pareció que estaba medio histérica, pero Barry White, o sea el Gran Al, solo oía lo que quería.

" ¡Hey, hey, cielo, no gastes tu energía, lo que papi quiere es deshacer esta gran cama vieja con su dulce muchachita en ella. Tengo algo para ti Mary. Es algo que no puedo enseñar a tu hermana".

Suspirando e incapaz de poder escaparme inmediatamente de los inevitables sonidos de apareamiento del gran idiota y mi chica, me quedo echado donde estoy hasta que puedo oír que los muelles del somier empiezan a chirriar; entonces me visto completamente de negro como un ladrón y salgo de la casa sin hacer ruido.

Recogí los últimos pequeños objetos que necesitaba del garaje de el Gran Al y me puse en marcha.

Tenía un destino en mente.

Cuando llegué, encontré todo mi alijo sano y salvo, escondido debajo de las espigas y los zarzales del jardín, justo detrás del oxidado frigorífico y el sofá que ya no se usaba porque apestaba a pis de gato. Era al atardecer. Necesitaba oscuridad.

Mientras esperaba estaba pensando que había tardado ocho años para hacer todos los preparativos de este viaje. Tenía ganas de que todo se acabara ya de una vez por todas.

La paciencia es una jodida virtud, solete.

Me acomodé en la húmeda maleza, crucé mis brazos sobre el pecho y cerré los ojos. Sorprendentemente incluso allí echado sobre la hierba y la basura, hice lo que siempre hago cuando me estreso. Me quedé dormido.

Cuando me desperté ya estaba completamente oscuro, no había luna, me llevé un tremendo susto cuando vi un par de ojos brillantes mirándome fijamente, ¡mierda, el gato!

¡Empieza el espectáculo!

El suelo de la planta baja de la vieja casa había sido completamente reconstruido. Lo habían forrado con tablones y lo habían asegurado, pero yo había roto el candado de las puertas del sótano exterior hacía semanas.

Me costó un poco abrirlas pero no hacían ruido porque les había puesto aceite y las había movido para que la grasa hiciera efecto en las oxidadas bisagras, un poco cada vez, durante las últimas seis semanas.

La paciencia tiene su propia recompensa.

¿Con premeditación?

¡Demonios! ¡Sí! Puedes apostar tus pequeños calcetines de algodón que fue premeditado.

Calcetines blancos y largos que se meten dentro de mis zapatos brillantes, hundiéndose en el barro en la tierra llena de muertos y gusanos.

No empieces. No pienses en ello solamente hazlo.

Ahora a por la parte peligrosa.

Detrás del frigorífico hay siete latas llenas de gasolina, al lado, esperándome hay un rollo de soga gruesa con un gancho de metal atado a uno de los extremos.

Cojo la primera lata y usando el gancho y la soga lo bajo junto con su bendito contenido hacia el sótano.

Cojo las cuatro siguientes, y una tras otra hago lo mismo con mucha suavidad.

Abro el quinto depósito de purificación y vierto mi venganza en el sótano, después también suavemente y ayudándome del gancho y la soga bajo la lata vacía y cuando ya está aposentada al lado de sus amigas también dejo caer la soga.

Cuando el monstruo me violó recuerdo que me mordí la lengua, la sangre de mi boca se mezclaba en mi garganta con los mocos ahogándome. Me imagino que si hubiese sido víctima de Vlad el Empalador hubiera sentido más o menos lo mismo, una ardiente agonía al ser penetrado desde abajo para encontrarse con la resistencia de la sangre que arriba me estaba atragantando. Una tortura.

Eso es lo que hizo este bastardo, me torturó, me violó y me dejó por muerto. ¿Qué clase de animal sodomiza a un niño? ¡No encuentro ninguna razón para no hacer esto!

Ahora estoy temblando, ni de frío ni de miedo.

Estoy temblando de rabia y furia.

Estoy temblando de pura indignación moral.

Estoy llorando lágrimas amargas por el niño inocente a quién le destrozó la ....vida y me arrancó de mi interior.

Estoy llorando por el bravo indio de mamá.

Estoy de luto por Pies de Tigre.

¡Joder, quiero una venganza justa!

Tengo la última lata de gasolina en la mano. He desenroscado el tapón de plástico negro y para que haga de mecha le he metido dentro del cuello de la lata un trozo de trapo viejo que traje conmigo.

Saco mi querido mechero de mi bolsillo, lo abro.

Fuego.

Mierda tío, odio el fuego. Creo que no es bonito. No tengo ninguna necesidad irresistible de provocar fuegos, no importa lo que el juez dijera. Todavía soy un anti-pirómano.

"No puedo hacerlo, Jesús, toda esa preparación y ahora que finalmente ha llegado el momento, no puedo hacerlo. Merece morir, nadie me culparía. ¡Me hizo muchísimo daño!

Estoy arrodillado delante del sótano abierto, inhalando los humos que suben temblando, sollozando y rogándole a Dios que me de la fuerza para ver esta purificación, esta limpieza total.

El jodido violador de niños merece quemarse en el infierno por lo que hizo. Deja que lo haga yo por ti Jacob, solete. Vamos, tú descansa. Yo lo haré por ti. Lo haré por todos nosotros.

No recuerdo haber encendido la mecha ni echar la bomba de gasolina al sótano, pero debo haberlo hecho porque estoy corriendo como para batir el record mundial cuando la casa del pederasta explota con un gran ¡Bang!. Hay un fragor y un ruido ensordecedor. Se puede contemplar una hermosa bola de fuego roja y anaranjada, pura, limpia, que ilumina la calle desértica.

Creo que me he quedado sordo.

Wickes no tuvo ninguna oportunidad.

Me alegro.

Nunca me preguntaron nada sobre el fuego. Creo que la policía no busco demasiado a conciencia al asesino de un pederasta, después de todo fue más un deber civil que un asesinato.

Ahora que ya soy un hombre adulto, a veces me pregunto:

¿Siento lo que hice?

La respuesta siempre es la misma:

No, no lo siento.

Estoy orgulloso de haberlo matado.

Orgulloso y feliz, aunque en realidad no me acuerdo de haberlo hecho.

CAPÌTULO 37

LA VERDAD MONTA UNA HARLEY

Me senté con Esperanza en la mesa de la cocina, bebiendo café hirviendo mientras escuchábamos a Annie charlando sobre eso y lo otro, como de costumbre. Jon estaba escondido detrás del periódico de la mañana.

Me estaba preguntando por qué se molestaba en venir aquí cada día, debe ser por la grata compañía.

"Jacob, ¿me estás escuchando?", Annie parecía impaciente.

"Te acabo de preguntar si te sientes fuerte y preparado para enfrentarte a la verdad de quién soy yo".

De repente me estaba costando mucho respirar. Miré a Esperanza, pero ella apartó la vista.

"Mírame Jacob, dime lo que ves hijo".

Me puse nervioso y metí la mano en el bolsillo para buscar el inhalador.

"Annie, no necesito mirarte, te veo cada día".

De todas formas la miré y me di cuenta de que era joven, derrochaba juventud y vitalidad, y además me recordaba a alguien.

"¿Dónde está Annie?" pregunté nervioso.

"Respira profundamente y esta vez mírame de verdad mi indio bravo".

Lo hice, y al mirar su cara amorosa, se desvaneció y se encogió hasta quedarse en nada más que una luz blanca, brillante y cegadora del tamaño de una cabeza de alfiler que después se convirtió en un globo del tamaño de una pelota de tenis. Fuera lo que fuera aquello, o ella, recorrió con un zumbido, varias veces la cocina. Se quedó flotando sobre el bendito microondas una fracción de segundo más larga de lo que era estrictamente necesario, antes de colocarse de nuevo en la silla y transformarse en mi vieja Annie de siempre.

Estaba temblando pero no tenía miedo. ¿Cómo podía tenerlo si ella irradiaba compasión y amor incondicional? Estaba en un estado de éxtasis.

Me siento estúpido preguntándote esto pero, ¿eres mi mamá?, y si lo eres ¿no se supone que estás muerta?

La visión se puso en pie, con una mano me acarició el pelo y me besó en la mejilla. Jon dijo:

"¡Sabía que podías hacerlo! ¿Eh?"

¡Oh, mierda!

Esperanza estaba a mi lado. Me giré hacia ella y con lágrimas bajándome por la cara le dije:

"Esperanza, no tengo ni idea de lo que tengo que hacer ahora".

Me miró preocupada, me cogió mis manos entre las suyas y me dijo: "Vuelve, es hora de que vuelvas".

Le sonreí, "Lo hiciste de nuevo, me has hablado"

Ella se rió y su risa sonó en mi cabeza como pequeñas campanillas de plata. Mágico.

Necesitaba tiempo para juntar mis pensamientos, dejé a Esperanza, a mamá y a papá y me fui a dar una vuelta, anduve un par de kilómetros alrededor del lago, disfrutando solamente del trinar de los pájaros. Estaba hipnotizado por la luz del sol que atravesaba como una lanza las copas de los árboles e iluminaba las pinochas del suelo convirtiéndolas en senderos dorados, y deslumbraba mis ojos cuando los rayos se reflejaban en el agua y acariciaban mi cara, levanté la mirada hacia las cimas de las montañas blancas que besaban el cielo. Me sentía en la gloria. Sabía que yo era una pequeña parte de algo maravilloso. Estaba tranquilo y feliz. Sabía con absoluta certeza que todo iba a ir bien.

No soy un hombre religioso pero me estaba dejando llevar por el sentimiento de pertenecer a algo infinito y por primera vez después de seis interminable largos años estaba lleno de esperanza para el futuro.

Regresaba al refugio más rápido de lo normal cuando me fijé que la puerta de mi taller estaba abierta de par en par, así que tímidamente asomé la cabeza al interior esperando que no hubiera ningún alce curioso o peor aún, un oso hambriento esperándome.

Lo que vi dentro me hizo retroceder hacia el patio y después volver a entrar inmediatamente para comprobar que no me lo había imaginado, que allí estaba lo que más deseaba cuando era un niño.

Casi no podía respirar, atónito miré a una magnífica Harley Davidson Ironhead Sportser XLCH 1000cc, plateada y negra de 1976, perfectamente colocada en su soporte en medio de mi polvoriento lugar de trabajo. Conozco a esta motocicleta como si la hubiese parido.

Había encontrado la moto que fue el anhelo de mi niñez y de mis sueños eróticos de adolescente. La moto que mi padre siempre quiso, siempre que veíamos una aparcada nos solíamos parar y darle vueltas alrededor exclamando unos cuantos ¡Oh, oh ,oh, oh! Y ¡Ah, ah, ah, ah!, y diciendo:

"Algún día serás mía".

Ahí estaba, justo delante de mí, inclinada ligeramente hacia un lado sobre su soporte. La gran moto que papá y yo solíamos admirar fugazmente cuando adelantaba en la carretera a nuestro Chevy hecho polvo.

La Harley no es la moto más rápida del mundo pero tío, es la más guay.

Me acerqué unos pasos hacia ella y le eché un vistazo con el rabillo del ojo a esta pieza de ingeniería machista, las llaves estaban en el contacto, llamándome.

Nunca había montado en moto, no sabía cómo hacerlo. Puse mis manos sobre ella.

Quería sentirla vibrar y ronronear debajo de mi.

En el instante en que la tuve entre mis manos, supe exactamente lo que tenía que hacer, lo supe igual que sabía mi propio nombre. Puse una rodilla encima del asiento de cuero, le di la vuelta a la llave de arranque y después con el pié de la otra pierna apreté hacia abajo. El magnífico motor se puso en marcha rugiendo como un perro hambriento. Tenía un ronroneo profundo como el rugido de un león, y a la vez sonaba como las herraduras de mil caballos trotando por una calle de adoquines. Sentí que la sangre circulaba por mis venas con un sonido dulce de prometedoras emociones.

Promesas de poder latiendo entre mis piernas, subiéndome por la columna como una brutal caricia.

Del viento silbando al adelantar a otras motos en peligrosas curvas cerradas y sobreviviendo.

De las compañeras de viaje, las putas moteras vestidas de cuero, cogidas a mí con sus brazos fuertemente agarrados alrededor del mi cintura y sus fuertes piernas y muslos apretados a cada uno de los lados, despatarradas, calientes, húmedas y listas para follar.

Estaba babeando, fantaseando, pasé las manos sobre el tanque de gasolina mirando extasiado a la máquina de mis sueños, su voz me llamaba amorosamente, como la canción de mil seductoras sirenas.

Entonces me di cuenta de que sus hermosas ruedas rayadas, cromadas en plata estaban cubiertas de barro justo hasta las alforjas con tachuelas negras que estaban en la parte de atrás. Me preocupó un poco.

Dejé de soñar despierto y paré bruscamente el motor. El silencio llenó el espacio con un profundo sentimiento de miedo teñido de un terror que me era familiar, me entró una comezón con una dolorosa sensación que me bajaba desde la garganta hasta los pies.

Trague saliva con fuerza.

Tuve un primer impulso de dar media vuelta y alejarme corriendo de la Harley que hacía solamente un momento me había cautivado y convertido en su discípulo más devoto.

En lugar de seguir mi instinto de escapar del lugar reuní el valor necesario y con las manos sudadas y temblorosas abrí la bolsa que estaba más apartada de mí. Incluso antes de sacar un pequeño frasco de lo que, cuando le quité el tapón, olía como a Bourbon JD, sabía que también encontraría un paquete arrugado de Lucky Strikes, en el que quedaban dos cigarrillos.

Puse ambas cosas de nuevo donde las encontré y me sequé el sudor de las palmas de las manos en mis vaqueros.

Me entraron muchas ansias de fumarme un cigarrillo, pero yo no fumo.

¿Entonces un trago?

Miré la bolsa que me quedaba para registrar con un poco de temor. Me notaba como si estuviera fuera de mi mismo, luchando para mantenerme despierto y concentrarme. La moto parecía moverse, como si se apartara de mí, poniéndose ella sola fuera de mi alcance, hasta que me di cuenta de que era yo que estaba caminando lentamente hacia atrás, tenía tanto miedo que no podía dejar de mirarla.

Puse toda mi fuerza de voluntad para no desfallecer, el sudor me goteaba resbalándome por la frente y metiéndose en mis ojos, una humedad salobre me escocía y hacía que se me nublara la vista. Mis piernas empezaron a flaquear y pude oír como la sangre me rugía en los oídos, y un ruido de golpes metálicos como si un sádico estuviera tocando una pandereta al lado de mi cabeza.

¡Vamos, Jacob, joder! ¿Quieres o no quieres saber lo que hay dentro solete?

¡No me rendí!

Con una maldita y súbita migraña que estaba estallando en mi cabeza me las arreglé para buscar a tientas con mis dedos, que de repente eran demasiado grandes para mis manos, la segunda bolsa que quedaba.

En la débil luz del taller, al principio parecía estar vacía. Una parte cobarde en mi interior empezó a alegrarse, después recordé lo que estaba haciendo.

El agradable sentimiento de alivio duró poco. Pasé mis dedos por todos los lados de la bolsa, mi pulgar toco algo, ahí en el fondo, algo blando.

¡Para ya! Eso es suficiente para que te de una jodida embolia cerebral, vamos solete, no hagas el tonto, ¡salgamos de aquí!

Cogí con los dedos la sedosa blandez y cuando estuve seguro que era algo que no estaba vivo, lentamente y cuidadosamente tiré de ello y lo saqué.

Algún sádico bastardo me estaba taladrando el lóbulo frontal y necesitaba mantener mi cabeza quieta.

Sabía que estaba a punto de morir, otra vez.

Saqué el contenido de la bolsa y me di cuenta de que alguien, tranquilamente pero con determinación estaba tirando de mí arrastrándome hacia atrás y sacándome del taller.

Estaba solo.

El tiempo se había ralentizado, cada fracción de segundo era como un minuto. Yo me estaba tambaleando sobre mis pies, tenía un dolor punzante y repetitivo en mi corazón. Sabía que alguien estaba muy cerca detrás de mí, respirándome en la nuca, pero tenía miedo de girar la cabeza, que la tenía a punto de explotar, por si se me caía.

Entonces me di cuenta de que mi mano temblorosa estaba sujetando una media de malla desgarrada. La dejé caer como si mis dedos estuvieran ardiendo. Me eché allí entre las virutas de madera. Era real.

¡No me jodas, Jacob! ¡Te dije que no tocaras nada imbécil! ¿Alguna vez escuchas? ¡No!

Me entró el pánico. Sujetándome la cabeza con ambas manos, corriendo como si mi vida dependiera de ello, salí del taller, crucé el patio a toda velocidad y entré como en una estampida por la puerta de la cocina, asustando a Annie y gritando con todas mis fuerzas.

"Estoy aquí ¿eh? No es necesario que grites como si te persiguieran las hordas del infierno"

Muerto de miedo seguí a Jon hacia el taller. Ahora mi cabeza ya se había vuelto interestelar y las estrellas estaban dando vueltas en movimientos de zig-zag delante de mis ojos.

Me avergüenza admitirlo pero empujé a Jon para que fuera delante de mí.

Se quedó de pie delante de la Harley, con los brazos cruzados relajadamente en su pecho, frunciendo el ceño, parecía confundido y me preguntó:

"¿Qué pasa hijo? ¿Has perdido las llaves? ¿No? ¿Eh? Por la forma en la que te comportabas creía que algún buitre ladrón te la había robado ¿eh?".

Mi cerebro al final ya no aguantó más, caí dormido, me desmayé o algo así.

Me desperté en la unidad de psiquiatría.

¡Te escondiste! ¡Huiste de toda responsabilidad! Joder, como siempre, ¡bastardo!

CAPÌTULO 38

2015

HAY QUE PRESTAR ATENCIÓN A LOS DETALLES

Querido Doc, este es el escrito que me pediste que hiciera para la terapia. Jacob

MIS PENSAMIENTOS DE HOY

Ocurren muchas cosas durante la vida que te sobrepasan y te hacen olvidar y algunas veces pasan tantas de una sola vez que personalmente, encuentro difícil recordar lo que fue real, lo que fue un sueño o lo que simplemente me imaginé.

Son los detalles lo que me preocupan, por ejemplo, ¿qué ocurrió en realidad aquel día en el lago después de mi vergonzoso episodio con la camarera, la esposa y el conducir bajo los efectos del alcohol? quiero decir, ¿en que estaba pensando? ¿en realidad estaba pensando en lo que hacía?

Me agarro con fuerza al recuerdo borroso que tengo de estar rogándole a Louise que me perdonara, estoy seguro de eso pero no estoy totalmente convencido de que en lugar de eso o además de eso, no le aporreara contundentemente su cabeza con un remo hasta matarla. Esto es un problema. Creo que sabrás valorarlo, ¿verdad Doc?

Entonces está lo de Tommy, no soy un tipo de esos que se lo hace pagar a otras personas, y menos a un niño, pero él no está aquí ¿verdad?, pues digamos que si no se fue con Louise, tal vez sí que lo matara porqué ¿dónde está Tommy? ¿lo maté también? Es muy difícil pensar que yo pudiera hacer tal cosa, sé que no es posible, lo sé, bueno eso creo la mayoría de las veces.

Después tenemos lo de este fastidioso bebé llorando, unos lloros que de vez en cuando llegan a través del lago y se meten en mis sueños, tanto si estoy dormido como si estoy despierto, lo comprobé, naturalmente, pasé por todas las propiedades, no hay nadie alojado en ninguna de las cabañas, excepto Annie y Jon.

Ahí va otro enigma. Annie y Jon. Sé ciertamente que los conozco muy bien a ambos, pero juro por mi vida que no me acuerdo cómo los conocí. Prefiero no creer en lo que pienso sobre ellos, sería una cosa de locos, no puede ser verdad.

Es todo tan confuso.

Lo siento.

Desde mi perspectiva, y espero que lo entiendas Doc, todo eso es terriblemente chocante porque abre camino a un asunto peliagudo. ¿Por qué no puedo recordar más cosas de los años de mi niñez y de mi adolescencia? Incluso dudo de los acontecimientos de los que sí me acuerdo.

¿Dónde están mis recuerdos?

Si alguna vez me hubiese dado un golpe en la cabeza, tú me lo dirías ¿verdad Doc?

Algunos días soy consciente de que me faltan los recuerdos y no sé ni cómo explicarte lo cómodo que es comparado con las interminables preguntas y dudas sobre uno mismo de hoy.

¿Por qué nadie me ayuda? Mi cerebro quiere salir por mis orejas, mi boca, y mi nariz y está intentando llevarse sigilosamente mi amor propio. Puedo notar algo en el interior de mi cabeza que quiere robarme mi identidad. Tengo que mantenerme fuerte y conservarla.

Odio ese dolor, me desprecio por ser un cobarde, sospecho que debo haber sido un adúltero, violador, posiblemente un asesino de hombres, mujeres, niños y perros.

Estoy bastante seguro de que debo haber sido un bastardo follador arrogante.

Pero, ¿sabes Doc? Lo que más me preocupa ahora, en este justo momento, aunque parece que se me vaya a ir la cabeza, que no tengo ni la más mínima idea del por qué he estado durante meses en mi maldito taller.

¡Haciendo una maldita cuna!

CAPÌTULO 39

REVELACIÓN

Estoy delante de Doc. Estamos sentados en unos sillones de terciopelo verde con respaldo alto y patas de caoba, las patas están torneadas y talladas como las garras de un león. Nos podemos admirar nosotros mismos y el uno al otro en el gran espejo que tenemos enfrente.

Es una habitación hermosa, la luz del sol ilumina las alfombras persas, acaricia los jarrones de flores y deja ver las sutilezas en las pinturas al óleo que adornan las paredes.

La decoración es muy elegante, nunca antes me había dado cuenta. Le sonrío a Doc, juraría que se ha estremecido.

"Me gusta esta habitación, Doc."

"¿Con quién estoy hablando?"

me pregunta tranquilamente, como para no asustarme.

Me río nervioso y me aclaro la garganta, es culpa de Doc, me está mirando tan fijamente que hace que me sienta inquieto.

"Soy yo, Jacob, ¿no me reconoces?" me río de nuevo y a juzgar por la cara de susto de Doc, supongo que me he reído muy fuerte.

"Bienvenido de nuevo, Jacob",

dice Doc, con una gran sonrisa, *"¿Cuántos años tienes hoy?"*

221

"Tengo cuarenta y cinco años, mediana edad, clase media, un hombre normal y corriente, ese soy yo".

"Soy el guapo", me río otra vez bromeando. Doc me mira con precaución, más o menos como se miraría a un escorpión.

"¿Vas a quedarte Jacob?",

Doc se inclina hasta la mitad de su sillón como si se preparara para salir corriendo. Parece ansioso y un poco inseguro de sí mismo, es casi como si no me creyera.

"¿Si te parece bien?". ¡Espero que diga que sí, porque no tengo otro sitio a donde poder ir!

Doc se acomoda de nuevo en el sillón, y con una expresión más profesional, me dice afectuosamente:

"Quédate tanto tiempo como sea necesario Jacob, me alegro de verte otra vez".

"Gracias Doc. Te lo agradezco mucho. No causaré ningún problema".

¡Oh Doc! ¿Tienes mocos en la nariz?, no te preocupes, yo te los sacaré Doc. No, por favor, te lo ruego, déjame que te limpie la mierda del culo... es un placer. Doc, por favor pon las piernas encima de mi pecho mientras te limpio las jodidas botas con mi lengua. ¡No me jodas Jacob! Se trata de nuestra vida aquí dentro, no es un episodio de "Arriba y Abajo".

Me doy cuenta de que Doc todavía me está hablando como si fuéramos amigos. La verdad es que casi no le conozco. Me dice:

"De momento vamos a seguir con la misma medicación".

Le echa un vistazo a su reloj.

"Es la hora del trabajo en grupo Jacob, te acompañaré hasta allí".

Le sigo la corriente a mi nuevo amigo, creo que para él será menos estresante.

Salimos juntos del despacho de Doc y damos un agradable paseo por un largo pasillo blanco que tiene a ambos lados muchas puertas idénticas.

Este pasillo es larguísimo y por lo que puedo ver de momento no hay ni una sola ventana.

"¿Por qué no hay ventanas, Doc?"

"A ver si te acuerdas, Jacob, ¿a qué habitación tienes que ir?"

Me hace esta pregunta como si yo no le hubiese dicho nada.

Al azar escojo la siguiente puerta a mi derecha. Doc y yo entramos en un habitación blanca muy grande llena de personas de aspecto miserable. Estas almas perdidas llevan una bata de hospital rosa o azul y están todos sentados o de una forma rara o totalmente encorvados en una silla roja de plástico delante de una enfermera muy bonita y tetuda, Joan.

La enfermera, Joan, sonreía benevolente con las manos colocadas recatadamente a los lados de su delantal almidonado. Miro la cara de todas las personas que hay aquí, una por una, pero no reconozco a nadie. Todos me ignoran, incluso la coqueta enfermera que parece estar más interesada en colocarse bien la blanca cofia de volantes sobre su cabello rosa y azul. Me siento como el hombre invisible.

"¿Soy invisible, Doc?" le pregunto. En realidad no espero que me responda, y no lo hace, así que por lo que a mí respecta todo va bien.

"Me parece que es hora de hablar, Jacob. Es la hora de revelación y rehabilitación".

Doc me da una amigable palmadita en la espalda y me deja con el grupo de los condenados. Cojo una silla de plástico que tiene unas patas bastante inestables y tiene el respaldo rajado que hace juego con las rajas que tienen en la espalda las batas rosas.

¡Dilo! ¡Háblalo! ¡Sácalo! ¡Repítelo! Bla, bla, bla...

Vete Jake, ya no te necesito.

¡Por supuesto que me necesitas muchacho! Ahora me necesitas más que nunca solete. Vamos, larguémonos de aquí y busquemos algún coñete fresco.

Jake, no por favor. Quiero recuperarme ¡haznos un favor a los dos y lárgate!.

¡Jesucristo, Jake! ¡Maldita sea, ya no eres divertido! ¡Me lo debes todo! ¡Joder, sin mi ayuda todavía serías virgen! ¿Lo captas?

¡Cállate, la enfermera está hablando!

¡Mira que tetas tiene! ¡Uau, Uauuu! Me recuerda a alguien, ¿Cómo se llamaba?

No te estoy escuchando ¡lárgate!

¡Estoy gastando saliva para nada!

Vamos, ¿recuerdas a Joan La Gemidos? ¿No? Entonces, ¿Qué me dices de Wickes el chupapollas? ¿Te acuerdas de él? Acuérdate de lo que he hecho por ti. Me perteneces.

¡No Jake, no empieces con lo de ese tio!, solamente quiero dormir, ¡déjame solo!

¡Que susto! ¿Quién es ese?

Es Jacky. ¡Cierra la jodida boca, chaval!

No me gusta este sueño, se está convirtiendo en una pesadilla. Me despertaré. ¡Sí, me despertaré yo mismo!

¡Jacky, eso no fue culpa mía!, ¡Wickes era un hijo de puta!

Yo me refería cuando perdiste la virginidad de la forma adecuada, no cuando te dieron por la puerta trasera. ¡Los dos somos puros heterosexuales!

¿Te acuerdas de Andy? ¡Tío, oh tío! ¡Uauuu Jacob, él fue el mejor!

¡Quiero a mi mamá!

¡Para de lloriquear chaval! Eso tiene que ser mucho mejor que este círculo de muerte por desesperación!

¿Qué? ¿Quién?

No quiero recordar a Andy.

Me niego.

Joan está hablando:

"Jacob, ¿tienes algún recuerdo que quieras compartir con el grupo?"

Oh. Mierda.

CAPÌTULO 40

INICIACIÓN

Bueno, me veo forzado a recordar.

Los otros chicos de la pandilla de Andy y yo estamos felizmente atravesando el bosque, vamos caminando para ir a chapotear un poco en el arroyo. Es mi día de iniciación. Estoy orgulloso y solamente tengo trece años, bueno casi los tengo. Andy el cabecilla ya tiene quince y los otros chicos tienen catorce para los quince.

Me sienta bien ser de nuevo aceptado. ¡Pies de Tigre vuelve a casa!

He estado practicando mucho para el día de hoy. He estado haciendo rebotar piedras sobre el agua, diciendo tacos, aguantando la respiración, recitando el Padre Nuestro al revés, manteniendo el equilibrio con una sola pierna encima de un tronco, comiendo insectos, haciendo puntería a las latas con mi tirachinas de fabricación casera e incluso me agujereé el pulgar para que me saliera sangre.

Estoy preparado para cualquier cosa que la pandilla me pida que haga. Voy a hacerlo lo mejor posible. No voy a dejar escapar esta oportunidad de oro, ¡de ninguna de las maneras!

¡Date prisa! ¡Tienes que recordar la mejor parte!

Nos estamos abriendo camino rompiendo ramas, a través de la maleza verde que ha crecido durante el verano. Todos llevamos nuestras camisetas sudadas en la cabeza, tenemos los hombros quemados por el sol, vamos espantando los insectos para que no nos piquen, riéndonos y empujándonos los unos a los otros, haciendo todo el ruido que podemos, cantando canciones groseras que nos estamos inventando a lo largo del camino, sobre profesores y chicas, compartiendo una gran botella caliente de coca cola barata y comiendo pegajosos caramelos de leche y cacahuete.

"¡I feeeeel good!" Si, tal como dice la canción, me siento bien.

Estoy feliz y listo para cualquier reto o prueba a la que me sometan. ¡Triunfaré! Pronto habrá un nuevo pandillero en las calles.

"¡Callaros, Shhhhh!", "No hay que asustar a la fauna", dice Andy, poniéndose de cuclillas en el suelo detrás de un sauce. Todos nos callamos. Hacemos lo que Andy nos dice, aquí él es el que manda.

Aguanto la respiración esperando ver a un conejo, o aún mejor un ciervo, pero en lugar de eso, tío, oh tío, veo a la chica tumbada a unos escasos seis metros de mí. Está dormida encima de la hierba y los tréboles, soñando bajo los rayos del sol. Es mi dulce y bonita Rosie de la tienda de caramelos.

Rosie es mi amiga, me da caramelos gratis y me regala gaseosa cuando su papá no está mirando. Estoy enamorado de ella en secreto. Tengo la intención de casarme con ella.

Me doy cuenta de que le nueva bicicleta BMX de Rosie está echada en el suelo, sin ningún miramiento, a la orilla del riachuelo. Si yo hiciera eso con mi vieja bicicleta el Gran Al me despellejaría vivo.

Oigo el agua fresca burbujeando entre las piedras, noto que el sol me está quemando la espalda, hay quietud en todo el bosque. Estoy con mis mejores amigos del mundo y ahora puedo mirar a Rosie sin que ella lo sepa, sin siquiera ruborizarme.

¡Jesusito, gracias! Soy tan feliz, este día es simplemente perfecto.

Rosie lleva puesta una falda corta de color limón y el top de un bikini rosa. Le está demasiado grande y….

"¡Puedo verle una teta!", le susurro a Bob el Gordo.

Bob con una sonrisita dice:

"También la puedes apretar".

Veo como con una mano se está acariciando dentro de sus pantalones cortos, yo aparto la vista. Ahora me da vergüenza.

Karl y George están vigilando a Andy, esperando una señal, él hace una seña con el dedo y los tres a la vez, lentamente y sin hacer ruido se acercan a Rosie.

¡Esto no está bien, la asustarán! Mi estómago me da un vuelco, y puedo notar el sabor ácido a coca cola y cacahuetes masticados que me están subiendo por la garganta.

Andy me mira por encima del hombro y como un gran lobo feroz me susurra en voz alta:

"Vaya, vaya, eres un cabrón con suerte, nunca hemos tenido antes una prueba de iniciación tan dulce como esta para pertenecer a una pandilla".

Sin avisar, Andy se pone en pie de un salto y de golpe nos abalanzamos sobre ella como una manada de lobos.

Los otros la sujetan por los brazos y las piernas inmovilizándola en el suelo.

Yo vigilo.

Bob le tapa la boca con su mano gruesa, le planta su gran trasero sobre el brazo y con la otra mano sigue tocándose los huevos por encima de los pantalones. Miro como Andy se saca su cosa y es enorme.

Rosie está intentando sacarse a los otros de encima como si fuera una gata salvaje, me mira rogándome que la ayude. Todavía no está llorando.

"¡Jakey, por favor, ayúdame!, ¡oh, por favor Jakey, no dejes que me hagan esto, por favor!"

Bob el Gordo, gime, se estremece y se hace una paja encima de su hermoso pelo largo.

Ahora Andy está encima de ella, le ha arrancado el top del bikini y las bragas, su falda está arremangada en su cintura.

No la ayudo. Me quedo quieto, paralizado, mirando todas las veces que le empuja su enorme polla y como entra y sale de ella penetrándola cada vez más rápido. Rosie muerde la mano gorda de Bob, él aúlla y ella chilla mientras el culo blanco del cabecilla sigue bombeando arriba y abajo.

Admiro el espíritu de Rosie, seguro que está llorando pero también lucha todo lo que puede mientras nosotros nos turnamos para poseerla. Estoy aterrado pero también muy excitado.

Soy el iniciado, así que también me toca ser el último.

"Mírale la cara", se ríe Andy "¡mira que concentración!". Lo que dice no hace que me eche atrás, esta es mi prueba.

Lo hago realmente lento para no hacerle daño. Es fácil porque Rosie no lucha conmigo. Ojala durara para siempre pero enseguida me corro.

Cuando me aparto de ella, le miro a los ojos esperando ver que la razón por la cual no se ha movido debajo de mi es porque le gusto.

¡Está muerta! ¡Uno de nosotros la ha matado!

"¡Coño!" "¡Corred, corred!"

Nos alejamos del cuerpo de la pobre Rosie, como si nos persiguieran los demonios, probablemente era cierto.

Dejé a Rosie muerta y sola. Corrí hasta que me empezaron a salir pitidos del pecho y los lados de mi garganta se pegaron. Corrí con flato en un lado. Volví corriendo a casa de Mary y Al y allí me tiré boca abajo sobre mi cama.

Solamente entonces cuando me sentí a salvo en mi habitación. Lloré. Lloré por Rosie pero también lloré por mí. Sabía que me lo había pasado bien hasta el momento en que ella murió cuando yo estaba dentro de su cuerpo. ¡En aquel momento me había sentido tan fuerte y tan vivo!

Recuerdo ver como mi picha se deslizaba dentro y fuera de Rosie. Reviví lo apretada y mojada que la sentí envolviéndome mi polla cuando la penetraba. Me tapé los oídos con las manos para no escuchar sus gritos de dolor y sus sollozos pero todavía tenía sus súplicas en la cabeza.

Lloré hasta que me dormí.

Me desperté cuando oí ruidos en la puerta principal. Era Mary que había ido a buscar a los niños más pequeños a la guardería. La pequeña Olli estaba riéndose, justo entonces supe que nunca jamás podría pertenecer a una familia. Era despreciable. Era malo.

Entonces me vino un pensamiento a la cabeza.

¿Qué pasa por la noche después de que Mary y yo hayamos compartido nuestras caricias secretas?

Oh mierda. Al le hace eso a Mary y ella se deja. Eso es cuando oigo los gemidos y grititos por la noche, a través de la pared de mi dormitorio. ¡Él le mete su asquerosa cosa dentro y a ella le gusta!

¡Estos dos asquerosos hijos de puta! No son los adecuados para ser los padres de acogida de nadie. ¡Están enfermos! ¡Joder, es por su culpa que yo me haya convertido en un tipo tan malo!

CAPÌTULO 41

2015

BIEN HECHO

¿Cuál es tu jodido problema? Esta tal Rosie probablemente todavía tiene fantasías sobre aquel día cada vez que folla con su aburrido marido. Joder, le hiciste un favor muchacho, ¡perdió su cerecita con estilo!

Vete, Jake. Ya le he contado a Doc lo de Rosie, no necesito que nadie me diga que no estaba muerta. Sé que lo fingió, se hacía la muerta, la pobre muchacha probablemente pensó que la mataríamos cuando los de la pandilla termináramos de violarla. ¡Ahora lárgate!

¡Tocado! Anda vuelve con tu nuevo círculo de amigos, Desesperación, Desolación, Desesperanza, Suicidio y Miseria!

Me di cuenta con asombro que los del grupo me estaban aplaudiendo"

"¡Bien hecho! ¡Felicidades!" la enfermera me estaba vitoreando". "Es hora de que todos hagamos un descanso para ir al cuarto de baño".

¡Apuesto que es la primera vez que estos retrasados aplauden a un jodido pandillero violador!

¡Tal vez a esta enfermera le gustaría un buen polvo sentada sobre la picha de un pequeño gangster!, ¡oh y vestida con su apropiado uniforme almidonado levantado hasta la cintura!

¡Dios, que gracioso soy! ¿Crees que soy gracioso, ¿verdad Jacob? ¡Me parto de risa!

Te dije que te largaras Jake.

Estoy mejorando, algunos acontecimientos de mi vida me traumatizaron. Sé que necesito ayuda, y definitivamente aquí me están ayudando. ¡Es a ti a quien no necesito!

Claro que me necesitas cachetitos.

No todo se terminó cuando la pandilla violó a Rosie, ¿verdad jodído? Hay más.

¿Qué? ¿Lo dices de verdad? ¿No me quieres a tu lado? ¡Pues joder, me largo!

CAPÌTULO 42

2015

SIN ESPERANZA

Esta mañana, estaba sentado en la hermosa habitación, mirando el arco iris multicolor que se refractaba a través del vaso de agua de cristal que tenía en la mano. Me sentía seguro y en paz y así que hice a Doc la pregunta peliaguda que no me dejaba dormir:

"Doc, ¿es el refugio en el lago Disregard un lugar real?"

"Por supuesto, hijo" "No estás de acuerdo conmigo Jacob, que la casa que tienes en el lago es un pedacito de cielo, un lugar donde refugiarse, cuando todo se vuelve demasiado difícil para que un alma lo pueda soportar?".

"Bueno, eso no es exactamente lo que yo he podido experimentar allí, Doc. Pero, sin embargo te aseguro que tiene sus ventajas".

"¿También estás de acuerdo conmigo en que Louise y Tommy se ahogaron en el lago hace casi seis años?".

"No, no estoy de acuerdo porque no puedo recordarlo, pero estoy decidido a aceptarlo si dices que es verdad".

"Jacob, cuando ellos "desaparecieron" la policía te tuvo bajo sospecha y estuviste acosado por los medios de comunicación y por los mirones curiosos, ¿por qué crees que pasó todo eso?".

"Bien, supongo que como Susan había muerto en un accidente anterior, del cual yo sobreviví, sus sospechas eran comprensibles. Ahora lo veo todo claro. Ahora puedo llorar a mis dos mujeres y a mi hijo. Mis heridas pueden empezar a cicatrizar y yo debo continuar con mi vida".

Doc! Doc! Doc! ¡Despiértate gilipollas! ¿Estás seguro de que tienes el título? ¿Estás absolutamente seguro de que no recortaste el diploma de un paquete de cereales?

¿Seguro que te vas a tragar todas esas mentiras de mierda que te está diciendo ese monaguillo? No lo vas a hacer, ¿verdad?

Bien hecho, tonto del culo.

"Doc, intenté suicidarme dos veces pero fallé. Me imagino que el muerto Jim estaba detrás de todo eso, pero era tan inepto o tan cobarde como yo. Quería a Jim cuando estaba vivo y realmente me cuesta mucho aceptar que fuera tan malo conmigo, pero ahora comprendo que Jim no tiene la culpa de las cosas que yo hago."

"Estoy muy contento con tu progreso Jacob, de verdad, muy contento".

Le miro con una amplia sonrisa en mi cara y las palabras empiezan a fluir por mi boca:

"Verás, creo que la mayoría de recuerdos son como secuencias de una película, piensas ¡Hey, me gustaría ver el resto de la película! Lo malo es que cuando lo haces, no tiene nada que ver con lo que esperabas. Algunas veces, los trailers son los trozos mejores, porque cuando ves la película entera puedes pasarte todo el rato dando saltos en la butaca con los ojos tapados y otras veces te da tanto miedo que no puedes soportar verla y tienes que irte del cine antes que finalice la sesión".

"Nunca lo había considerado de esta forma, Jacob. Necesitaré algo de tiempo para pensar en lo que has dicho".

"Si, Doc, ese era yo, aterrado de vivir, pero ya no más. Estoy bien. Sé que lo que me ocurrió y sé lo que hice".

"Bien, mi, mi Jacob. ¡Hoy estás siendo toda una revelación! Por hoy hemos terminado. Te veré en el campo de futbol".

Bien, mi, mi Doc ¡Joder, vaya cabrón está hecho!

Hoy jugué a fútbol con los otros pacientes, contra la plantilla de trabajadores. Doc era el árbitro, severo pero justo, como siempre.

¡Oh, vamos a adorarle! ¡No te jode!

Durante todo el partido sonó música muy alta. Los Mud estaban rockeando con mucha marcha "Tiger Feet".

De nuevo me sentía joven, fuerte y sin miedo. Incluso marqué un gol. La vida a veces puede ser tan simple y tan dulce.

Le he dicho a Doc muchas veces que necesito ir a visitar a Rosie. Quiero arrastrarme por el barro hacia ella. Estoy desesperado por arrodillarme delante de ella y lavar sus bonitos pies con mis lágrimas de penitente, suplicando su perdón. Doc dice que de momento no la puedo ver pero que intentará organizar una cita a su debido tiempo, o sea, tan pronto como yo me haya perdonado a mí mismo.

Estoy tan cansado que algunas veces duermo todo el día, debe ser por la medicación. En los días buenos, Esperanza viene a visitarme y cuando ya oscurece en el exterior, apaga las luces, se acomoda en mi cama y dormimos juntos acurrucados como embriones gemelos. Estas son mis noches buenas.

Otras noches, cuando Esperanza no está aquí, debo luchar contra Jake y todas sus locas ideas, cada segundo hasta el amanecer.

¡Joder, Jacob! ¡Tú eres la idea más descabellada que jamás haya tenido!

Le pregunté a la enfermera Joan, el tiempo que hacía que yo estaba ahí, ella dijo que era difícil saberlo exactamente, pero definitivamente, tanto tiempo como había sido necesario.

Está mañana después del desayuno Doc sugirió:

"Hoy hace un día hermoso, ¿por qué no vas a dar un paseo al jardín y ves hasta dónde puedes llegar? Habla con otras personas, sal a que te dé el aire".

Y eso es lo que hago.

Hoy hace un día hermoso, Doc ¿por qué no te pones unos zapatos de cemento y saltas al jodido lago?

Salgo sólo. No me quedo paseando por los caminos de gravilla. Aunque no quiero hacerlo paseo cruzando por encima del césped perfectamente cuidado y pisoteando los parterres de flores. Sé que está mal hecho, pero solo un poco mal hecho, no demasiado. Es lo que dijo Doc:

"Somos todos un poco malos, pelo la mayoría de veces hacemos todo lo que podemos para ser buenos".

No soy un hombre bueno, simplemente soy un hombre normal y corriente que necesita estar con Esperanza. Creo que si puedo llegar hasta el otro extremo del jardín y volver al pabellón de los locos, entonces, tal vez me dejen volver a casa para encontrarme con ella. Eso, y si dejo de cargarme las rosas.

Llego hasta las altas verjas de hierro forjado.

Cerradas. Otro jodido juego mental.

Subo la verja trepando. No quiero hacerlo pero siento como si me obligaran a hacerlo.

Hay una gran vista desde aquí arriba, pero joder ¡vámonos ya de esta casa de locos!

Desde el exterior de la verja miro de nuevo hacia el interior del hospital.

No hay moros en la costa, joder, nadie se ha dado cuenta.

No sé lo que estoy haciendo aquí afuera, en la carretera.

¡Adiós pringaos! Ya me he escapado, como un murciélago se escapa del infierno, soy como un chaval que se va de vacaciones, se acabó, me siento bien, siento que tengoooooo el controoooool, como un hombre libre cabalgando encima de una prostituta de lujo.

Vuelvevuelvevuelvevuelvevuelvevuelvevuelve.

¡Cierra la puta boquita, Jacky! No voy a volver nunca, y tú no me harás volver, me voy a casa, voy a buscar la caja de los ahorros y me lo voy a gastar emborrachándome y follando.

¡Vuelve, da la vuelta, por favor, no la hagas!

Doc me está llamando.

Jacob, ¿dónde crees que vas? Vuelve, todavía no estás bien para irte.

¡No! ¡Idos a dormir! ¡Todos vosotros!

¡Te odio Jake, eres malo!

¡Debo despertarme, no puedo despertarme!

Estoy en el refugio vaciando la caja de los ahorros, tal como mi compinche James Brown cantaba "I feel good", si, ¡me siento bien!, sabía que me sentiría bien, me siento fuerte y me he librado

de Jacob, ese loco bastardo y de Doc ese jodido maestro condescendiente del eufemismo y la subestimación.

¡Hey, joder! ¿Qué es esa cosita tan dulce que tenemos aquí?

Es nuestra Esperanza, está profundamente dormida y soñando en el sofá, completamente sola, sexy, una oportunidad única.

Le doy un codazo, nada.

Me arrodillo al lado del sofá y le lamo un oreja, ¡joder, está más fría que la teta de una bruja! La Bella Durmiente no reacciona. Nada. Le aprieto fuertemente el pecho. Nada. Fría. Hoy está sosa y frígida. Le cojo por la cara dándole la vuelta para que me mire, sus ojos grises están completamente abiertos, blancos como la leche y mirando fijamente a la eternidad.

¡Jesucristo! ¡Dios todopoderoso! ¡está muerta!

"Tú la mataste, Jake".

"No mamá, no puedes culparme de eso vieja zorra, ¡Ya la encontré así! De todos modos ¿qué haces dejando a una chica muerta en la sala de estar?

"Tienes que volver a dormir, hijo ¿eh?".

No viejo, tengo que ir a mear y después iré a buscar una mujer para echar un buen polvo.

"Sabes que debes dejar a Jacob tranquilo. ¿Eh? ¿Eh?"

"Por favor, Jake, por favor, vete. Vete por tu propia voluntad antes de que vengan a por ti".

¡Mi dulce mamá me está suplicando!

¡No tengo que hacer nada de lo que me digáis, Mamá, Papá, porque estáis los dos más muertos que los dinosaurios. Sois solamente quimeras en la imaginación hiperactiva de Jacob.

Vamos, hora de irse, ¿eh?

¡Vosotros me abandonasteis! ¡Me dejasteis completamente sólo! ¡Fui enviado a un internado! ¡Fui violado! ¡El bastardo maricón sodomizador me violó! ¡Entonces sí que os necesitaba!

¿Pero ahora? ¡No, ahora os podeís ir los dos a tomar por el culo!

La camioneta se pone en marcha a la primera. La buena vieja y fiel Jolene, sin vacilar ni quejarse, me lleva directamente a un bar del pueblo.

¡Jim!, Jim, te echaba de menos tío ¿dónde has estado?

"Muerto tío, muerto a borracheras, como una cuba".

Se ríe a carcajadas y me da una fuerte palmada en la espalda entonces....

Le doy un puñetazo a Jim en medio de los ojos y se cae al suelo como un arbolito en medio de una tormenta. Doy un vistazo a mi alrededor y me encuentro un montón de pares de ojos que me están mirando fijamente. Miro al suelo pero Jim ha desaparecido. Puedo notar el peso del dinero y de las llaves en mis bolsillos.

Desorientado salgo del bar y descubro a Jolene que está aparcada fuera con una rueda subida en el bordillo, como si estuviera esperando a que le pusieran el ticket de una multa de cincuenta dólares.

Me subo a la camioneta y conduzco de vuelta al refugio, me caigo en la cama exhausto, los huesos me pesan tanto que me hundo en el colchón. Estoy temblando y sollozando por todo el extremo esfuerzo que necesito para mantener el control. Los mocos bloquean mi nariz, mi cabeza me da pinchazos porque tengo una migraña de tres pares de cojones. Ya he tenido suficiente.

Mañana llamaré a Doc. Y le diré:

"Enciérrame y tira la llave. No se puede confiar en mí cuando estoy libre. Ni siquiera pueden fiarse de mí, ni el césped ni los parterres de rosas".

¡Joder! ¡Tú, idiota enano chillón, desleal y patético mamón, desagradecido, cobarde, chupapollas hijo de puta!

"Vete a dormir, Jake" digo, y nos vamos los dos a dormir. Gracias a Dios, Doc debe haberme encontrado porque me despierto en una habitación de seguridad.

Esta vez estoy en el hospital durante un mes, entonces Doc me deja caer las siniestras palabras que no quiero oír, no presagian nada bueno:

"O empiezas a nadar o te hundes, Jacob. El tiempo en el reloj de arena se está terminando".

"¿El tiempo para qué?, por favor, deja que me quede, me gusta estar aquí, es mejor para todos que esté encerrado. Soy inestable. Soy un lunático. Es peligroso dejarme libre!

"Vuelve al refugio Jacob, sabes quién es Jake, sabes quién es Jacky, sabes que tienes que asimilar cada una de tus personalidades, tienes que unirlas en una sola y nunca serás capaz de hacerlo si te escondes aquí conmigo".

Eso solo me puede ocurrir a mí. Nunca antes había oído que a una persona la hayan echado de una institución mental por declararse a sí mismo loco.

Aparte de mí, tú eres la persona más jodidamente cuerda que conozco, solete.

¿Es que conoces a alguien más, psicópata?, ¿No? ¡Entonces cállate!

CAPÌTULO 43

2015

LA PETICIÓN

Es la media noche de mi primer día de vuelta a casa, estoy angustiado porque tengo la sensación de que hay alguien sentado al final de mi cama. Hago como si estuviese durmiendo, tal y como hice unos años atrás después de destrozar la bicicleta grande, cuando papá estaba en el hospital a lado de mi cama.

"¡Chaval! ¿Estás despierto chaval?". Entonces la escuché, su voz enfermiza, sonaba como las hojas secas en el viento, una voz rasposa, como un gruñido, dolorosa de oír.

Ahora estoy completamente despierto. Conozco esta voz, noto como viene corriendo desde mi pasado hasta mi cama.

"¡Chaval! Eres sin lugar a dudas una manzana podrida. Atormentaste al viejo Wickes en la ducha ¿verdad? Te mostraste a él tal y como viniste al mundo. Te enjabonaste tus jóvenes y frescas pelotas y tu picha justo delante de él y le mostraste tu culo afeminado. Después le metiste en un serio problema. ¡Eso no se hace chaval!".

"¡No me llames chaval!"

¡Lárgate, pesadilla!

"¡Vaya, mi bella durmiente al fin se ha despertado!". Su voz destrozada me provoca espasmos que recorren mi espalda de arriba abajo.

Wickes el chupapollas, no tiene muy buen aspecto. Está encorvado y doblado un poco hacia un lado, casi en posición fetal. Cuando gira su cara hacia mi, puedo ver que tiene manchas de ceniza alrededor de la nariz y de la boca. Sus labios babosos tienen un color entre negro y azulado. Sin tener en cuenta esos detalles, el resto de su cuerpo parece estar bien, aparte de que apesta como un costillar requemado.

O sea, que está jodidamente muerto.

"Me gané el derecho de llamarte como me dé la gana, la noche que quemaste mi casa y yo me asfixié con el humo, y eso "chaval" creo que es justo".

El fantasma tose y le sale una montaña de flemas como si estuvieran escapando de sus podridos pulmones. La peste es nauseabunda.

Te lo advierto por primera y última vez, ¡tú!, ¡asqueroso bastardo violador de niños!, ¡Lárgate! ¡Vete a la mierda!

Cálmate Jake, vamos a ver que quiere el chupapollas.

Hoy tienes la boca muy sucia, estás diciendo muchas palabrotas solete. Venga mándalo a tomar por el culo y vámonos a dormir.

El monstruo dice:

"Quiero que mates a alguien por mí, chaval. No me importa quien sea, tú elijes".

Lo admito. Estoy sorprendido.

Estoy intrigado.

"He estado fuera, en la profunda oscuridad durante demasiado tiempo. Necesito algo de acción y tú me la vas a proporcionar. Te voy a pedir que asesines a alguien, a cualquier persona, de cualquier edad o condición sexual, no me importa. Esta es mi venganza y tu castigo por haberme matado".

"Me niego".

"Entonces volveré mañana por la noche, y pasado mañana, y así sucesivamente, día tras día durante toda la eternidad, chaval. Me debes una vida y haré que me la consigas".

Wickes desaparece.

¡Qué drástico! Esta noche ya no dormiré más.

Jacob, ¡que te pasa muchachaza? A mí me parece un desafío justo y divertido.

Claro, eso es porque soy yo el que lo tengo que hacer. ¡Vuelve a tu torre desgraciado!

¡Quisquilloooooso!

Lo malo es que la apestosa monstruosidad, sí que vuelve, cada noche a la misma hora, pidiendo lo mismo, llenando mi habitación con el mismo hedor. Este acoso ya se está convirtiendo en algo cansino, molesto y pesado, noche tras noche, oyendo como se ahoga, aguantando sus escupitajos y escuchando sus exigencias.

¿No tengo ya suficiente con que el Caddy rosa todavía pase diariamente puntual como un reloj?

Joder, ¡eso sí que es terrorífico!

Ya lo dije antes, y lo diré de nuevo, los muertos deben permanecer muertos. Yo mismo, hago todo lo que puedo para seguir muerto, pero me interrumpen constantemente. Bueno, a partir de ahora me tragaré una doble dosis de pastillas para dormir eso debería mantener a ese podrido pederasta fuera de mi cabeza.

Y si eso no funciona, siempre me puedo ahorcar en el roble del bosque.

A ese roble se le conoce como El Roble del Ángel. ¡Qué irónico!

CAPÌTULO 44

2015

ESCOGE UNA CARTA

Estoy de pie en la puerta abierta de la cocina, sujetando un trozo de soga, la fresca brisa de la mañana recorre rápidamente el refugio. Hay una pequeña caminata hasta llegar al roble. Tengo preparada una navaja para tallar mis iniciales en el tronco antes de dar el salto a lo desconocido.

Jacob, ¿qué coño estás haciendo? Me estaré quieto, seré bueno, pero ¡haz el favor de guardar esta soga!

Puedo oír a Jon gritándome, parece como si estuviera muy lejos:

"¡Esa puerta!, ¿es que has criado en un establo?".

Doy unos pasos hacia el patio y de me giro para cerrar la puerta detrás de mí. La puerta ha desaparecido, para ser más exactos, el refugio entero ha desaparecido.

Estoy de pie en medio de la amarillenta hierba veraniega. Ha crecido tanto que me llega hasta las rodillas. Mis manos están vacías. Ya no tengo la soga.

Bueno, ya me colgaré cuando me despierte. No hay por qué preocuparse.

¡Joder, Jacob, prométeme que no darás un paso más!

Leo Kane

A mi izquierda hay un caballo pastando, a mi derecha veo que se ha aposentado una carreta de gitanos, aunque no es tan bonita como las que se pueden ver en la feria del condado. A ésta parece que se le están cayendo las ruedas. La hierba ha crecido a todo su alrededor y tiene la apariencia de un asentamiento permanente, lo que es imposible porque mi embarcadero está normalmente justo en este lugar.

El caballo tiene una altura desmesurada, con una cara ancha y unos hombros que parecen la armadura de un rinoceronte, su espesa cola está cortada muy corta cerca de su pelaje plateado. En lugar de cascos tiene unas garras diabólicas con las que está escarbando el suelo.

Jacob, por favor, te lo ruego solete, escúchame, soy sincero. Joder, ni siquiera te hablo con palabrotas, por favor, no entres en la carreta.

El bicharraco en forma de caballo, me mira con los ojos más azules que haya visto en mi vida, me olfatea en la ligera brisa y con los ollares de su hocico muy abiertos relinchando con un sonido que parece el bramido de una vaca pariendo, empieza a atacarme. No tengo elección, lo único que puedo hacer es correr, subo saltando la destartalada escalera y me lanzo de cabeza dentro de la carreta. Al entrar se cae al suelo y se rompe la maceta de violetas que decora la puerta de entrada. Después solo hay silencio.

Me he caído de bruces sobre una alfombra multicolor. Levanto la cabeza para mirar a mí alrededor. En el otro extremo hay una gran cama a la que se llega subiendo un par de escalones rosas. Está cubierta con telas de seda de tipo marroquí y cojines de todos los colores inimaginables. Encima de la cama hay una pequeña ventana adornada con trozos de visillo rosa. Del techo cuelga una lámpara de cuentas de cristal rojas. A mi izquierda hay una mesita decorada con un tapete de encaje y un ramo de flores silvestres colocadas en un jarrón hecho de trocitos de mosaico azules. Al lado de las flores hay un candelabro de plata con una vela con el calendario de adviento medio derretida.

Por lo que estoy viendo parece que estoy en una carreta de vacaciones que pertenece a una mujer.

¡Oh, Jesusito de mi vida! ¡Jacob, por favor, vamos, salgamos de aquí ahora mismo!

Me levanto y subo gateando a la cama observando el resto del acogedor interior decorado en tonos rosados.

El techo curvado es de un color amarillo brillante, las vigas son irregulares y bastas, tienen unas hojas pintadas a mano unas hojas verdes y rojas con filos dorados y entremezcladas con una cadena de violetas lilas y púrpuras.

El conjunto en sí, digamos que tiene mucho colorido, es llamativo.

Pegada a una de las paredes hay una estufa cocina de dos quemadores colocada encima de unas patas curvadas de plata y tiene una chimenea tubular que sale por el techo.

¿Has leído alguna vez los cuentos de Grimm? ¡Jacob, por favor, vámonos!

En el suelo, al lado de la estufa hay un extraño e inquietante arcón con unas aplicaciones de dibujos descoloridos de querubines tocando el arpa. La tapa está cerrada con unos broches dorados con la forma de manitas regordetas de niños pequeños. Juraría que los dedos de mueven.

Un escalofrío me recorre la espalda y me pone en los brazos la carne de gallina.

¡Jacob, por favor! ¡Sal de aquí! Te asustas de las cosas equivocadas.

Sobre el arcón hay una ventanita, debajo de la cual hay un largo estante, pintado en color rojo sangre y oro.

¡Jacob! ¡O sales de aquí o te quedas solo! No lo voy a hacer. No lo puedo hacer! ¡Joder, Jacob, por el amor de Dios, me haces decir tacos!

Sobre el estante hay un libro antiguo bastante maltrecho, con la palabra "QUIROMANCIA" escrita en el lomo con letras doradas. Al lado del libro hay un pedazo descolorido de terciopelo rojo, colocado sobre de lo que, juzgando por la forma, es probablemente una esfera y al otro lado de ésta, hay una extraña colección de corazones toscamente hechos de barro con una inicial en cada una de ellas.

Encima de este estante tan repleto de cosas, también hay una caja de madera tallada, un gato negro de porcelana y una cabeza de frenología ligeramente inclinada como si estuviera rezando. En su cráneo de cristal agrietado hay unas inscripciones en latín. De unos ganchos colgados debajo del estante cuelgan unos hermosos corazones de cristal y en el interior de cada uno de ellos hay atrapados un nombre o una palabra. Hay uno de estos corazones en particular que sobresale del resto, está hecho de cristal muy fino y este corazón tiene dentro otro corazón de papel, como si hubiese sido hecho por un niño, decorado con la palabra 'Alegría' escrita en rojo brillante. Recuerdo a alguien que se llamaba Alegría, pero no me acuerdo dónde nos conocimos.

¡Jacob, presta atención! ¡Fíjate bien en los corazones de barro! ¡Oh, no me jodas!

Puedo notar su presencia antes de verla.

De pie, completamente inmóvil en la puerta, hay una mujer. Va vestida de una forma muy hippy, como de los años sesenta. Tiene flores entrelazadas en su largo cabello de color platino. Lleva docenas de brazaletes plateados, cadenas y anillos y en los pies unas sandalias de estilo romano y las uñas pintadas de esmalte rosa brillante. Va vestida de una forma vulgar, pero es hermosa, deseable.

Examino sus rasgos, me es familiar pero no puedo ubicarla en ningún sitio ni tampoco sé la edad que pueda tener. Está increíble, por su cara podría tener tanto unos veinte como unos cien años. Se acerca a mí, casi me quedo inconsciente por el empalagoso aroma a violeta.

"¿Esperanza?"

"Se me conoce por muchos nombres diferentes, Jacob", "¿Qué haces aquí?"

¡Dile que el jodido refugio desapareció y sal de aquí!

"El refugio ha desaparecido", digo con una voz pastosa. Tengo tanta sed que la lengua se me pega al paladar.

"¿Te asustó mi caballo?"

"Si, y el refugio se ha desvanecido en el aire".

Levanta una jarra de cristal de una bandeja que hay al lado de la cocina y vierte lo que parece ser agua. Cuando cojo la bebida, nuestros dedos se tocan y yo doy un salto hacia atrás como si me hubiese electrocutado. Ella se ríe dulcemente y con una sonrisa me dice:

"Gato asustadizo, vamos, sé que debes estar sediento. ¡Hoy hace tanto calor!".

Después de un primer sorbo apresurado, sin dejar de mirarla, sigo bebiendo lentamente, degustando el dulce sabor.

Me siento fantástico.

Estoy que me muero aquí, Jacob. ¡Por favor, no bebas más, vete solete, por favor!.

"Parece como si quisieras preguntarme algo Jacob". Su voz resuena en este pequeño lugar, como pequeñas campanillas, parece que reconozco el sonido de su voz.

"¿Puedes decirme lo que me depara el destino?", me reí de mi propio chiste malo.

"¿Estás seguro de que lo quieres saber?"

"Por supuesto, ¿qué otra cosa podría hacer en una carreta de gitanos?"

Me echa una mirada seria y penetrante. Se agacha y de debajo de la cama saca una pequeña mesa plegable de madera y una horrible silla plegable de plástico. Alarga su brazo detrás de mí, haciéndome estremecer, coge un tapete de encaje y lo estira encima de la mesa.

Se sienta en la cutre silla que se transforma en su presencia en el trono de una diosa.

Inclina la cabeza hacia un lado y pregunta:

"¿Qué será?"

"Qué será, será", contesto con mi idiotez de siempre.

No, Jacob. Vamos, nos estás asustando a todos. Doc dice que necesitas dormir. ¡Escucha a Doc!

La mujer pasa sus dedos con delicadeza sobre los objetos del estante, prestando momentáneamente un poco más de atención a uno de los corazones de barro, antes de hacer su elección.

Coloca la caja en la mesa, en medio de nosotros. Levanta la tapa y reverentemente saca un pequeño paquete rectangular, envuelto en seda negra y atado con una cinta plateada.

¡El Tarot! ¡No!
"¿Esperanza? ¿Puedo llamarte Esperanza?".

Asiente con la cabeza y me mira con sus ojos verdes bordeados por unas pestañas blancas:

"Jacob, por favor, mezcla las cartas y parte la baraja por la mitad, después coloca cinco cartas delante de mí en forma de herradura. ¿Vale? ¿Estás listo?"

"En realidad no". Siento como si el aire en este claustrofóbico lugar me estuviera presionando. Pero hago lo que me pide.

"Coloca la mano derecha sobre la carta que escojas primero".

"¿Por qué no la izquierda?"

"Algunas personas creen que la mano derecha está comunicada con el corazón, pero eso es decisión tuya". Se ríe de mí.

No quiero hacerlo pero naturalmente lo hago. Cojo la carta con mi mano derecha y la coloco sin verla encima de mi rodilla.

Esperanza me coge la carta y la pone delante de mí, cara arriba:

"El Tonto. Esta es tu situación actual"

Sí, estoy de acuerdo, ahora vámonos de aquí. ¡Joder, Jacob!

Oigo una voz tranquilizadora:

Jacob, escúchame. Soy Doc. Estoy aquí. No tienes por qué pasar por todo este estrés, anda, deja que te acompañe a tú habitación.

También oigo la voz de un niño suplicándome:

Jacob, ¿ya nos podemos ir a casa con mamá, por favor?

¡Jacob! ¡Escucha a Doc! ¡Escucha a Jacky!

Esperanza habla en un tono tan bajo que tengo que inclinar mi cabeza para acercarla a la suya y poder oír sus palabras.

Él representa tu capacidad para aprender las lecciones de este mundo. Eres como un niño esperando nuevos comienzos, arriesgándote, aprovechando las oportunidades. El niño que hay en ti, cree en tus habilidades, puede que tropieces, pero también podrías volar".

"Es una buena carta Jacky, no te preocupes".

"¿Qué acabas de decir Esperanza?" Le pregunto.

"Es una buena carta, ahora escoge la segunda carta, por favor".

"Ah, esta me gusta. La Sacerdotisa. Este es tu deseo presente".

¡Noooooo! ¡Mi deseo presente es salir de aquí, de este jodido lugar del demonio!

Ella le habla a tu interior. Es tu potencial para crear todo lo que deseas. Es la puerta a las nuevas esferas. Creo que tienes que tomar una seria decisión, Jacob. La Sacerdotisa quiere que sepas que todo lo que necesitas ya existe en tu interior".

"Pero…"

¡Oh mierda, un pero…! ¡Jacob, por favor! ¡En nombre de lo más sagrado, vámonos!

"….ella es también la sobra de tu alma. La parte negativa de ti mismo que no puedes ver. Debes aceptar la oscuridad dentro de ti Jacob, y usar la fuerza y lealtad de Jake, y usarla positivamente.

Estoy temblando. "Para. Esperanza, por favor. ¿Qué querías decir cuando dijiste…."

Esperanza me interrumpe:

"¡La siguiente carta, Jacob!"

Me siento mal. Estoy tan inquieto como un pavo en Navidad.

Noto algo terrible en el ambiente, pero todo lo que puedo ver es su belleza, solo puedo oír su fina voz y oler a violeta. Así que le doy la vuelta a la tercera carta.

Jacob, por favor solete, eso es una equivocación. Ella está endemoniada. ¡Vámonos a casa!

Esperanza parece encantada con mi última carta elegida:

"El Mago. Oh Jacob, otra carta excelente. ¡Bien hecho! Esta carta representa lo inesperado".

Doc está aquí en alguna parte, puedo oírle como me dice:

Vamos Jacob, aquí yo soy el médico, todo eso es una tontería. Ignórala, si quieres ponerte bien de nuevo, lo que necesitas es lógica, no magia.

Esperanza continua hablando:

"El Mago es la carta más poderosa de todas ellas. Él usa su poder de transformación. Tiene influencia sobre todas tus emociones, tu lógica, tus pensamientos y acciones. Esto significa que estás preparado Jacob, para convertirte en un conducto para las fuerzas de destrucción y creación que están bajo tu mando" "Tu vida es como tú la haces Jacob, no necesitas que Doc te lo diga". Me sonríe, alarga su brazo por encima de la mesa y me aprieta el brazo izquierdo. Siento como mi corazón late cada vez más rápido.

Me siento ansioso y atontado. Ya no gasto más saliva haciéndole otra pregunta, ella continúa:

"Los Amantes. No, no es lo que estas pensando Jacob. Esta carta nos desvela tu futuro inmediato" "La armoniosa unión de tus personalidades separadas, de cada uno de tus "yos". De esta unión solamente pueden salir cosas buenas. Estás en un cruce de caminos en tu vida, puedes escoger entre el bien o el mal. Mira dentro de ti y trabajad juntos para tomar la decisión correcta, y me refiero a "todos vosotros".

¡No voy a escuchar más paparruchadas!

La mano de Esperanza se desliza sobre la mesa.

"Vamos a ver tu última carta, Hummmm, La Muerte. Este será el desenlace".

¡Lo sabía! ¡Joder, lo sabía! ¡Jacob, abre esta maldita puerta ahora mismo!

Esperanza pone un dedo sobre sus labios:

"Shhhh, Jake, no asustes al niño, recuerda la carta de los amantes, hay grandes cambios en camino. La muerte es simplemente una transición al siguiente nivel de la vida, nada termina nunca completamente. Da la bienvenida a la muerte, cambia tu piel como una serpiente, extiende tus alas como una mariposa. Enfréntate a las renovaciones con alegría Jacob. Sácate de encima a Jake, él es todo lo que tú odias de ti mismo, consuela a Jacky, aprovecha todo lo que Doc te está enseñando pero no dejes que te retrase con sus dudas y temores. Corta la maleza que te están ahogando".

¡Ohhhhhhhh, Joder! ¡No voy a escuchar más esta mierda! Doc ¡Ponle un chute! ¡Déjalo fuera de combate! ¡Haz algo!

Levanto la vista de las cartas que están burlándose de mi encima de la mesa para mirarla y ahí me encuentro yo, de nuevo de pie en la puerta trasera del refugio, pero la soga ha desparecido de mi mano. De pronto me caigo al suelo como una marioneta a la que le han cortado las cuerdas.

Te lo pedí amablemente, gilipollas. Te rogué y supliqué que no entraras en aquella carreta de mierda, pero oh, no, tú tenias que hacer lo que te diera la gana. ¡Desde ahora no irás a ningún jodido sitio donde yo no quiera que vayas!

Entonces grito:

"¡Jon! ¡Papá! ¡No puedo andar! ¡No me siento las piernas! ¡Necesito tu ayuda!".

CAPÌTULO 45

EL DESPERTAR

Estoy echado boca abajo sobre mi estómago, con un brazo y una pierna colgando de la cama y a pesar de no beber ni una gota de alcohol, tengo resaca de nuevo. Estoy dolorido, eso lo puedo asegurar, pero todavía estoy al mando y eso es una gran victoria después de la debacle de ayer.

Recuerdo que tengo que llamar a Doc, para que me dé más pastillas para dormir, lo haré tan pronto como me encuentre de nuevo de una sola pieza. Me voy tambaleando al cuarto de baño, aliviado de que mis piernas ya me vuelvan a funcionar, aunque me duela todo el cuerpo.

Mierda solete, ¡Vaya noche! ¿Qué coño hicimos?

Me meto en la ducha, la caída del agua caliente me golpea la espalda y pego un grito. Doy un salto hacia atrás. ¿Qué demonios? El dolor es insoportable, la espalda me arde. Cierro la ducha y me aparto hacia un lado y me doy la vuelta y meto de nuevo una mano bajo el agua para comprobar la temperatura. Está caliente, pero no hirviendo. Me vuelvo a meter en la ducha inclinando mi cabeza hacia el chorro del agua. Noto que la piel de la espalda me tira y me quema como si me hubieran dado cien latigazos. ¡No puedo soportar el dolor! ¡Me empiezo a asustar!

Doy lo de la ducha por perdido, cojo una toalla e intento secarme, pero me hace demasiado daño. Con mucho cuidado me pongo los vaqueros y veo una parte de mi cuerpo reflejada en el espejo. Noto como si el suelo se estuviera moviendo debajo de mis pies y me apoyo con las manos contra la pared para no caerme. Siento que me voy a desmayar. ¡Tengo algo en la espalda!

Oigo a Jon antes de que irrumpa en el cuarto de baño como un torbellino agitando el periódico. Con una vocecita aguda, casi como de una niña de cinco años, le digo:

"Jon, Gracias a Dios, mira mi espalda Jon. ¡Tengo algo en la espalda!"

Mira, me toca con el dedo haciéndome dar un salto y después da un bufido y refunfuña".

"¡Jacob!, ¿es que te has vuelto loco?, ¿eh? Bueno, no importa, ahora no me vengas con tonterías. Mira que noticia tan terrible".

Jon me empuja con el periódico de la mañana. El titular salta de la portada y me agarra por el cuello:

UNA CHICA DE NUESTRA LOCALIDAD ENCONTRADA VIOLADA Y ESTRANGULADA EN EL VERTEDERO DEL PUEBLO

Debajo del titular, a la izquierda de la página, hay una gran foto en color de una hermosa chica con largo cabello dorado, tiene los ojos sonrientes, irradia juventud y parece estar rebosante de felicidad. Esta chica está segura de que el mundo es un sitio maravilloso.

"Conocemos a esta pobre chica, Jacob, trabajaba para Pat".

A la derecha de esta bonita fotografía hay una instantánea en blanco y negro del inmundo vertedero. La basura está apilada en bloques muy altos. El fotógrafo ha captado toda la gloria de este lugar en esta imagen, tomada con la suave luz del amanecer. Hay una tienda que ha colocado la policía forense. Hay gente con trajes blancos que han sido fotografiados deambulando por los alrededores y una cinta que me es familiar, con las palabras "Escenario del crimen. No pasar", atada a unos postes de acero clavados precipitadamente en el suelo, bloqueando la entrada al vertedero.

Tengo miedo.

Tengo frío.

Quiero dormir.

"Jacob, dormilón. Léelo ¿eh?"

Me llevo el periódico a la cocina y me siento a la mesa para que las piernas temblorosas no me traicionen y sigo leyendo:

"El cuerpo parcialmente desnudo de Jani Mazana de dieciocho años, la única hija de su madre viuda Katerina, de treinta y cuatro, fue encontrado a primeras horas de esta mañana por el Encargado Técnico Superior del Centro de Reciclaje del pueblo. Bill no está disponible para ser entrevistado ya que está colaborando con las investigaciones de la policía. No se ha efectuado ninguna detención".

Pero la habrá. Bye bye, Bill, habrá un puesto vacante en el vertedero.

"Una fuente fiable informó a este reportero que Jani probablemente fue violada antes de ser estrangulada con su propia media de malla negra".

No fue así, no lo fue, bueno al menos no es jodidamente exacto.

"Los investigadores de la escena del crimen han estado haciendo moldes de las huellas de neumáticos de las ruedas cercanas al lugar de los hechos donde fue arrojado el cuerpo brutalmente torturado de Jani, parece ser que pertenecen a una motocicleta".

Estoy como el mar antes de una tormenta. Tan vengador.

¡Jacob, Jacob, Jacob, fue un accidente! Vamos solete, ya sabes como son esas jodidas cosas, ¿no te acuerdas de Joan la gemidos? Míralo por el lado bueno, ¡ya no habrán más visitas de Wickes!

Voy a matarlo. Es la única manera.

No puedes.

Jon pregunta:

"¿Qué hiciste, hijo?"

"¿Yo? Jon, por favor, yo nunca le haría daño a una chica".

"Te estoy preguntando por qué te hiciste eso en la espalda, tontorrón. Tendrás eso pegado en la espalda para toda la eternidad ¿eh?"

Me había olvidado completamente de mi espalda, pero ahora me vuelve a doler, mucho.

"Jon, no me fastidies y dímelo, por favor ¿qué demonios es?"

"Déjate de rollos, debías estar completamente borracho para hacerte este enorme tatuaje, que irónico, unas alas de ángel desplegadas ¿eh? Te debió doler una barbaridad, Jacob. ¿Eh?"

¡Oh, miiiiiiira lo que te has hecho, parecen estar saliendo de tu propia piel, jodido cabrón!

Jon pregunta, "Jacob, ¿lo oíste esta vez?"

"Oh sí, le oí alto y claro"

Dejando a Jon sin palabras, para un cambio, me voy corriendo a la habitación cerrada. Jake me adelanta como si estuviéramos haciendo una carrera. Hay unos peldaños en forma de espiral que conducen hacia la parte superior de un estrecho torreón. De las paredes gotean aguas residuales que bajan por los peldaños formando una cascada putrefacta. Cada rincón apestoso, húmedo y resbaladizo me aterroriza porque sé que Jake está al acecho. Llego hasta la parte más alta nervioso y sin aliento.

Estoy delante de una puerta de madera en forma de arco con clavos envejecidos de hierro. La puerta está abierta pero el torreón parece estar vacio, aparte de ¡Dios mío! ¡Jacky!. El niño está durmiendo debajo del atril que sostiene el libro prohibido.

Puedo oler a Jake escondido detrás de la puerta y antes de que pueda escaparse o me pueda atacar, lo agarro y le ato las manos con una cadena de lágrimas. Él no lucha hasta que le cojo por las pelotas y lo arrastro hacia abajo, por la escalera que ahora ya está limpia, hacia el refugio, y después hacia el Cadillac rosa que estaba aparcado delante de mi casa y con el motor en marcha. Sentada al volante con la cabeza torcida hacia un lado, está Joan que me mira con una sonrisa.

Jackie está retorciéndose, intentando escabullirse como el humo en la brisa, pero lo tengo sujeto por donde más duele y yo soy más fuerte. Abro el maletero y lo tiro dentro al lado de la bolsa del bebé. No pesa nada, es tan insubstancial como el aire. Puedo oírle chillar cuando Joan da la vuelta al coche y se aleja conduciendo. Se está volviendo loco ahí dentro.

"Uno menos", le digo a Jon.

Desearás no haberlo hecho.

Pero Jake ya se oía muy, muy lejos.

Jon está de pie en la puerta, sonriendo, tiene una sonrisa en su cara generalmente gruñona, tan innatural como la del gato de Cheshire.

"Ya veo que no me necesitas hijo. A partir de ahora ya te las arreglarás solo".

CAPÌTULO 46

2015

EL JUICIO

Hay un desagradable olor en el refugio. Estoy dando vueltas por todas partes intentando encontrar la fuente de donde procede, cuando oigo que llaman a la puerta de una forma poco entusiasta. Abro la puerta con el mismo entusiasmo, al haber sido interrumpido en mi búsqueda del desagradable hedor.

De pie en lo alto de los escalones, aparentemente ajena al tufo a sangre, podredumbre y cloaca que le rodea, hay una chica que lleva una chaqueta negra de motero. Está hecho un desastre. La peste es ahora tan fuerte que tiene presencia física, y casi me tira al suelo.

La chica parece un poco rara. La máscara de sus ojos se le ha corrido con unos chorretes negros que le bajan por las mejillas. Tiene su cara pálida manchada con pintalabios de color púrpura, y su largo cabello rubio está enmarañado y lleno de trozos de hojas, ramas, suciedad y lo que parecen ser colillas de cigarrillos, aunque eso no puede ser, ¿verdad?

Con una mirada vergonzosa se está mirando los pies, tiene la cabeza inclinada hacia un lado descansando sobre su hombro. Es obviamente demasiado tímida para mirarme directamente. He notado que tiene moretones en la piel y lleva una falda de animadora rasgada, una sola, asquerosa zapatilla rosa de deporte de la marca Converse y una media desgarrada de malla negra.

Con un gran esfuerzo levanta la cabeza tambaleándola, sus ojos rojos como la sangre, me atraviesan los míos, después me aparta de un empujón y entra dentro dando traspiés.

"Entra" le digo con el mayor de mis sarcasmos.

Ella ya está sentada en mi sillón, mirándome fijamente.

"¿Puedo ayudarte en algo?" le pregunto, esperando que la respuesta sea un "no".

"¿Por qué yo?" dice con una especie de gruñido, "¿Por qué yo Jake? ¡Yo te amo! Ahora nunca podré volver a casa. ¡Mírame! ¡Mi mamá me mataría!"

La chica tose y una cucaracha marrón sale a toda prisa de su boca, le baja por el cuerpo, para finalmente desaparecer debajo de mi sillón.

Se me hiela la sangre y antes de que las piernas me flaqueen, me dejo caer en el sillón que hay enfrente de ella. Será solamente otro sueño, otra pesadilla. Cierro fuertemente los ojos.

Me está gritando, pero realmente sus gritos suenan más a unos susurros largos y dolorosos.

"¿Es este el aspecto que voy a tener durante toda la eternidad? ¿Es así, Jake?"

Abro un ojo y me estremezco cuando veo las marcas de ligaduras que tiene en el cuello.

Tengo unas ganas tremendas de respirar aire fresco. Voy a vomitar, voy rápidamente al cuarto de baño tapándome la boca y la nariz con la mano, vomito bilis en la taza de lavado. Me lavo la cara, me cepillo los dientes, hago un pis, me lavo las manos y vuelvo a la sala de estar. Estoy soñando, así que ella ya se habrá ido.

Todavía está allí, pero ya no está sola.

Reunidos a su alrededor hay otras jóvenes, cada una en su forma especial descomponiéndose encima de mis muebles y el suelo encerado de roble.

Reconozco a Mrs. Dexter cuando mueve los dedos para saludarme tímidamente con la mano. Veo a Pat apoyado en la pared, mirándome con una mirada más feroz que nunca, y el doble de feo. Wickes está de pie en un rincón, chupándose lentamente el dedo índice. Es asqueroso.

Están Annie y Jon con los gemelos Sam y Nancy. Los mellizos están aquí también, los que yo atropellé dándome después a la fuga. Con ellos están sus padres y su hermano mayor. Yo ya sabía que sobrepasados por el dolor se habían suicidado junto al hijo que les quedaba, quisieron morir para poder estar con sus hijitos. Susie y Jim el Muerto se han acomodado como si estuvieran en su propia casa, en mi sofá, charlando como los viejos amigos que son. Susie me saluda con su mano con la manicura hecha y después hace lo que puede para mandarme un beso con solo media cara.

Es solamente una pesadilla. Bueno. Ahora soy un tipo muy chulo en mis sueños.

"¿Qué es lo que todos vosotros queréis?". Extiendo las manos y los miro fijamente uno tras otro.

Huelo a sulfuro, a beicon quemado, a podredumbre, a sangre y a desesperación llenando la habitación. El fétido hedor se está volviendo cada vez más sólido, menos vaporoso, más nocivo, implacable e imperdonable.

No me había dado cuenta de que el Juez estaba sentado presidiendo la mesa de la cocina. Sobre su cabeza tiene un trozo de tela negra y sus ojos están en llamas. Este hombre ya no es el Juez de la voz de pito, es el Ángel de la Muerte.

Oigo una voz tranquilizadora que me es familiar:

"Esto es una alucinación, Jacob, por favor, vete a tu habitación".

"No, Doc. Vete tú a tu habitación y quédate allí para siempre".

Levantándose elegantemente el Juez despliega sus alas de seda negra, produciendo un fuerte viento que levanta a su vez las alfombras, tira los libros de las estanterías, hace caer las lámparas, los cuadros de las paredes y hace traquetear las ventanas al igual que los dientes dentro de mi cabeza.

Leo Kane

De pronto se enciende un fuego en la chimenea y el calor da la bienvenida al más temible de todos los Jueces. No puedo dejar de mirarlo, es hermoso, maravilloso en todo su oscuro esplendor. Me arrodillo intentando pedirle clemencia.

El Ángel de la Oscuridad abre su larga capa negra y entre una multitud de caras atrapadas dentro de sus infinitos pliegues, reconozco una cara que sale por encima de las demás y con sus delgados brazos se le agarra fuertemente a la cintura. Sin miedo sin despegarse de su cuerpo incluso cuando un tornado empieza a desatarse y a azotar el aire. Ahí sigue ella, Esperanza, aferrándose a él con todas sus fuerzas.

La ferocidad del viento hace que el tejado del refugio salga volando pieza a pieza. Los fuertes troncos de madera de las paredes se empiezan a dar sacudidas y a torcerse cuando la voz del ultimátum del Juez retumba encima de mí como una onda expansiva.

"¡SENTENCIA!"

"¡JUSTICIA!"

"¡VENGANZA!"

Esperanza lucha por sujetarse cuando él se hace tan grande que llena la habitación y aleteando sus extraordinarias y hermosas alas se eleva para quedarse flotando en el aire, encima de mí, mientras yo me encojo y me siento diminuto y aterrorizado en el torbellino que ha creado.

Esperanza no se rinde, sigue firmemente agarrada a él, su pelo alborotado da vueltas a su alrededor, se queda mirándome fijamente con su mirada glacial y grita:

"REMINISCENCIA"

"ARREPENTIMIENTO"

"REDENCIÓN"

Mi cabeza explota.

Me muero.

Otra vez.

Entonces llamo a Doc y le digo:

"Doc, si alguna vez te he ofendido de alguna forma, lo siento de verdad, pero tienes que ayudarme. Cada vez que muero, vuelvo a la vida".

Doc viene a rescatarme. De todas formas, el refugio es ahora una ruina, no me puedo quedar aquí, es imposible. Hay nieve hasta en los sillones.

Estoy solo en mi habitación del hospital, es grande y cómoda. Tengo un cuarto de baño privado y además hay una gran ventaja añadida, la puerta está cerrada con llave. También estoy contento porque en los ventanales hay fuertes barras de hierro, y por lo que yo sé, no hay cámaras de vigilancia. Bien.

¡No jodas, Jacob! Eso son palabras mayores. Necesitamos descansar y un lugar para escondernos, tesoro.

Doc está entusiasmado con mi progreso. Me ha dicho que ahora llevo ya voluntariamente en la zona de máxima seguridad unos seis meses y es extremadamente optimista, que pronto podré mezclarme otra vez con la sociedad. Que tonto es, estaba equivocado antes y está equivocado de nuevo ahora.

Me encuentro muy solo y no se lo puedo contar a nadie. No quiero confundir al personal de este hospital con mis sentimientos negativos. Durante el día estoy bien porque me mantengo lo suficientemente ocupado, hablando, haciendo ejercicio, comiendo, el trabajo de equipo, trabajos manuales y jardinería, incluso asisto a una clase de cocina. Sin embargo, las noches son un reto terrible para mí, especialmente porque no me tomo las pastillas para dormir. En algunas ocasiones muy raras, cuando sí duermo, sueño sobre Esperanza. Aquí no puede venir a visitarme.

¿Cuánto tiempo podré aguantar sin su afecto y su ternura? ¿Cuántos días podré sobrevivir sin contacto físico con mi amada?

No es como estar sin comida o sin agua, pero siento que es algo crucial, algo intangible, pero esencial, algo que está muriendo lentamente dentro de mí, dejando un espacio lleno de dolor y tristeza.

Echo de menos a Esperanza, sin ella no vivo, sin Esperanza, mi dolor y yo simplemente existimos.

Tengo también algunos días buenos, incluso algunos días geniales, cuando finjo mi recuperación, pero todas las noches cuando estoy en la cama sufro de una soledad aplastante y ahogadora. Sé que pronto todo habrá terminado pero aún y así es difícil soportarlo.

Incluso echo un poco de menos a Jake. Algunas veces intenta hablar conmigo. Bueno, mejor dicho, intenta insultarme y atormentarme, pero ahora mismo, psicológicamente hablando, yo soy el que mando. Digamos metafóricamente, que estoy en el asiento del conductor. Él está en el maletero, atado y gracias a Joan, también amordazado.

Cuando ella vino a verme me dijo que:

"Ya no podía soportar más sus lamentos de autocompasión, lo entiendes ¿verdad?"

Le contesté:

"Lo siento de todo corazón Joan. No era mi intención matarte".

"No te preocupes Jacob, no fuiste tú, no exactamente" "¿Te apetece echar un polvo rápido en el asiento trasero para recordar viejos tiempos?"

"No gracias, Joan, aunque eres muy amable en ofrecérmelo". ¡Hay esos asientos hechos de terciopelo!, ya sabes, tan suaves y sedosos. Pero de verdad, no, no debo hacerlo".

Me incliné hacia el lado de la ventanilla del conductor, y le di un casto besito en la mejilla. Ella me sonrió irónicamente y después con la cabeza apoyada en su hombro se fue del manicomio conduciendo el Taxi de Mamá.

Al estar Jake callado, yo me encuentro un poco mejor, pero el jovencito Jacky no se acerca a mí y está siempre murmullando.

La habitación cerrada está ahora abierta, el libro prohibido todavía está prohibido, porque sé que se trata de algo malo.

Doc puede decir lo que quiera profesionalmente hasta que las ranas críen pelo pero yo no me engaño a mí mismo. No puedo seguir dentro de esas cuatro paredes para siempre, así que he decidido llevarlo a mi terreno.

"Doc, cuando era un adolescente, siempre tenía problemas con la ley. Nada serio, nada como violación o asesinato. Generalmente era por cosas en las que yo no estaba involucrado, pero siempre era a mí a quien la policía iba a buscar. Cada vez que alguna cosa pequeña sucedía, me metían de un empujón dentro de un coche blanco y negro y me llevaban a la prisión del pueblo. El Gran Al y la tía Mary me rescataban y después pasaban un tiempo sin hablarme hasta que todo se olvidaba".

"¿Crees que eso importa ahora Jacob?"

"Doc, se que ahora no tengo nada pendiente con la ley, pero siento como si en realidad lo tuviera. Mi conciencia me está jugando una mala pasada".

"Tomate esta pastilla, intenta descansar. Mañana hablaremos un poco más".

Creo que Doc está perdiendo interés por mi caso. Me tomo la pastilla.

Es un nuevo día. Doc y yo estamos paseando en el jardín, como adultos, andando por los caminos por donde se debe andar. Estamos admirando los arreglados parterres de flores, el césped perfectamente cortado y los elegantes árboles.

Me aclaro la garganta y le pregunto:

"Doc, ¿Crees en Dios?".

Como es típico en él, me contesta con su propia pregunta:

"¿Por qué me preguntas eso Jacob? ¿Tú sí crees en Dios?".

Esto empieza a ser cansino, pero debo darle una explicación para que entienda que no estoy bien. Empiezo:

"La última vez que salí a pescar al lago, Dios me echó una bronca y después me abandonó".

¡Eso le ha llamado la atención a ese idiota!

"Dios se me apareció cuando yo estaba en mi pequeña barca de remos, justo cuando estaba soltando amarras. Naturalmente fue un shock, pero aunque era una cosa bastante rara, la verdad es que no me sorprendió el ver al Señor allí aquel día. Sin embargo lo que sí me impresionó muchísimo, es que cuando le miré a su maravillosa cara, era exactamente igual como si me estuviera mirando a un espejo".

¡Cállate! Doc tiene la sartén por el mango. Vas a conseguir que nunca nos deje salir de aquí. ¿Qué mierda estás diciendo? ¿De dónde has sacado esta historia?

Jake, si tengo que meterte de nuevo yo mismo en el maletero, no te va a gustar. Vuelve a meterte dentro o atente a las consecuencias.

Continúo:

"Naturalmente le pedí al Altísimo por qué se parecía a mí".

"PORQUE TE CREÉ A MI PROPIA IMAGEN". Dios me contestó con una voz tan dulce, que lloré de vergüenza por haberle hecho al creador una pregunta tan tonta.

Debería haberle preguntado dónde estaban Louise y Tommy, pero no lo hice. Nunca me lo perdonaré.

Dios se puso de pie en mi barca y su magnificencia llenó por completo mi vista. Vestía su túnica del día del Juicio Final, que se le abrió cuando de repente empezó a soplar un fuertísimo viento. En el lago Disregard, que normalmente está en calma, se levantaron unas enormes olas que hicieron zozobrar la barca como si fuera una hoja.

La tormenta rugía a nuestro alrededor. Los relámpagos golpeaban los árboles como si fueran flechas afiladas creando pilares de fuego en los secos pinares. Unos espesos nubarrones negros que cubrían el cielo oscurecieron por completo las cimas nevadas de las montañas. Yo estaba estupefacto al ver todo lo que estaba pasando, en presencia de un milagro como era el mismo Dios Todopoderoso.

Después Dios me señaló con un dedo y con su gloriosa voz me gritó:

"¡QUIERO SALVARTE, JACOB, PERO DEBES RECORDAR Y DESPUÉS ARREPENTIRTE!".

En este momento yo ya estaba arrodillado sobre el agua helada que había entrado y que cubría el fondo de la barca. Me agarré con los dedos entumecidos a los lados del pequeño buque que estaba ahora peligrosamente a merced de las grandes olas. Era lo único que podía hacer para conseguir aguantarme.

Me estaba preguntando seriamente el por qué tenía que arrepentirme.

Dios no da segundas oportunidades a los pecadores, Doc. Después mientras yo estaba luchando para no caerme con el balanceo de mi barquita, estando mojado, frío, aterrorizado, abrumado por los acontecimientos y temiendo otra vez por mi vida, Dios se fue caminando por encima del agua en el embravecido lago hacia la tormentosa orilla dejando sus Santísimas pisadas en la arena.

El Señor no se dio la vuelta ni una sola vez para mirarme, se adentró en los pinares humeantes y yo me quedé mirando como los árboles incendiados inclinaban sus copas llameantes en señal de reverencia.

Cuando le perdí de vista, me di cuenta de que no me había arrepentido y que El Santo Padre me había abandonado.

Siempre quise una jodida experiencia religiosa. Estuve a punto un par de veces con Susie, pero tío, todo este rollo del Señor del Juicio Final me parece muy fuerte. Joder, podría jurar sobre la biblia que esta historia es cierta pero, ¿por qué has tenido que chismorreársela a Doc? No tengo ni puta idea de por qué lo has hecho.

No le hago caso a Jake. Ya me encargaré de él más tarde.

"¿Qué hiciste después, Jacob?"

Pregunta Doc con verdadero interés.

"Se lo conté a Annie, por supuesto, se puso como una loca, más furiosa que nunca, levantándome la voz me dijo:"

"¿Qué pasa contigo Jacob?" "¡Si Dios el Altísimo, te dice que te arrepientas, cualquier persona en su sano juicio hubiera dicho simplemente "lo siento Señor" y se hubiera hecho las preguntas más tarde!" "Díselo Jon, vamos, díselo tú, porque yo ya no puedo soportar tantas tonterías" "Jacob, que Dios me perdone, pero me avergüenzo de ti".

Jon, refunfuñando sarcásticamente con su taza de té en la mano dijo:

"Cualquier persona menos nuestro Jacob, amor mío. No, él pone en duda hasta a Dios Todopoderoso a quien se le apareció con su propia imagen en su propia barca ¿eh? ¡Hay Annie, mi vieja chica!, creo que vamos a estar aquí durante mucho tiempo ¿eh? Probablemente durante toda la eternidad".

Suspiré y baje la vista como si estuviese avergonzado de mí mismo.

"Así que ya lo sabes, Doc, siempre dejo a todo el mundo tirado" "¡Incluso a Dios!"

¡Bueno, ahora sí que la has liado! ¡Ahora ya podemos decir que estamos oficialmente jodidos! ¡Ya no voy a dejar nunca más que me eches la culpa de algo que has hecho tú! ¡Vamos continúa, ¿Por qué no le explicas lo que dice el libro sobre tu heroína Mary

y el Jodido Darth Vader?, ¡Adelante! ¡Ya que estás puesto, explíca-selo todo pedazo de estúpido!

Doc y yo ya hemos dado la vuelta entera al recinto, me acompaña a mi habitación y en la puerta me mira con curiosidad y me pregunta:

"¿Por qué no te arrepentiste Jacob?"

¡Porque Mary me dijo que me amaba! Porque Al me encerraba en el oscuro sótano con las arañas y aquella cosa que había en el rincón. Porque algunas noches cada uno de ellos escogía a uno de nosotros con quien jugar, porque algunas veces Al me pega-ba, porque yo quería que Mary me eligiera a mí, que me tocara solamente a mí, ¡porque yo la amo, joder la amo de verdad!

¿De verdad Jake? Anda, vuelve al maletero. Aquí soy yo el que man-da, estás loco de remate, estás enfermo cabrón. Yo. Jacob. Soy el que mando y tú, ¿tú? No eres más que un delincuente juvenil que siempre está lloriqueando.

¡Tú me hiciste hacer todo! ¡Jacky sabe que me lo hiciste hacer, está en el libro! ¡El Juez sabe que tú hiciste las cosas malas, tú jodido monstruo! ¡Incluso ese jodido Robocob de pacotilla, puede ver claramente lo bueno que según tú has sido! ¡Tú me hiciste así! ¡Tú lo hiciste todo! ¡Joder, y si yo hice algo, lo hice porque tú quisiste que lo hiciera!

¡ARREPIÉNTETE, JACOB! Arrepiéntete jodido, por qué te tengo que ver en el infierno antes que yo.

"Jacob, ¿me estás escuchando? Te he preguntado por que no te arrepentiste".

"Oh vamos, Doc. Te he tomado el pelo. Todo me lo he inventado".

"¿No te habrás creído que de verdad Dios estuvo en mi barca?" "¿O si?"

CAPÌTULO 47

¡ADIÓS DOC!

"Últimamente no has mencionado a Esperanza, Jacob",
dice Doc como quien no quiere la cosa. *"¿Dónde crees que está?".*

"Se ha ido. Está muerta", contesto, intentando mantener la calma y mi tono de voz. Odio que Doc intente engañarme con alguna pregunta trampa. Ahora ya no me puedo relajar.

"Es una pena, Jacob. Es muy triste. Lo siento. Sin embargo, probablemente sea lo mejor. Tal vez sin Esperanza a tu lado finalmente puedas aceptar la realidad de tú vida y aprender a vivirla".

¡Dios! ¡Parece contento! No sé si voy a ser capaz de hacerlo si está contento.

"Lo sé, Doc," respondo tentativamente, "La vida es desoladora, todas las personas que amo están muertas. Sin Esperanza estoy completamente solo".

"Jacob, lo que les ocurrió a tu esposa y a tu hijo fue un trágico accidente, nada más. Es hora de que sigas adelante. Con Esperanza o sin Esperanza no puedes cambiar la realidad. Esperanza solamente te dio tiempo para aceptar esta situación, para que veas las cosas tal y como son".

"No me estás escuchando Doc, me siento solo aunque nunca esté solo".

"Jacob, créeme, entiendo que te sientas solo. Al principio y al final de la vida todos nos quedamos solos. El tiempo vivido con los que hemos querido es simplemente un respiro para enfrentarse a esa soledad. Mira a tu alrededor, ahí fuera hay un mundo maravilloso, entonces ¿por qué no intentas a partir de hoy, verlo de una forma diferente?"

En mi interior pienso, ¡Vaya un mundo maravilloso Pies de Tigre!

¡Mierda! Estoy depresivo. Me gusta Doc, pero tiene que irse.

Me pregunto que sucederá ahora. Espero poder sumirme en el olvido, porque sigo muriéndome y después me despierto en un nuevo día con la misma mierda.

¿Crees que va a ser tan fácil? Si fueras el doble de inteligente, seguirías siendo un estúpido gilipollas. Lee el libro, léelo y llora. Deja salir a Jacky.

"Doc, creo que ha llegado la hora de despedirnos. Gracias por cuidar de mí, pero de ahora en adelante, puedo cuidarme yo solo".

"Mantente fuerte, hazlo por todos nosotros Jacob. Bien, no te culpo por lo que estás a punto de hacer".

"Por cierto, Doc, espera un segundo, ¿tenemos un abogado? Tengo que escribir un testamento".

CAPÌTULO 48

RESISTE, EL DOLOR YA TERMINA

Estoy feliz. Puedo notar en mi pelo el toque de una ligera brisa que proviene del lago y el beso del sol en la cara. Me dirijo al refugio cruzando por el césped que por cierto, este otoño tiene un aspecto increíble. Abro la puerta y en el recibidor se pueden apreciar motas de polvo que bailan lentamente entre los rayos de sol, para caer después en el suelo perfectamente encerado.

Hay flores frescas muy bien colocadas en los jarrones, y en el aire hay un acogedor aroma a cera de muebles, pan recién horneado y café caliente.

¿Annie?, ¿Mamá?, ¿eh? ¿eh?, los llamo sonriendo para mis adentros. Me alegro de estar en casa.

Nunca los encontraron, no me sorprende. Sus cuerpos están enterrados profundamente debajo del cemento del suelo de la cabaña que usabas de picadero. Escondidos con mucha habilidad.

Se está burlando de mí y fantaseando de nuevo. Se ahogaron, fue un accidente. Ahora lo recuerdo todo con claridad.

Era una bella mañana, los peces saltaban y yo estaba intentando sacar del agua una gran pieza. Louise y Tommy estaban descansando en la popa de nuestra pequeña barca. Tommy estaba adormilado en las rodillas de Lou, ella le estaba acariciando el pelo con una mano. Tenía en la cara esa sonrisa sensual que me fascinaba.

Dejé caer mi pez plateado dentro de un cubo, me giré para enseñárselo y resbalé. No sé ni por qué ni como, simplemente resbalé. Perdí el equilibrio y me encontré en el aire moviendo los brazos como las aspas de un molino justo antes de caerme por la borda.

Con los ojos abiertos de par en par, golpeé fuertemente el fondo del lago con ambos pies. En un ataque de pánico empecé a agitar los brazos e intente darme impulso para alcanzar la superficie, terriblemente consciente de la oscuridad y de la fuerte corriente subterránea que me arrastraba. Me enteré de la forma más dura, que la luz del sol no llega hasta el fondo del lago. Lo aprendí todo de la manera más difícil.

Es una locura lo que se puede llegar a pensar en estos momentos. Pensaba en lo bueno que era poder mantener los ojos abiertos debajo del agua y que tal vez podría apuntarme a clases de natación. Apenas sé nadar. Lou lo sabía y cuando conseguí salir a la superficie a unos cuantos metros de la barca, me di cuenta enseguida de que estaba vacía. Imagino que Lou saltó al agua detrás de mí. Tal vez le dijo a Tommy:

"Sé un buen chico, hazlo por mamá, quédate aquí mientras ayudo a papá. ¡No te muevas!"

Pero él no se quedó allí. Supongo que seguramente saltó o se cayó detrás de ella. Nunca volví a ver a ninguno de los dos salir de nuevo a la superficie y sus cuerpos tampoco salieron flotando en ninguna parte de lago. A lo mejor fueron arrastrados por la corriente hacia una de las cuevas subterráneas. Nunca lo sabré.

¿Qué importa eso ahora? Están muertos. Lo sé. Siempre lo he sabido, pero después de lo que ocurrió con Susie, tenía miedo de que si informaba de sus muertes, me echarían la culpa a mí.

Los busqué hasta que ya no pude sumergirme más, finalmente fui recogido por un turista que estaba de vacaciones y que pasaba con su yate nuevo. Pensó que estaba solo. Nunca supe su nombre y después de aquel terrible día nunca nos volvimos a ver. Estaba en estado de shock y estaba callado. Sé que amarró mi barca detrás de su yate y me llevó hasta el embarcadero. Me fui a la cama. Al día siguiente llamé a la policía y denuncié la desaparición de Louise y Tommy. A pesar del consiguiente frenético interés de los medios de comunicación por encontrar a mi salvador, nunca apareció.

Fue pasando el tiempo y la pena me consumía. La mentira más estúpida que me haya dicho a mi mismo es que salieron a dar un paseo y nunca regresaron a casa. No podía soportar la culpabilidad de que ellos murieran intentando salvarme, así que me inventé esta historia, que de alguna forma, aunque fuera solamente para mí, se convirtió en realidad.

Lo siento tanto, tanto, tanto. Lo siento sinceramente todo lo que ocurrió. Estoy arrepentido de mis actos y mis omisiones. Aunque tarde el resto de mi vida juro que voy a compensarlo, lo juro. Huelo a café recién hecho y oigo música. Es una mezcla ecléctica del "Qué será" y "I'm your boogie Man". Sonrío y me voy derecho a la camioneta.

Intento salir del pueblo, pero cada vez que llego justo al final de la calle principal, literalmente el pánico me ahoga. Me niego a darme por vencido y volver al refugio así que me voy a visitar las tumbas de Annie, Jon y los gemelos, allí oigo el lúgubre sonido del tocar de las campanas como si fuera el eco de lo que yo estoy sintiendo en mi interior.

Paseo abatido durante un rato y después conduzco de nuevo al pueblo y recorro el lugar buscando al muerto Jim y a Susie pero no tengo suerte. Regreso a casa y me voy al taller. Está limpio, no hay virutas en el suelo ni palabras pintadas en las paredes. Está completamente vacío. Lo único que hay es la Harley.

Hoy mi mente está tranquila, no oigo en la cabeza ninguna voz que intente atraer mi atención. Me estoy arriesgando mucho. Yo mismo podría desaparecer, pero al menos debo intentar buscar la forma de ayudarnos. Decido ir a la habitación cerrada, abrir el libro prohibido y leerlo.

Cojo la llave de la puerta, cosa extraña, está fría y se queda quieta en mi bolsillo como si estuviera durmiendo o esperando para darme un susto. No recuerdo haberle puesto este llavero plateado en forma de corazón. Tampoco recuerdo haber puesto en mi bolsillo la llave del libro que tiene la forma de una rosa con espinas, pero ahí es donde la he encontrado.

De vuelta al refugio hay un silencio embarazoso, la puerta cerrada me está esperando, siento la maldad rozando cada átomo de mi ser.

Cruzo el recibidor y como ya era de esperar, se convierte en un túnel de zarzales de rosas silvestres viciosamente afiladas que se enganchan a mi ropa y me pinchan las partes del cuerpo que no tengo tapadas, la cara, las manos y la cabeza. Derramando mi sangre.

Jacob, ¿eres tú? ¿vienes a por mí?

¿Puedes abrir la puerta Jacky? No me fio de esta llave.

La puerta se balancea hacia mí sobre unas bisagras silenciosas. De detrás sale un humo negro y espeso seguido de una ráfaga de calor que me abrasa las cejas y las pestañas.

Parece como si la puerta que tiene sus fauces abiertas de par en par, tirara de mí y me atrajera hacia ella. No hubiese podido darme la vuelta ni si hubiese querido.

Estoy entrando en el infierno.

Estoy rodeado de fuego pero no me quemo. Estoy respirando humo pero no me ahogo. Oigo unos gritos de locura pero no hay nadie aquí, excepto el pequeño niño encogido de miedo, escondido en un rincón y yo.

Nos quedamos mirándonos fijamente durante mucho tiempo y después se abalanza hacia mí y yo le envuelvo entre mis brazos. Parece como si al llegar a este lugar de condenación, hubiese llegado a casa. Experimento por primera vez un sentimiento de paz después de muchos años.

Le pregunto al niño, ¿Quién eres, Jacky?

El dice, *Soy tu guardián secreto, Jacob. Tienes que disculparme por el desorden pero es que he estado muy ocupado. ¡Ya casi no duermo! Por favor, no dejes salir a Jake. No dejes que me haga daño.*

Le abrazo más fuerte y le digo, ''Solamente he venido para leer el libro, Jacky.''

Las llamas se apagan y el aire se aclara, dejando ver una habitación circular dañada por el humo, en la que el único mueble que hay es una pequeña cama. Estamos en el torreón, iluminado por una débil luz rosa que sale de un inmenso libro colocado sobre un antiguo atril. En el suelo, muy cerca, hay un montón de papel y una selección de lápices de cera de colores. Cada palmo de las paredes está cubierto con dibujos infantiles, representando escenas de mi vida, incluyendo todos los horrorosos actos cometidos por Jake. Es hora de leer el libro.

Pesa mucho y en esta habitación ennegrecida, lucha conmigo, como si fuera un animal furioso, arañándome, mordiéndome y haciéndome más sangre. Finalmente, Jacky se pone de pie encima de él y me ayuda a sujetarlo en el suelo. Con las manos temblorosas me las arreglo para abrir el candado con la vieja llave. Mi corazón da un salto dentro de mi pecho y el valor casi me abandona cuando la pesada cadena se cae y se va deslizándose hacia los rincones de la habitación con un silbido amenazante como el de una serpiente venenosa.

Exhausto, me siento en la cama. Jacky, agotado se sienta a mi lado y se apoya en mí, y juntos leemos el libro.

Y en sus trágicas páginas, me doy cuenta de que algunas veces, las acciones más pequeñas, producen las mayores consecuencias.

Cogí la bicicleta grande para dar una vuelta y me rompí el brazo. Mi aburrimiento y una caja de cerillas mataron a mis padres, Annie y Jon, y a mi hermano y a mi hermana pequeños, los gemelos Sam y Nancy.

Es verdad que Mary y Wickes abusaron sexualmente de mí, pero yo intencionadamente violé a Rosie. Nadie me pudo haber forzado a violarla, ni siquiera Andy. Yo quise hacerlo.

Maté al Juez Dexter y a su esposa por despecho.

Estrangulé a Joan porque soy un cobarde.

Maté a Susie porque me distraje conduciendo en una carretera de montaña.

Odié a todas y a cada una de las mujeres que llegaron después de ella y no les dejé que ocuparan su lugar. Algunas veces quería violar o matar a otras chicas que se cruzaron en mi camino después de que ella muriera.

Asfixié y quemé vivo a Wickes por venganza.

Yo era el que solía emborracharme, darle una paliza a Lou e irme de putas. Quería que me aceptara tal como era y esa es la única cosa que ella no podía hacer porque yo me he estado escondiendo de mí mismo durante toda mi vida.

Mi resbalón en la barca aquel verano, mató a Louise, Tommy y a nuestro bebé, que aún no había nacido.

Le pegué un tiro al perro para sacarme de encima cualquier responsabilidad.

Quemé a Pat hasta convertirlo en cenizas porque me humilló.

Atropellé y maté a los mellizos de Sonia y Marty por conducir en estado de embriaguez. Su insoportable dolor les llevó a la muerte a ellos dos y al hijo que les quedaba. Yo también soy responsable de estas muertes.

Maté a Jani para sacarme de encima la pesadilla del apestoso fantasma de Wickes.

Creé a Doc, para que estudiara, me cuidara y trabajara por mí.

A Jacky para que tomara nota de todo.

A Jake para que hiciera todas las malas acciones que yo quería hacer.

A Robocob para que me menospreciara.

Y al Juez para que nos castigara a todos.

Fui yo, todas esas personas era yo.

Yo soy el monstruo debajo de mi cama.

Yo soy las voces en mi cabeza.

Yo soy el asesino, el violador, el que mató a los niños, el pirómano y el psicópata.

Yo.

Jacob Andersen.

Ahora estoy solo en el exterior de mi taller, porque los otros son yo, y yo soy ellos. Las voces han parado de hablarme, rogarme, amenazarme, burlarse de mí y engañarme.

¿Cómo me siento? Me he enfrentado a la verdad ¿cómo crees que me siento?

Joder, hay calma en mi cabeza y me siento bien.

Me subo a la Harley dejando el casco arañado y mi chupa de motero gastada colgando de la pared. Noto a Esperanza que se sienta detrás de mí y se agarra fuertemente a mi cintura, apoyando su fría frente en mi espalda.

Me susurra al oído:

"Hora de irse".

Puedo oler el aroma a violetas.

Con una sola patada la moto ruge como un león hambriento.

Voy de camino al viaje de mi vida. El de responsabilizarme de las cosas junto a Esperanza.

¡Como un murciélago que se escapa del infierno, solete!

Necesito algo. ¡Necesito velocidad!!!!!!!

Voy directamente hacia las carreteras de la montaña.

Voy a estrangular ese motor. Voy a acelerar al máximo.

CAPÌTULO 49

BIENVENIDO A CASA

Cuelgo mis llaves en el colgador de latón que hay al lado de la puerta. Tiene la forma de un viejo roble seco con ganchos torcidos como si fueran ramas y con unas preciosas llaves colgadas simulando las hojas. Este colgador ha estado aquí desde siempre y me encanta.

Me estoy acomodando en mi sillón favorito, con los pies descalzos encima de la mesita, tomándome un sorbo de bourbon y pensando en irme a echar una siesta, cuando oigo el débil llanto de un bebé que sale de mi habitación, y después una voz dulce y suave de mujer.

"Shhhhhhh, cariño, mamá está aquí angelito mío, no hay por qué llorar, hoy es un bonito día.

Me siento en el sillón con la espalda recta y me quedo quieto, más tieso que un clavo. Alargo la oreja para ver si escucho otro sonido, puedo oír música.

Es el Qué será....

¡Joder! ¿Alquilé este viejo lugar y me he olvidado de que lo había hecho? ¿Tengo inquilinos? o, por Dios no, ¿Tendré ocupas fans de Doris Day? La música se para. Hay un silencio sepulcral.

Skylar levanta la cabeza desde su lugar de costumbre, delante del fuego. Ha vuelto. ¿Ha vuelto?

No hay otra solución. Tengo que revisar la casa. Me levanto del sofá, y reacio, con las mismas ganas con las que un niño se iría a la cama, sigo el sonido de una dulce canción de cuna, que llega hasta mí, acariciándome los oídos como si fuera el tierno beso de un fantasma.

Grito:

"¡Hola! ¿Hay alguien aquí?"

Nadie responde. Había salido con la moto, así que eso debe ser otro sueño extraño.

Paso por delante del espejo del recibidor y no hay nadie más reflejado en él, solamente yo. Es un alivio.

La voz de felicidad de una mujer resuena en mi cabeza como una sonrisa amorosa.

"¡Cariño, al fin estás en casa! Ven aquí amor mío, deja que te vea. ¡Te he echado tanto de menos! Ven, acércate a mí. Ven a tu casa, a donde perteneces.

El corazón me da un vuelco.

No puede ser ella.

Camino lentamente hacia la habitación. Cuando estoy lo suficientemente cerca, con mucha valentía, me asomo por la puerta y veo una imagen que prueba que si eso no es un sueño, entonces es que finalmente me he vuelto completamente loco.

Entro en la habitación y me quedo de pie mirándolos fijamente.

"¿Dónde has estado Lou?" Puedo notar en mi voz una mezcla de enfado y miedo. Siento vergüenza de mi mismo.

"Nunca te abandoné cariño. No tengas miedo. Has recorrido un camino muy largo".

La hermosa cuna de madera, tallada con mis propias manos, con muchísimo amor, tiene un lugar privilegiado en el centro de la soleada habitación. Mi hijo Tommy, está roncando dulcemente. Completamente dormido, encima del edredón. Todavía chupándose el pulgar a los cinco años.

Sentada en nuestra cama, con una sonrisa de oreja a oreja, está Louise. Está radiante, sujetando en sus brazos un bebé envuelto en una mantita rosa. Con una voz llena de alegría dice:

"Bienvenido a casa, amor mío. Acércate más, deja que te mire. Oh, tienes un aspecto maravilloso".

No tengo miedo. Debería estar aterrorizado, pero los sueños no van a confundirme nunca más, y me dejo llevar por mis sentimientos.

Me siento en la cama al lado de mi difunta esposa y mi dormido hijo muerto. Extiendo los brazos para coger al bebé y cuando me sonríe puedo ver el cielo en sus ojos.

"Di hola a papá".

CAPÌTULO 50

¿EL AÑO? PUEDE SER HACE UN AÑO O UNA ETERNIDAD, NO IMPORTA

BIENVENIDO A CASA - OTRA VEZ

Louise y yo estamos en mi Lotus conduciendo a gran velocidad, con la capota bajada. Nos dirigimos a echarle un vistazo a una propiedad en Heavensgate.

Estoy cantando la canción del Dr Feelgood, "Sweet Louise".

Louise se ríe de mí:

"¡Para de asesinar esta canción! Estoy intentando recordar exactamente como nos conocimos ¿Te acuerdas?"

"Muchacha del demonio, ¿cómo podría olvidarme? ¡Te magneticé y caíste en mis brazos fatalmente atraída por mi virilidad!"

"¡Tropecé con la pierna estirada de tu amigo!"

"¡Te caíste por mí, cariño, y tú lo sabes!"

Todavía recordando y riéndonos, vemos una vieja señal, con aspecto de haber sido pintada a mano y giramos para salir de la carretera y meternos en un camino de tierra. A través de los árboles podemos ver como la luz del sol se refleja en el agua. Giramos en una curva y llegamos a Heavensgate.

El refugio es para perder el sentido, hecho completamente de madera de pino. Es una construcción de montaña de una sola planta, con grandes ventanales y magníficas vistas al lago azul, a las cimas nevadas de las montañas y a los bosques de pinos. Incluso tiene un embarcadero y un viejo cobertizo que sería perfecto para un taller de carpintería para mí.

Lou está dando vueltas yendo de una habitación grande a otra enorme, decorando el lugar con su imaginación.

"Por supuesto lo que no voy a dejar en este sitio es esta decoración tan antigua de cuadros escoceses" se rió encantada. Con los brazos completamente extendidos iba tomando medidas de la parte de la sala de estar y de la inmensa chimenea.

"¿Qué me dices de la cabeza de ciervo, baby?" Le señalo la abominable cabeza de ojos muertos, colgada en la pared, encima de su cabeza.

"Oh, bueno, como ya vive aquí, se puede quedar. Le llamaré Rudy, podemos decorarle los cuernos en Navidad".

Está felicísima, diría que casi en éxtasis, cuando revisamos todo el lugar, sorprendidos por la maravillosas vistas. Este lugar es sin lugar a dudas tal como había imaginado, una puerta al cielo. Fue hecho para nosotros, no tengo la más mínima duda.

En la cocina Lou me brinda una de sus sonrisas insinuantes, me agarra por delante de mi camisa y por la hebilla de los vaqueros, me atrae hacia ella abrazándome con ternura y apretando sus sensuales labios contra los míos.

Los siguientes minutos inolvidables me los guardo para mí.

La sujeto fuertemente entre mis brazos y le digo:

"Te amo Lou"

"Sé que me amas, baby, yo también te amo con todo mi corazón".

Mi amor está en el cuarto de baño. Estoy echando una mirada al lago a través del ventanal, cuando me doy cuenta de que hay alguien fuera, que no estaba ahí hacía un momento y me está mirando directamente. Me empieza a entrar calor en el cuello, preguntándome cuanto tiempo ha estado ahí esta belleza y lo que pueda haber visto.

Primero no entiendo de dónde puede haber salido, pero entonces veo una vieja carreta bastante hecha polvo, instalada a unos cincuenta metros de la orilla del lago. También hay un enorme caballo pastando en la espesa hierba del verano.

¿Estaban allí cuando llegamos?

La pálida mujer se acerca dando unos pasos hacia adelante, su largo cabello plateado se mueve al viento. Abro la ventana para llamarla, tal vez la invite a entrar, para que conozca a Lou, cuando me inunda un aroma a caramelo de violeta.

Con una sonrisa muy hermosa en sus labios rosados, la extraña mujer estira hacia adelante sus brazos llenos de brazaletes plateados, une sus dos manos y cierra los puños.

De repente no hay ningún sonido ni corre el aire. Su cara se desenfoca como si la estuviese viendo a través del agua. No quiero saber lo que ha escondido dentro de estas huesudas manos blancas, pero tampoco puedo quitarle la vista de encima.

Siento como a causa del terror se me suelta mi vejiga y un chorro de pis caliente me baja por la pierna.

No hay nada detrás de ella, nada delante de ella. Hay un vacío total por encima y por abajo. Está flotando. Empieza a abrir sus largos dedos de dos en dos. Estoy rogando:

"No, por favor, no quiero mirar, por favor, no me hagas mirar".

En el cielo azul detrás de su cabeza, veo un arco iris.

El tiempo pasa, y siento que mi corazón late cada vez más lentamente hasta que noto un fuerte dolor que me aprieta el pecho y unos pinchazos me bajan por el brazo izquierdo.

La mujer está a mi lado, sonriéndome dulcemente a los ojos. Estoy en el suelo, muriéndome, cuando ella se inclina sobre mí y abriendo un poco sus huesudas manos blancas, me enseña que anidando en el hueco que forman sus palmas hay un corazón de barro latiendo, deformado, húmedo y con la inicial "J" que parece que haya sido hecha por un niño.

Siento que me habla dentro de mi cabeza, su voz suena como las suaves campanillas de Navidad.

___

___

___

"Te veré pronto, cariño. Tengo tu corazón en mis manos".

LOS AGRADECIMIENTOS

Cuyo la música y los aromas se mezclan hacen que me lleguen recuerdos a mi alma. Agradezco estos increíbles artistas y músicos su ayuda para que yo pudiera encontrar mi camino a Heavensgate. No puedo reconocer su trabajo como mio propio. ¡Ojala pudiera ser el dueño de estas obras

Que Sera Sera, interpretada por Doris Day, escrita por Jay Livingstone y Ray Evans 1956, Warner Chappell Music Inc.

I'm Your Boogie Man, interpretada y escrita por KC y the Sunshine Band, 1977, TK label

Grease, the movie 1978, Producida por Paramount Pictures

Pink Cadillac, interpretada y escrita por Bruce Springsteen (también conocido como The Boss) 1984, Columbia Records

An Innocent Man, interpretada y escrita por Billy Joel, 1983, Columbia Records

You Do Something To Me, interpretada por Ella Fitzgerald in 1956, escrita por Cole Porter, 1948, Verve Label

I Will Always Love You, escrita y interpretada por Dolly Parton, 1974, RCA Nashville

She Drives Me Crazy, interpretada por Fine Young Cannibals, escrita por Roly Gift y David Steele, 1974, London Records

The Look, interpretada por Roxette, escrita por Per Gessle, 1989, EMI

If you Don't Know Me by Now, interpretada por Simply Red, escrita por Kenny Gamblett y Leon Huff, 1989, Elektra Label

Paradise By the Dashboard Light, interpretada por Meatloaf, escrita por Jim Steinman, 1977, Epic

Centrefold, interpretada por J Geils, escrita por Seth Justman, 1982, EMI

Wake Up Little Susie, interpretada por J Geils Band, escrita por Seth Justman, 1982, EMI

Sharp Dressed Man, interpretada y escrita por ZZ Top,1983, Warner Bros.

Sweet Louise, interpretada por Dr Feelgood, escrita por Steve Walwyn, 1996, Gry Records

What A Wonderful World, interpretada por Louis Armstrong, escrita por Bob Thiele y George David Weiss, 1967, ABC, HMV

Can't Get Enough of Your Love, Babe, escrita y interpretada por Barry White, 1974, Philips, 20th Century

Tiger Feet, interpretada por Mud, escrita por Mike Chapman y Nicky Chinn, 1974, RAK

Only Love Can Break Your Heart, escrita y interpretada por Neil Young, 1970, Reprise

Love Shack, interpretada por The B52's, escrita por Kate Pierson, Fred Schneider, Keith Strickly y Cindy Wilson, 1989, Reprise.

I Got You (I Feel Good), interpretada y escrita por James Brown, 1965, King label

Bat Out of Hell, interpretada por Meatloaf, escrita por Jim Steinman, 1977, Clevely International/Epic

Si queréis saber quien me inspiró cada uno de los personajes, escoge el que sea tu favorito y mírate al espejo justo antes de que te quedes dormido.

Dulces sueños.

Con mi gratitud a todos los que habéis leído el libro.

Leo 2017.

SOBRE LA AUTORA

Nacida y criada en la ciudad del acero de Sheffield, Inglaterra. Leo ha pasado la mayor parte de su vida soñando y parece que al crecer no ha perdido esta costumbre.

A pesar de eso, se las arregló para formar una familia con tres hijas maravillosas, un esposo tolerante y recientemente, un perro husky medio loco.

Además también termino la carrera y obtuvo un Master en Ciencias.

Leo ha sacado el titulo de hipnotizadora clínica debido a su fascinación por la condición del ser humano.

Si quiere ponerse en contacto con la autora:

HGleokane@hotmail.com

http://hgleokane.wix.com/heavensgate

https://www.facebook.com/Leokaneheavensgate

https://www.nextchapter.pub/authors/leo-kane

La Puerta al Más Allá
ISBN: 978-4-86752-241-7

Publicado por
Next Chapter
1-60-20 Minami-Otsuka
170-0005 Toshima-Ku, Tokyo
+818035793528
29 de julio

Lightning Source UK Ltd.
Milton Keynes UK
UKHW010636130821
388805UK00002B/319